VOCÊ
TEM
A
VIDA
INTEIRA

VOCÊ
TEM
A
VIDA
INTEIRA!

LUCAS ROCHA

VOCÊ
TEM
A
VIDA
INTEIRA

2ª edição

Galera

RIO DE JANEIRO

2020

CIP-BRASIL. CATALOGAÇÃO NA PUBLICAÇÃO
SINDICATO NACIONAL DOS EDITORES DE LIVROS, RJ

R576v
2ª ed.
Rocha, Lucas
Você tem a vida inteira / Lucas Rocha. – 2ª ed. – Rio de Janeiro: Galera Record, 2020.

ISBN 978-85-01-11888-2
1. Ficção brasileira. I. Título.

20-63365

CDD: 869.3
CDU: 82-3(1)

Meri Gleice Rodrigues de Souza – Bibliotecária – CRB-7/6439

Copyright © Lucas Rocha, 2018

Todos os direitos reservados. Proibida a reprodução, no todo ou em parte, através de quaisquer meios. Os direitos morais dos autores foram assegurados.

Texto revisado segundo o novo Acordo Ortográfico da Língua Portuguesa.

Direitos exclusivos desta edição reservados pela
EDITORA RECORD LTDA.
Rua Argentina, 171 – Rio de Janeiro, RJ – 20921-380 – Tel.: (21) 2585-2000.

Impresso no Brasil

ISBN 978-85-01-11888-2

Seja um leitor preferencial Record.
Cadastre-se em www.record.com.br
e receba informações sobre nossos
lançamentos e nossas promoções.

Atendimento e venda direta ao leitor:
sac@record.com.br

*I've been down the very road you're
walking now
It doesn't have to be so dark
and lonesome
It takes a while but we can
figure this thing out
And turn it back around*

THE SHINS

SUMÁRIO

Prefácio	9
Você tem a vida inteira	13
Epílogo	285
Entrevista com Lucas Rocha	291
Agradecimentos	301

PREFÁCIO

por Daniel Fernandes

Tem dias em que a única coisa de que precisamos é um amigo ao nosso lado para nos dar um abraço e dizer: "Tenha calma, no final tudo termina bem!" Talvez você até tenha esse amigo, mas será que se sente à vontade para desabafar e contar que acabou de descobrir sua sorologia positiva para o vírus do HIV?

Não é fácil receber esse diagnóstico. Muito menos verbalizar tudo o que se passa por nossa cabeça. Quando descobri minha sorologia, tive medo de falar abertamente sobre o assunto. Recebi alguns foras, vários "amigos" se afastaram. Mas foi nessa época também que percebi que teria dois pilares principais em minha vida. Um deles é meu ex, hoje meu melhor amigo, que infelizmente foi infectado por mim quando eu ainda não sabia da minha sorologia. Desde o momento da minha descoberta até a hora de realizar o exame para saber se ele estaria infectado ou não, meu ex não me culpou nem me tratou com indiferença. Ele é a pessoa que mais tem me dado forças para encarar tudo! Depois de confirmada a sorologia dos dois, nosso primeiro contato foi com minha ex-cunhada, hoje também minha melhor amiga e uma das pessoas com quem criei laços que ultrapassam os sanguíneos.

O apoio dos amigos e da família é fundamental, principalmente porque nesses primeiros dias pós-diagnóstico você não sabe se um dia terá a oportunidade de estar amorosamente com alguém, ou se conseguirá ter relações íntimas de novo. Você vai sentir saudade daquela pessoa que te faz sorrir sozinho quando se lembra dela, mas também vai se ver acompanhado pela dúvida se todo aquele carinho e afeto de antes vão continuar quando decidir revelar a sorologia positiva para o vírus do HIV. Se você está passando por isso, saiba que não está sozinho.

O HIV é um novo armário que nos prende, com portas mais pesadas, e às vezes se torna mais fácil viver escondido nele, mesmo que seja solitário e doloroso. O medo de sofrer preconceito é gigantesco, e o preconceito se intensifica por falta de informação. Seria incrível se todos entendessem que, buscando conhecer determinados assuntos — o HIV, nesse caso —, nos tornamos pessoas mais empáticas e respeitosas, conscientes de nossas responsabilidades. E, assim, abrimos espaço para o diálogo, seja ele entre amigos, na escola ou em casa, e esse diálogo é essencial para que a informação chegue com clareza àqueles que, infelizmente, ainda propagam discursos de ódio.

Graças aos avanços da medicina, o tratamento para o HIV já não é tão devastador como era há alguns anos. Todo aquele pesadelo de efeitos colaterais dos antirretrovirais já não existe mais. Além disso, estudos mais recentes apontam que, quando uma pessoa com HIV faz o uso correto dos medicamentos, o vírus é controlado e reduzido a uma quantidade tão baixa que sequer é reconhecido nos exames, o que, após seis meses nessa condição, faz com a pessoa soropositiva não transmita o vírus por via sexual. Isso quer dizer que, mesmo que durante a relação sexual a camisinha rompa, não há chance de ocorrer uma infecção. Mas, ainda assim, não se deve esquecer o uso do preservativo. Somente a camisinha pode nos proteger de outras ISTs, como a sífilis e a gonorreia.

Só no Brasil, há quase um milhão de pessoas vivendo com o vírus do HIV. Homens e mulheres, independente de cor, classe social, orientação sexual. E a cada ano esse número vem crescendo. Além disso, há a estimativa de que mais de 100 mil pessoas tenham o vírus e não saibam. Por isso é importante estar em dia com os exames. Quanto mais cedo souber do seu estado sorológico para o HIV, mais fácil será!

E você, já fez seu exame de HIV? Não? Sim? Não nego que dá um friozão na barriga. Se deu positivo... sinta-se abraçado! E saiba que você não está sozinho. Permita-se viver seu momento de "luto", mas não pense que está tudo acabado. O que realmente importa é o que será feito de agora em diante. Saiba que os primeiros dias serão confusos, mas aos poucos tudo vai se alinhando e você vai ganhando forças para continuar com todos os seus planos. Com algumas alterações, é claro, mas estou certo de que você ainda vai ter a vida inteira para viver!

Capítulo 1

IAN

O primeiro passo é admitir para você mesmo que, não importa qual seja o resultado, a vida continua.

O centro de tratamento está abarrotado de gente andando em todas as direções: à esquerda uma criança corre em círculos enquanto a mãe cansada tenta acalmá-la; mais ao lado, um senhor de uns 70 anos balança para a frente e para trás, sustentado por uma bengala enquanto recusa qualquer tentativa de cortesia para que se sente; um pouco mais adiante, a porta de uma das salas de consulta está entreaberta e a médica olha para um prontuário, procurando por alguma informação enquanto uma mulher à frente dela espera, ansiosa. Do lado direito, um garoto alto com uma mecha de cabelo azul olha para o celular, balançando a perna em um movimento tão nervoso quanto o meu, e é impossível não notar que olha para o aparelho, mas não presta a mínima atenção naquilo.

E no meio de todo aquele falatório, de médicas e enfermeiras andando de lá para cá, de pessoas insatisfeitas com a demora nas suas consultas e do ventilador empoeirado que faz mais barulho do que ventila, eu espero.

— Ian Gonçalves?

A mulher de cabelos loiros até os ombros e os olhos azuis mais frios que já vi me encara com um papel dobrado nas mãos, fechando a porta da sala laboratorial. Ela tem rugas que tenta esconder com prováveis injeções de botox, um lábio repuxado de quem tentou fazer preenchimento para rejuvenescer e um colar dourado com um pingente de coração.

Pressiono meu dedo contra o algodão que suga a gota de sangue utilizada no segundo exame rápido — tive que voltar lá porque disseram que meu sangue tinha coagulado e eles precisavam de outra amostra —, me perguntando se aqueles olhos azuis guardam boas ou más notícias.

Faço que sim com a cabeça e ela sinaliza para que eu levante.

— Por aqui, por favor. — Ela me dá as costas e segue para uma porta ao final do corredor; nem olha para trás para saber se a sigo ou não.

Talvez já esteja acostumada com aquele nervosismo velado de quem está ali para fazer um teste de HIV.

O garoto com cabelos azuis que está ao meu lado acena e expande os lábios em um sorriso cúmplice de quem me deseja sorte. Ele também pressiona o dedo contra um chumaço de algodão e espera pelo seu resultado.

Sigo pelo corredor que se transforma num borrão: estou tonto pelo nervosismo, suado pelo calor e cansado pela espera. Foram só 30 minutos, mas pareceram uma eternidade.

A sala da psicóloga, assim como todo o centro de tratamento, não está em seu melhor estado de conservação: há um balde atrás da mesa dela, onde gotas vindas de uma infiltração caem em uma trilha sonora monótona e intermitente; a mesa é de madeira, e a serragem no chão evidencia a infestação de cupins; o ventilador de teto gira preguiçosamente, espalhando poeira e fazendo o calor de outubro se tornar ainda mais insuportável dentro daquele lugar com apenas uma janela emperrada.

— Sente-se, por favor.

A primeira impressão que tenho sobre essa mulher é a de que ela não é o tipo de pessoa por quem é possível simpatizar à primeira vista. Ela tem um ar azedo, como o de alguém que tem por obrigação dar más notícias e não está muito confortável com essa função.

— Por que você decidiu fazer o teste, Ian?

É uma boa pergunta. Posso falar a verdade sobre a minha vida sexual e as duas vezes em que acabei deixando a camisinha de lado porque pensei que seria só daquela vez; ou posso mentir, e dizer que fiz uma tatuagem com um hippie e que a agulha utilizada tinha mais ferrugem do que um pedaço de ferro colocado à beira-mar. Qualquer que seja a minha resposta, tudo o que não quero é ter que encarar o julgamento dela.

— Descobri que vocês têm o teste rápido aqui, e nunca tinha feito antes, então decidi fazer — digo, meio mentindo e meio falando a verdade, encarando os olhos frios que não param de me analisar.

A verdade é que nem sei por que diabos resolvi vir aqui. E só não estou cem por cento arrependido de ter que encarar essa mulher porque minha saúde está acima de qualquer coisa. É preciso ter motivo para querer saber sua sorologia? Sempre que vejo uma propaganda sobre isso, ela diz que é importante saber o seu status, independentemente do seu estilo de vida ou do que você faz nas horas vagas. E a primeira coisa que a psicóloga me pergunta é *por que você decidiu fazer o teste?*

Sinceramente, se a ideia aqui é não usar o sistema de culpa, a abordagem precisa ser *muito* diferente.

— Hum... — ela murmura, olhando para o papel dobrado à sua frente. Estende a minha identidade e eu a guardo de volta na carteira.

O silêncio preenche os espaços da sala por dois segundos, mas na minha cabeça é como se uma semana tivesse se passado.

— Não tenho boas notícias. — Abre o papel e aquilo já é indicativo o suficiente de que, sim, a minha vida vai mudar dali para frente.

O papel está rabiscado com uma caneta azul e um "xis" está marcando dois parênteses ao lado das três letras maiúsculas.

(X) HIV+
(   ) Sífilis
(   ) Hepatite C

— A boa notícia é que os resultados deram negativo para sífilis e hepatite C. — Ela tenta sorrir, e faço o mesmo diante do que ela está chamando de "boas notícias". — A má... — Deixa a frase incompleta, apontando para as marcações nos papéis que sinalizam que os dois resultados para as duas amostras diferentes de sangue (então foi por isso que eles pediram outra amostra de sangue!) deram positivo.

Fico em silêncio e ela me entrega o papel.

O que ela espera que eu faça com aquilo? Emoldure?

— Você sabe quem pode ter te contaminado?

Contaminado. Como se eu fosse a porra de uma seringa de um viciado.

— Não — respondo.

Porque é verdade, mas também é mentira. Sei quem *poderia* ter sido, mas a chance de estar certo é de cinquenta por cento. E não é o caso de eu ainda manter contato com algum desses dois caras. Ou que pudesse me lembrar do nome deles ou de como procurá-los.

Mas ei, isso não é sobre culpa, não é?

— Não mesmo? — insiste ela. — É importante que você converse com quem possa ter sid...

— Não — repito, enfático.

— Tudo bem. Você tem algum parceiro fixo?

— Não.

— Teve relações sem camisinha nos últimos meses?

— Não.

— Nem sexo oral?

Fico em silêncio, encarando o chão, cansado daquele interrogatório.

— Ian, é importante que você fale com seus últimos parceiros para que eles também possam fazer o teste. — A voz dela é quase gentil agora, como se tivesse percebido que está lidando com um ser humano e não com a merda de uma parede. — O quanto antes você falar, mais rápido eles podem tomar providências e descobrirem a sorologia deles. Certo?

— Uhum.

Mais silêncio.

— O que a gente faz agora? — pergunto.

A gente. Tento usar o coletivo para me sentir um pouco mais acolhido, mas no momento sei que estou sozinho ali.

— Você será encaminhado para a área de infectologia, e lá poderá fazer todos os exames para confirmar o teste rápido. Depois disso, o natural é que comece o tratamento o quanto antes. — Ela abre a gaveta de sua mesa carcomida por cupins e me entrega outro papel xerocado. — Leve a cópia desses documentos na recepção para que possamos nos livrar de toda essa parte burocrática.

A mulher suspira, cansada, dando um sinal de humanidade pela segunda vez naquela tarde.

Meus ouvidos estão zumbindo, estou anestesiado e tenho certeza de que, se respirar um pouco mais fundo, vou começar a chorar, então me concentro e encaro a infiltração no teto com suas veias que parecem tecidas por um bicho geográfico.

Ela continua falando:

— Olha, as pessoas não morrem mais disso. Se você fizer o tratamento corretamente, pode ter uma vida tão normal quanto a de qualquer outra pessoa. Mas vou deixar que a infectologista converse sobre isso com você.

Você, ela diz.

No singular.

Estou completamente sozinho.

Olho para a lista de documentos, que incluem carteira de identidade, comprovante de residência, CPF e uma carteirinha do SUS, que não tenho a mínima ideia de como conseguir.

— Como você está se sentindo? — ela pergunta.

Tento encontrar uma nota de compaixão naquela voz, mas a pergunta é mecânica, quase protocolar.

— A gente tem que viver, não é? — Sorrio, repetindo em voz alta o coletivo, para reafirmar a mim mesmo que não estou sozinho. E repetindo mentalmente que não devo começar a chorar na frente dela. — Espero que dê tudo certo.

— Vai dar. — Ela me encoraja, sorrindo pela primeira vez desde que colocou aqueles olhos azuis em mim. — Se precisar de algum apoio, você pode procurar nosso setor de psicologia ou assistência social. Aqui no centro de tratamento você terá tudo o que precisar, e uma das grandes vantagens é que no Brasil o SUS cobre todo o tratamento sem maiores complicações, tudo gratuito. Você está em boas mãos.

Você, você, você.

Ela não deixa de enfatizar o singular.

Estou completamente sozinho.

Capítulo 2

VICTOR

O garoto que estava na minha frente na fila de testagem sai da sala da psicóloga com um papel dobrado nas mãos e de cabeça baixa. Seus olhos não estão inchados e não ouvi gritos durante o tempo em que esteve lá dentro, mas ele passa rápido e não olha para ninguém.

Tenho certeza de que o diagnóstico não foi bom. Do contrário, estaria sorrindo de orelha a orelha.

A psicóloga sai logo em seguida e entra novamente na sala laboratorial, onde pega outro papel dobrado e uma identidade.

— Victor Mendonça? — Ela parece cansada quando me levanto e aceno. Seus olhos são bonitos, de um azul profundo como o céu de uma tarde de outono. — Vamos lá?

Eu a acompanho até o final do corredor com as pontas dos dedos doloridas. Todas as minhas unhas foram embora de tanto roer e tenho certeza de que vou chorar como uma criança caso o resultado dê positivo.

Por que o Henrique fez isso comigo? Por que só me contou que era soropositivo *depois* que a gente transou?

— Sente-se, por favor. — Ela aponta para uma cadeira bamba com espuma amarela saindo por dois rasgos nas pontas, e obedeço, sentindo as pernas tremerem e o estômago embrulhar.

Quando pareço estar minimamente confortável, ela me estende a identidade e pergunta:

— Por que você decidiu fazer o teste, Victor?

Reflito por alguns segundos antes de falar.

— Eu conheci um garoto, Henrique, e ele sempre foi um amor comigo. Começamos a sair e as coisas ficaram um pouco intensas depois que conversamos bastante, fomos ao cinema, trocamos uns beijos e tal. E aí a gente transou. — Antes que eu perceba, não consigo fazer as palavras pararem de sair da minha boca. — No dia seguinte, ou seja, há dois dias, ele me mandou uma mensagem falando que era soropositivo e perguntou se eu ainda queria continuar com ele. Desgraçado! Aí fiquei paranoico e procurei algum lugar por perto que fizesse o teste. E encontrei vocês.

— Vocês usaram preservativos?

— Sim, claro, até na hora do sexo oral. Ele disse que era indispensável, e eu até pensei que ele estivesse exagerando porque, tipo, quem usa camisinha pra fazer sexo oral, sabe? E aí entendi tudo. Sei lá, no começo eu pensava que era porque ele era precavido, não porque estava doente. Ele me disse na mensagem que era um negócio chamado "indetectável", eu acho, e pesquisei um pouco sobre isso. Pelo que vi, quer dizer que ele faz o tratamento e não transmite o vírus. Mas eu ainda posso ter pegado isso dele, não posso? Tipo, ele tinha a *obrigação* de me dizer que estava doente antes que eu fosse para a cama com ele.

— Ele tinha a *opção* de te dizer que era soropositivo, Victor — ela me corrige, e a autoridade em sua voz faz com que eu engula um pouco do que disse. — E ele não está doente, só é portador do vírus. A única obrigação dele era a de usar preservativo, e ele usou. A maior parte dos soropositivos que conheço diz que não é muito fácil se abrir sobre um assunto como este para alguém.

Fico em silêncio com as palavras dela, sem saber como rebatê-las.

Algum tempo depois, a psicóloga pergunta:

— Esse rapaz foi o único com quem você teve relações sexuais ultimamente? Teve algum outro parceiro com o qual você tenha feito sexo, com ou sem proteção?

O que essa mulher acha que eu sou? Uma *vagabunda*?

— Não — respondo com um murmúrio, talvez um pouco ofendido pela pergunta ou pela forma com a qual ela disse que o Henrique não tinha a obrigação de me dizer nada. É claro que tinha.

Depois, sinto meu estômago gelar, porque ela ainda não abriu o papel e está fazendo suspense para dizer qual o resultado do exame.

— Moça, você pode resumir o assunto e me dizer se as notícias são boas ou não?

Ela deve achar graça em alguma coisa, porque sorri antes de abrir o papel e estendê-lo até mim.

( ) HIV+
( ) Sífilis
( ) Hepatite C

— Os exames deram negativos — ela diz.

Dou um suspiro aliviado.

— Então é isso? Tudo certo comigo?

— Sim. Esse seu parceiro parece ter sido responsável ao exigir camisinha e, convenhamos, foi muito gente boa por abrir o jogo com você e te falar da sorologia dele, mesmo sem obrigação. Não é alguém para se jogar fora.

— Ele poderia ter me infectado!

— As chances de transmissão por alguém que não sabe sobre sua sorologia são muito maiores do que as de pessoas que fazem o tratamento — ela explica, entrelaçando os dedos, e percebo uma nota de impaciência em sua voz. — Bom, acho que acabamos por aqui. Fico feliz que esteja tudo bem com você, Victor, e espero que você e o... Henrique, não é?... se entendam. Enquanto isso, pode ir para casa.

Sinto o peso do mundo se esvair das minhas costas quando ela me entrega o papel sem nenhum "xis" marcado. O mundo parece mais colorido agora, e toda a apreensão dos últimos dois dias parece ter ido embora em um piscar de olhos.

— Aquele outro garoto que estava aqui antes de mim... o resultado dele foi positivo? — pergunto, tentando puxar assunto ao me levantar. — Ele não parecia muito feliz.

— Não posso discutir os resultados dos exames de outros pacientes — ela diz, levantando-se de sua cadeira e abrindo a porta da sala embolorada. — Questão de privacidade.

Parece que não vou conseguir mais nada dela. Por isso apenas faço que sim com a cabeça, enfio o papel do exame e minha identidade no bolso da calça jeans e vou embora, tendo a certeza de que nunca mais quero colocar os pés em um centro de testagem novamente ou ouvir falar de HIV.

+

— Sandra? — A primeira pessoa para quem ligo quando chego ao ponto de ônibus é a minha melhor amiga. Provavelmente ela está esperando uma mensagem (até porque o tempo inteiro em que estive na sala de espera trocamos milhões de mensagens, nas quais ela tentava me acalmar e eu estava sendo mais do que desesperado). — Deu negativo! Está tudo certo!

— Eu te falei que você estava sendo paranoico, Victor! — ela responde do outro lado da linha, mas percebo que a voz demonstra tanto alívio quanto a minha. — Eu só encontrei o Henrique uma vez, mas ele parece ser um cara bacana. Quero dizer, ele foi muito sincero. Você podia dar uma chance para ele.

Ele tem uma doença que pode me matar, penso em dizer. *É claro que não quero mais nada com ele!*

Não, isso seria muito cruel e faria com que a Sandra começasse com um de seus discursos politicamente corretos sobre como devemos aceitar as diferenças. Por isso, prefiro ser um pouco mais diplomático.

— Ele poderia ter sido sincero *antes* de a gente transar — respondo, olhando para os lados para me certificar de que ninguém está ouvindo nossa conversa.

— E você poderia ser menos dramático. Não é como se ele tivesse se recusado a usar camisinha. Pela história que você me contou, quem não estava muito a fim de usar camisinha na hora do oral era *você*, não é?

Ainda não consigo me convencer de que Henrique estava certo ao omitir esse fato de mim, mas meu silêncio parece ser o que Sandra quer ouvir.

Resolvo mudar de assunto.

— Será que você não quer me ver agora? Sei lá, para comemorar? — pergunto.

— Hoje é terça, Victor. A gente tem aula à noite. Vamos deixar para o final de semana?

— Combinado. Mas se furar comigo, nunca mais falo com você!

Talvez ela esteja certa quanto a minha veia dramática, mas jamais vou deixá-la saber que concordo com ela. No íntimo, Sandra já sabe.

— Até parece — ela responde antes de desligar.

Enfio o telefone no bolso, sorrindo.

— Parabéns. — Sou pego de surpresa pela voz ao meu lado.

Estou tão aliviado com as boas notícias que nem tinha percebido o garoto sentado no ponto do ônibus, o mesmo que saiu da sala da psicóloga antes que eu entrasse.

Ele ainda está com o papel dobrado nas mãos. Tem os cabelos raspados e uma barba espessa e aparada que cobre todo o seu rosto moreno. Seus olhos são dois grandes globos castanhos e avermelhados, mas não vejo nenhum sinal das lágrimas que podem ter escorrido por ali recentemente. Ele tem a compleição física de alguém que vai à academia com uma frequência pouco exata, com os ombros largos e os bíceps que saltam das mangas de sua camisa. As calças jeans comprimem suas pernas, talvez dois números menores que o adequado para o tamanho das coxas grossas.

— Desculpe, eu não... — Deixo a frase morrer pela metade, sentindo minhas orelhas esquentarem. Por mais que tenha consciência de que não tenho culpa por estar feliz pelo meu resultado negativo, me sinto péssimo por fazê-lo me ouvir comemorar.

— Tudo bem — responde ele com um sorriso melancólico.

— Más notícias lá dentro?

Ele faz que sim com a cabeça, resignado.

Não sei muito bem o que me impulsiona, mas sento ao lado dele, sentindo o vento quente aumentar o calor das minhas orelhas, e começo a falar.

— Você sabe que não é uma sentença de morte, não é? — Sei que isso é hipocrisia da minha parte, mas as palavras saem automaticamente. — Pesquisei um pouco antes de vir fazer o teste, e vi relatos de um monte de gente que vive com o HIV e tem uma vida normal. Vai ficar tudo bem.

Ele ainda olha para baixo, sem conseguir levantar a cabeça. Quero dizer que ele deve levantá-la e encarar o mundo de frente, mas não sei qual seria a minha reação caso as notícias não tivessem sido boas para mim. Provavelmente estaria trancado no banheiro daquele centro de testagem, chorando em um reservado e achando que o mundo era injusto para cacete e eu não merecia aquilo.

— Eu só... pensei que o resultado seria outro — ele diz, ainda olhando para o chão com a voz embargada. O garoto pigarreia, respira fundo, morde o lábio inferior. — A gente nunca acha que vai dar tudo errado até que tudo dá errado, não é?

E então desaba.

Ele comprime as palmas das mãos contra o rosto e deixa o papel com seu diagnóstico escapar. Eu me levanto e alcanço a folha antes que o vento a leve embora. Suas costas sobem e descem enquanto ele soluça, completamente sem controle, e tudo o que quero é dar um abraço naquele desconhecido e dizer para ele que sim, vai ser difícil, mas que as coisas podem dar certo.

Mas quem sou eu para dizer aquilo? Que autoridade tenho? Eu, que até cinco minutos atrás achava que o HIV era a pior coisa que poderia acontecer na minha vida?

Então não digo nada. Simplesmente permaneço ao lado dele e coloco uma das minhas mãos sobre seu ombro, tentando consolá-lo da melhor maneira possível.

Ele continua chorando e, impulsivamente, o envolvo em um abraço enquanto ele enterra o rosto no meu braço. Sinto as lágrimas quentes molhando a manga da minha camisa, mas não me importo. Tudo o que quero é que se sinta melhor, e sei que um abraço é muito mais poderoso do que qualquer palavra que eu possa dizer naquele momento.

Meus olhos lacrimejam quando ele finalmente se acalma. Também quero chorar, mesmo sem ter a mínima ideia de quem é esse garoto ou do que quer que tenha acontecido para que ele tenha chegado naquele centro de tratamento com um diagnóstico positivo. Mas respiro fundo e exerço o papel da pessoa forte que nunca sou em outras situações.

— Desculpe, isso... é ridículo — ele diz, meio rindo e meio chorando, se afastando de mim e secando as lágrimas com as costas das mãos. — Você nem me conhece e... desculpe.

— Não precisa se desculpar. — Eu tento dar um meio sorriso e falho. — O que você vai fazer agora?

Ele respira fundo antes de falar.

— Provavelmente me trancar no quarto e ouvir Lana Del Rey até amanhã de manhã.

Não consigo deixar de rir com aquele comentário sarcástico.

— Se você quer curtir a fossa mesmo, te recomendo Johnny Hooker.

— Não conheço.

— É muito bom. Quero dizer, é uma boa fossa. Aqui... — Continuo com os atos impulsivos, e não sei bem o que me faz pegar uma caneta do bolso da minha calça e o papel com o diagnóstico dele, mas quando percebo já estou rabiscando meu número de telefone e meu nome de um jeito nervoso e trêmulo no lado de trás da folha. Estendo o papel. — Se precisar conversar com alguém, pode me mandar uma mensagem. Tenho um amigo soropositivo, e posso colocar vocês dois em contato. — Henrique aparece na minha mente e, por mais que eu não queira vê-lo nem pintado de ouro, acho que não se oporia a conversar com alguém que irá passar pelas mesmas dificuldades que ele deve ter enfrentado quando descobriu seu diagnóstico.

— Obrigado... — Ele encara o meu rabisco no papel. — ... Victor. E desculpe por tudo isso.

— Não se preocupe — respondo, sorrindo.

— Ian. Meu nome é Ian.

— Não se preocupe em pedir desculpas, Ian. — Olho para a rua e vejo que meu ônibus se aproxima. — Você vai ficar bem?

— Vou.

Eu me levanto e faço sinal para o ônibus parar. Subo, passo o cartão no leitor de cobrança para que a catraca seja liberada e, antes que o coletivo arranque, olho para o ponto.

Ian sorri e acena antes que eu o perca de vista.

Mesmo sem conhecê-lo e ter quase certeza de que não irei vê-lo novamente, espero que ele fique bem.

Capítulo 3

HENRIQUE

Victor ainda não respondeu a minha última mensagem. O que será que ele está pensando?

Olho para o texto imenso que escrevi, com as duas barrinhas azuis que me dão a confirmação de que ele já o leu.

> Henrique:
> Não sei se é muito justo falar disso por mensagem, mas acho que você precisa saber, ainda mais porque tô realmente gostando de você e tudo o que não quero é iniciar seja lá o que for isso com uma mentira, ou, a meu ver, uma omissão da verdade. Não precisa se assustar, sério mesmo, mas sou soropositivo. Eu me cuido e tomo os remédios, então estou indetectável, e como a gente transou com camisinha não tem problema nenhum e tal. Se você ainda quiser falar comigo, espero sua resposta. Beijos e desculpa não ter falado nada antes. Geralmente eu não falo, e sempre é difícil falar disso com alguém, até porque não tive experiências muito boas. Mas é isso. Me responde quando puder.

Fecho o aplicativo e suspiro, olhando para a bagunça do apartamento que divido com Eric, para as roupas cheias de paetês, para as maquiagens espalhadas em todas as superfícies possíveis e para as três perucas que se equilibram precariamente nos encostos das cadeiras da mesa de jantar.

Aquilo já tinha acontecido antes, mas sempre dói quando as mensagens que antes pareciam tão íntimas e animadas simplesmente param de vir. Tem gente que chama o HIV de vírus do amor, porque parece uma barreira intransponível que se coloca entre as coisas que poderiam acontecer caso ele não estivesse ali. E, por mais que ele já seja meu companheiro indesejado há três anos, como um cunhado espaçoso que se hospeda no quarto de hóspedes, ainda é difícil lidar com todas as impossibilidades que ele impõe à minha vida.

— Você não está checando o aplicativo de novo, está, sua vagabunda? — Eric olha sobre meus ombros, encarando meu celular. Ele divide sua atenção entre o próprio celular e um vídeo do YouTube na tela do notebook, no qual uma drag queen argentina ensina a fazer uma maquiagem de Elizabeth Taylor em *Cleópatra*. Eric está se organizando para a próxima performance que fará, e o tema da festa é Egito Antigo. — Se você saísse dos aplicativos e começasse a procurar pessoas na vida real, tenho certeza de que se frustraria bem menos.

— Falou a santa que só vai para encontros com uma dama de honra de acompanhante — respondo, sabendo que Eric é praticamente uma constante em todos os aplicativos gays, héteros, bis, trans e até de lésbicas (é sério, ele diz que é para arranjar amigas). — Acho que fodi tudo de novo.

Abro o WhatsApp e mostro a mensagem que enviei para Victor. Ele pausa o vídeo e pega o meu celular para lê-la.

Eric é, até agora, a única pessoa que sabe sobre a minha sorologia e que ainda assim responde minhas mensagens. A gente se conhece desde os 15 anos e, daquela época para cá, ele mudou pouco: continua com quase dois metros de altura, a pele negra, os olhos amendoados e os braços finos. As únicas coisas que mudaram em Eric foram: os dentes, que ficaram perfeitamente alinhados depois do aparelho e incrivelmente brancos depois do clareamento; o cabelo, que antes era raspado e agora é cheio e sempre tem um penteado diferente e estiloso; e o aspecto da pele, que se tornou macia e sem manchas depois de um tratamento dermatológico que quase o levou à falência.

Já eu continuo praticamente o mesmo desde a adolescência. Ainda tenho um metro e sessenta e sete — não tive o famoso surto de crescimento da puberdade e passei do mais alto dos meus amigos para o mais baixo em menos de dois anos —, cabelo cor de ferrugem e pele branca como se fosse alérgico ao sol. Meus dentes ainda são tortos, meus músculos continuam tendo a promessa trimestral de que crescerão antes que eu desista da academia pela vigésima vez e meus pulsos vivem doloridos pelas horas tratando imagens na agência de publicidade onde trabalho.

Eric esteve e ainda está presente na minha vida, passando por todos os altos e baixos — das crises eufóricas de riso às madrugadas insones pendurado ao telefone, me ouvindo chorar e reclamar de como a vida é injusta e tudo é inútil, já que no fim das contas todos vamos morrer mesmo.

E, por conta dessa cumplicidade e da confiança que tenho nele, decidi dividir um apartamento quando as coisas ficaram complicadas em casa, mesmo que ele seja um furacão caótico de glitter e tecidos multicoloridos. Eu o considero meu Grilo Falante, minha Voz da Razão ou qualquer merda dessas que as pessoas intitulam como suas consciências, principalmente porque é o único que não passa a mão na minha cabeça e concorda com as loucuras que os antirretrovirais provocam quando insistem em mexer com as minhas emoções.

— Henrique, você sabe que tem que ter paciência, ainda mais com esses garotos mais novos. — Ele abre a foto do perfil do Victor no WhatsApp, encarando o rosto branco e sorridente, os cabelos claros volumosos no meio e raspados dos lados, com uma mecha azul logo à frente, que sorri enquanto os olhos verdes são quase apagados por conta do reflexo dos óculos vintage grandes demais para o seu rosto. Depois me devolve o celular e volta a mexer no seu. — Esse menino tem o quê? Dezoito anos?

— Vinte.

— E você tem vinte e cinco. Pode não parecer, mas isso faz uma grande diferença. Ele provavelmente está assustado e você sabe muito bem que essa é uma reação racional. Pelo menos ele não inventou que a avó precisou fazer uma cirurgia para retirar um tumor na Nova Zelândia ou qualquer merda dessas, que nem aquele outro cara fez.

Ele está falando do Carlos, o primeiro e único desgraçado que conseguiu partir meu coração, além de me deixar eternamente com um pé atrás com todos que cruzam o meu caminho. E, como prêmio, ainda me fazer odiar a Nova Zelândia.

— Eu odeio a Nova Zelândia — murmuro.

— Só por que seu ex foi para lá e fingiu que você não existia?

— Ele foi para lá porque é um medroso que tem medo de ser quem realmente é. Odeio a Nova Zelândia, *O senhor dos anéis* e aquela merda de vegemite que eles comem.

— Cara, você nunca experimentou esse negócio.

— É resto de cerveja fervida. Tem cor de piche. Nunca vai ser bom.

— Ok, você odeia a Nova Zelândia porque ela foi cenário de um dos maiores filmes da história do cinema. E isso é importante por quê...?

— Não é importante! Meu Deus do céu, Eric, dez anos de amizade e ainda não te ensinaram que as minhas insatisfações aleatórias aparecem sem mais nem menos? Você já deveria estar acostumado.

— Ok, não vamos mais falar dos hobbits na Nova Zelândia. Ou de ex-namorados malucos. Você já tentou ligar para esse garoto? — Eric pergunta, se referindo à mensagem de Victor.

— Ele visualizou a mensagem e não respondeu. Isso é a versão do século XXI para não atender o telefone.

— Você pode tentar ligar e conversar. Tipo, vocês transaram *depois* de você saber o nome dele e ir a uns cinco filmes ruins em umas duas semanas. Isso é praticamente um casamento nos dias de hoje.

— E *eu* sou a vagabunda dos aplicativos — respondo enquanto o encaro ainda olhando o celular. Pelo reflexo dos óculos de Eric, vejo a luz alaranjada do papel de parede do Hornet.

— O quê? — Ele me olha, fechando o aplicativo. — Nem vem, não sou eu quem está apaixonado.

— Não estou apaixonado.

— Ok, está "se importando demais" — ele diz, fazendo aspas aéreas enquanto equilibra o celular na mão direita. — Melhorou?

— Não faça isso.

— O quê?

— "Isso" — respondo, levantando as minhas próprias mãos e imitando o gesto dele. — É ridículo.

— Ridículo? — Repete o gesto.

Reviro os olhos e o ignoro, encarando meu celular.

O verificador de status de Victor denuncia que o garoto está online nesse momento e, um segundo depois, a tela muda para "digitando...".

Meu coração dispara.

— Acho que ele vai me mandar alguma coisa.

Eric bloqueia a tela de seu celular e vem espiar sobre meu ombro.

— Não é uma *nude*, é?

— Cala a boca, Eric.

Esperamos pela mensagem, que vem em frases sucintas, e, à medida que vou lendo, fico ao mesmo tempo aliviado e confuso com seu conteúdo.

Victor:
Oi
Fui fazer o teste
Deu negativo
E aí eu conheci um garoto lá
O teste dele deu positivo
Não sei por que, mas lembrei de vc
E falei que se ele precisasse conversar com alguém
Podia ser com vc
Ainda tô um pouco confuso com tudo isso

> Victor:
> Mas sei lá
> Esse garoto parecia muito mal
> Se ele me mandar mensagem posso
> passar o seu número?
> O nome dele é Ian

Passo algum tempo encarando a tela e processando a informação.

— Own, que fofo, ele lembrou de você! Pelo menos esse não saiu correndo para a Nova Zelândia para ignorar sua existência por anos. — Eric sorri. — O que você vai dizer?

— Que não quero que minha sorologia seja pauta do programa da Fátima Bernardes — respondo, mas antes que possa dizer qualquer coisa, Eric arranca o telefone da minha mão e digita.

> Henrique:
> Tudo bem.
> Se ainda quiser conversar sobre nós dois, estou aqui.
> Fico feliz que o teste tenha dado negativo.

A essa altura do campeonato, o tanto que Eric se mete na minha vida pessoal já deixou de ser um incômodo, e, na verdade, até gosto quando ele tem um desses surtos de cupido e decide responder algumas coisas por mim, porque, na maior parte das vezes, eu digo que não vale a pena insistir em alguma coisa que não dará certo. Ele diz que isso é só o meu pessimismo falando mais alto e que, se eu tentasse, as coisas poderiam ser diferentes.

— Ele sabe sobre a janela imunológica, não é? — Eric pergunta. Ele aprendeu muito sobre HIV comigo, seja por conta das minhas conversas ininterruptas sobre o assunto ou sobre suas pesquisas nos primeiros meses do meu diagnóstico, quando ele tentava me provar com gráficos, tabelas e estatísticas que eu não iria morrer tão cedo.

— Provavelmente não, mas ele poderia ter pesquisado. E eu já falei que tomei todos os cuidados, como sempre tomo. E sou indetectável, o que quer dizer que...

— As chances de transmissão do vírus são nulas — Eric repete mecanicamente, com uma voz entediada. Ele já me ouviu falar isso pelo menos umas duzentas vezes. — Agora você quer ensinar o padre a rezar a missa?

— Acho que não tem nada que eu possa te ensinar que você já não saiba, jovem Padawan — respondo, e Eric ignora meu comentário e volta a dar play em seu tutorial de maquiagem.

Encaro a mensagem de Victor, me perguntando se vale a pena investir naquele garoto ou deixá-lo para lá.

Ele me respondeu, mesmo que não tenha falado diretamente sobre nós dois, e isso já é mais do que a maioria dos caras costuma fazer. A maior parte acredita que o silêncio é o melhor remédio, mas na verdade ele é mais cruel que qualquer antirretroviral que bagunce as minhas emoções.

Capítulo 4

IAN

Quando chego em casa, tudo é puro silêncio. Há papéis espalhados pela mesa com os projetos de engenharia que minha mãe traz da empresa, uma xícara manchada de café que por algum motivo ela não colocou na pia, um porta-retratos no aparador perto da TV com uma foto sorridente em que toda a família (eu, minha mãe, meu pai e minha irmã) posa na única foto que imprimimos da viagem que fizemos para João Pessoa, e um recado abaixo dele, no qual minha mãe avisa que ela e meu pai chegarão mais tarde porque irão fazer compras, e pede para que eu prepare o jantar para mim e para minha irmã, que ainda está na escola.

Chorar na frente daquele garoto desconhecido foi vergonhoso, mas parece ter tirado alguma coisa ruim do meu sistema. Dou um suspiro cansado, jogo minha mochila em cima da cadeira e abro a geladeira, bebendo água direto de uma garrafa. Olho para a gaveta de legumes e tiro um brócolis, uma berinjela e uma cebola, e da prateleira de cima pego um pote com filés crus de frango para temperar; abro a despensa e pego o pacote de arroz integral e coloco água para ferver. Faço tudo automaticamente, e me pergunto se a história de que comida feita com prazer fica mais gostosa é verdade. Se for o caso, o jantar não vai ser dos melhores.

Não quero pensar em HIV, mas as três letrinhas dançam de forma insistente na minha frente, me lembrando sobre algo dentro de mim que não deveria estar ali e que pouco a pouco está me destruindo. É difícil não pensar na morte quando ela está circulando por dentro de você.

Corto a berinjela em pequenas lâminas e os brócolis em pequenas árvores, e quando começo a cortar a cebola em cubos, a faca escapa da minha mão e se enterra na ponta do meu indicador, fazendo um pequeno filete de sangue escorrer e manchar o vegetal de vermelho.

Olho para o ferimento e sinto meu estômago revirar, ignorando a ardência que sobe pelo dedo. Largo a faca e pego um papel-toalha, pressionando-o enquanto encaro o sangue que se dissolve nas camadas brancas da cebola semipicada.

Puxo uma cadeira atrás de mim para sentar e meus olhos começam a arder, não por conta da cebola, mas por tristeza.

É nisso que minha vida vai se resumir a partir de agora? Tomar cuidado para não deixar nenhum pingo de sangue escorrer para que outras pessoas não entrem em contato com o vírus que está dentro de mim, me matando aos poucos? É isso o que sou agora, um recipiente ambulante de HIV, prestes a infectar qualquer um que se aproxime?

O choro que escorre dos meus olhos é de raiva e de frustração, por saber que não posso mais ignorar o fato de que me machuquei. Que não posso voltar no tempo para alterar as noites em que transei sem camisinha com caras que mal conhecia e que não verei novamente.

Sinto nojo de mim. Nojo das minhas lembranças e das coisas que fiz para que pudesse chegar até esse ponto. Dizem que se descobrir soropositivo não é sobre culpa, mas culpa é tudo o que sinto nesse momento. Culpa por ter sido estúpido, culpa por ter me deixado levar por um impulso sem raciocínio, culpa por ter que carregar comigo essa coisa que ninguém pode tirar de mim.

Espero o sangue parar de escorrer do meu dedo e jogo a cebola no lixo. Pego a faca que me cortou e a jogo dentro da água que seria usada para cozinhar o arroz, mesmo sabendo que isso é irracional. Quero esterilizar a faca, a cebola, a tábua de cortar legumes e o meu próprio corpo. Quero beber essa água fervente para que ela possa queimar todo o vírus que está dentro de mim, mas sei que isso não é possível.

É inútil chorar, mas não consigo parar.

É inútil remoer esses pensamentos, mas é isso o que faço.

É inútil achar que minha vida não vai ser diferente, mas é isso o que ela vai ser.

E não quero que seja.

+

Os próximos dias são uma confusão, principalmente porque tenho que inventar desculpas para justificar o meu entra e sai de casa em horários pouco usuais.

A dinâmica da minha casa é um pouco diferente das tradicionais: Adriana, minha mãe, tem horários extremamente peculiares, reuniões a torto e a direito em diferentes partes do Rio de Janeiro e noites insones em que desenha, faz cálculos e revisa plantas de engenharia civil. Agora está trabalhando em três projetos diferentes, e suas olheiras deixam claro que está cansada demais. William, meu pai, já é mais resistente à privação de sono e dorme de quatro a cinco horas por noite, já que trabalha em três colégios diferentes como professor de matemática e ainda dá aulas particulares nos finais de semana para aumentar um pouquinho a renda familiar, o que nos permite morar perto do metrô, em Botafogo, pagando o preço superfaturado do aluguel de um apartamento de dois quartos minúsculos no Rio de Janeiro. Vanessa, minha irmã, tem aulas de manhã e faz cursinho pré-vestibular à tarde, e quando não está na rua, está com a cara enfiada em algum de seus livros de biologia, empenhada em seu sonho de passar para uma faculdade de medicina.

— Tem aula hoje? — minha mãe pergunta quando me vê às sete da manhã arrumando uma mochila fictícia cheia de coisas que não serão utilizadas naquele dia.

É quinta-feira e não tenho aula às quintas-feiras.

— Preciso ir à faculdade fazer um trabalho de microeconomia — murmuro, enfiando os documentos que precisam de cópias em uma pasta e colocando tudo na mochila, junto com o papel de diagnóstico positivo com o telefone rabiscado do menino do ponto de ônibus, além de um livro que será a distração da minha manhã enquanto espero no centro de tratamento.

— Ok — ela diz, distraída com os próprios cálculos. Percebo que ainda está com a roupa da noite anterior.

— Mãe, você dormiu?

— Dormir é para os fracos. — Ela pega sua caneca de café e a estende para mim como se simulasse um brinde antes de levá-la à boca em um longo gole. — Essa planta tinha que estar pronta dois dias atrás.

— Você vai acabar ficando doente.

Ela sorri e olha para mim, reparando na minha expressão.

— Está tudo bem, Ian?

Tento disfarçar meu desânimo.

— Por que não estaria?

— Você está com uma cara péssima. Passou a noite inteira vendo seriado?

A parte boa é que ela mesma arranjou uma boa desculpa para mim.

— Pois é. Faltavam só seis episódios para acabar a temporada.

— *Só* seis episódios? Sinceramente queria saber como você tem tanta paciência. — Ela volta a atenção para a planta estendida sobre a mesa. — Espero que você durma hoje à noite, para variar um pouco. Dormir é importante, sabia?

— Dormir é para os fracos — respondo com um sorriso, girando a chave e saindo em direção ao elevador.

Penso se seria ou não uma boa ideia contar sobre meu diagnóstico para minha mãe. Quero dizer, nós temos uma relação saudável, apesar de não sermos confidentes. Ela é muito mais aberta ao diálogo do que o meu pai, por exemplo, que não aceita muito bem eu ser gay e prefere acreditar que é uma questão de tempo até eu ter uma namorada, e que a qualquer momento entrarei porta adentro com uma garota que será a mãe dos netos dele.

Não consegui dormir na noite passada. Passei tempo demais sufocando o choro no travesseiro, tomando cuidado para não fazer barulho e acordar Vanessa — o que seria difícil, já que o sono dela é tão pesado depois dos estudos que nem mesmo o despertador no último volume a acorda de manhã.

Quando finalmente parei de chorar, fiquei de olhos abertos, deixando que os pensamentos ruins tomassem conta da minha cabeça. Que coisas o HIV tiraria de mim? Eu seria capaz de ser a mesma pessoa de sempre, de me arriscar, de me apaixonar, de ter uma família, de viajar, de pular de paraquedas, de fazer intercâmbio, de ficar bêbado, de ser feliz? Ou toda minha vida seria definida pelo vírus? Todas as coisas que eu veria teriam sempre essa camada cinza que estão tendo agora? Eu conseguiria voltar a pensar que as coisas poderiam dar certo e que valia a pena viver?

Ao mesmo tempo penso no Gabriel, meu melhor amigo. Ainda não contei para ele do diagnóstico — na verdade, não falei com ninguém sobre esse assunto além daquele desconhecido no ponto de ônibus. Não é como se eu tivesse muitos amigos na faculdade com quem pudesse ter uma conversa dessas. As pessoas dizem que sou um pouco avesso a amizades, e talvez seja verdade. Nem mesmo respondi ao último recado do Gabriel, que me mandou um simples "como está?", parecendo que, de alguma forma bizarra, já sabia que as coisas não estavam boas e que eu precisava conversar.

Não sei se quero passar pelo processo de ligar, contar a verdade e encarar o silêncio dele do outro lado da linha, mesmo que, de alguma forma, eu saiba que ele vai me apoiar. Não quero que ele me encare de um jeito diferente, nem que me julgue ou diga qualquer coisa que possa me magoar ainda mais, porque simplesmente não posso lidar com isso nesse momento. Se ele não me apoiar, o que posso esperar dos outros?

A única conclusão a que cheguei, quando o sol entrou pela cortina do meu quarto, foi a de que eu precisava levantar e colocar as coisas em ordem.

+

A sala da enfermeira que me atende é gelada por conta do ar-condicionado potente e não se parece nem um pouco com a sala precária e sufocante da psicóloga na qual estive alguns dias atrás. É um ambiente arejado e asséptico, com um armário cheio de medicamentos trancados atrás de um vidro, uma cama forrada com um tecido hospitalar esterilizado, uma balança e uma mesa pequena, na qual a mulher se senta depois de me deixar entrar.

De alguma maneira, ela me tranquiliza. Talvez seja seu sorriso de dentes alinhados ou o coque perfeitamente penteado, com gel que não deixa uma ponta fora do lugar; talvez seja o fato de que ela não tem nem trinta anos, ou o jaleco imaculadamente branco; quem sabe é a postura ao mesmo tempo profissional e acolhedora, ou talvez o simples fato de que ela não parece disposta a me tratar como um doente terminal.

— Você trouxe a cópia dos seus documentos? — pergunta, e eu os estendo na direção dela. Sua pele é negra, e seus olhos, redondos e castanhos, me observam como se tentassem me decifrar sem que eu dissesse uma palavra.

A enfermeira desdobra os papéis, checa se está tudo certo e pega um papel pautado dentro de uma pasta. Cola uma foto três por quatro em um espaço quadrado especificado para aquele fim, anota algumas informações básicas da cópia da minha identidade e, durante todo aquele tempo, fico em silêncio. A letra dela é redonda e bem-feita, diferente dos garranchos que os médicos rabiscam nos receituários.

Quando termina de preencher tudo, levanta os olhos para mim e sorri.

Sorrio de volta, um tanto mecanicamente.

— Então, Iago... antes de começarmos a conversa, quero que saiba que esse lugar tem todo o suporte necessário para que você tenha um tratamento adequado.

— Ian — murmuro.

— O quê?

— Você me chamou de Iago. Meu nome é Ian.

— Ah, claro! — Ela sorri mais largamente, simpática e um pouco constrangida com o próprio erro. — Desculpe por isso. Mas você tem cara de Iago, sabia? Alguém já te disse isso?

— Na verdade, não.

— Bom, tudo bem, Ian. — Estende a mão e eu a aperto. — Meu nome é Fernanda. Como você está?

— Bem...

— Dificilmente alguém está bem depois de receber o tipo de notícia que você recebeu. Como você *realmente* está?

— Assustado — respondo, tentando resumir em uma palavra tudo o que sinto. Talvez seja a que mais se aproxime do sentimento real.

— E é compreensível. O que posso te dizer é o seguinte: a partir de agora, você vai precisar tomar alguns cuidados e fazer algumas rotinas diferentes das que tinha na sua vida. Mas não é nenhum mistério. O Brasil tem um dos programas mais eficazes de tratamento de HIV do mundo.

Olho para o armário de remédios e percebo uma série de diferentes potes com nomes estranhos.

— Todos esses são medicamentos para o tratamento?

— Sim, mas você não vai precisar tomar tudo isso — ela responde. — O tratamento de HIV evoluiu muito ao longo dos anos, e essa quantidade de remédios que você vê aqui são diferentes opções. O que você tem que entender, Iago, é que cada pessoa tem um corpo, e o vírus se manifesta de forma diferente em cada um; por isso temos tantos medicamentos diferentes, mas a maioria dos pacientes em tratamento faz o uso daquele ali. — Ela aponta para um recipiente do tamanho de um pote de vitaminas. — Ele é o que a gente chama de três em um, o que quer dizer que possui três antirretrovirais diferentes em um único comprimido.

Ignoro o fato de ela ter errado o meu nome novamente.

— Um comprimido? — pergunto. Sempre que ouvia a expressão "coquetel anti-HIV", pensava em pelo menos dez ou doze comprimidos diferentes de uma vez só.

— Um comprimido, uma vez por dia, e ponto final. Esse é o tratamento básico e mais comum, a menos que seu corpo tenha algum efeito colateral não previsto pela medicação. Mas isso é uma conversa que você terá com a infectologista quando vocês se conhecerem. O fato aqui, Iago, é que o tratamento é simples e muito eficaz e, por mais que ainda não estejamos tão perto assim de uma cura propriamente dita, ter um cotidiano relativamente normal é possível. Se você seguir o tratamento, a sua expectativa de vida é idêntica a de uma pessoa soronegativa.

— Ian.

— O quê?

— Você me chamou de Iago de novo. É Ian.

— Ai, meu Deus! — Ela ri e balança a cabeça, e acho graça por que sei que a confusão dela não é proposital. Estou gostando daquela conversa. — Me desculpe. Mas, bom, acho que isso é o que você precisa saber. Você tem alguma pergunta... — ela para dramaticamente por menos de um segundo, olha para a ficha com meu nome e enuncia enfaticamente. — Ian?

— O que é aquilo ali?

Olho para um pôster com um infográfico de uma mulher grávida e o título "HIV e gravidez: é possível", apontando para ele.

— Ah, então você pretende ser pai? — ela pergunta.

— Hum... não. A não ser que adote uma criança com meu futuro marido.

Ela sorri e sinto um calor confortável no peito, porque não é o tipo de sorriso condescendente ou com uma conotação de julgamento.

— Bom, se você em algum momento mudar de ideia e quiser ter um filho biológico, é completamente possível que o tenha com planejamento, sem que o bebê contraia HIV, seja através do sêmen do pai ou da corrente sanguínea da mãe. Inclusive, o tratamento é bastante eficaz, contanto que seja seguido à risca. Assim como todo o tratamento que oferecemos hoje.

Não é que eu estivesse pensando em ter um filho, mas aquela informação, de alguma maneira, me deixa um pouco mais feliz.

— E como é a distribuição do medicamento? — pergunto, mudando de assunto.

Talvez aquele seja o meu grande medo, mais do que a ideia de que eu possa morrer em algum futuro próximo. Não sou muito adepto a depender de serviço público, principalmente no que diz respeito ao sistema de saúde. Tudo o que a televisão me mostra é que as coisas não funcionam, que as filas são quilométricas, que os medicamentos faltam e que as pessoas estão sempre à mercê da boa vontade de profissionais que nem sempre estão preocupados com o bem-estar alheio. Mas aquela conversa me mostra que as notícias muitas vezes não estão corretas em relação ao cuidado com os pacientes.

— Como já disse, tudo é bastante eficaz.

— Quão eficaz? — pergunto, desconfiado.

— Olha: pode faltar remédio para pressão alta em nossa farmácia, mas, em oito anos trabalhando nesse centro, o medicamento antirretroviral nunca deixou de vir.

— Nem uma vez?

— Nem uma vez.

Essa me parece uma boa notícia.

— Mais alguma pergunta?

— Por enquanto não, mas tenho certeza que vou ter outras no futuro.

— Espero que tenha. Bom, acho que é isso. — Ela me estende um papel com um pedido de exame. — Esse aqui é o pedido do colhimento de sangue para a confirmação da sorologia, para a contagem da sua carga viral e do seu CD4, que são as células de defesa do seu organismo. Quando sair daqui, é só passar no laboratório do outro lado do corredor para colher o sangue. Você tem um telefone de contato para que eu possa anotar?

Dou o número do meu celular porque não quero que nenhum profissional de saúde ligue para a minha casa, minha mãe atenda a ligação e comece a fazer perguntas.

Ela anota os números e depois me mostra outros, uma sequência de quatro dígitos escritos com sua letra redonda e perfeita ao lado da minha foto.

— Esse é o número do seu prontuário — ela diz, apontando para o 6438. — Para tudo o que precisar se identificar aqui, você pode usar esse número, principalmente para pegar os remédios na farmácia.

— Eu já vou começar a tomar os remédios hoje?

— Ainda não. Primeiro você precisa se consultar com a infectologista e fazer um exame para saber a sua taxa de CD4 e a quantidade de sua carga viral, para que possamos acompanhar o andamento dos medicamentos e a eficácia deles no seu organismo. Mas já vou deixar a consulta marcada para... — Abre um cadertinho amarelo e olha para o calendário. — Semana que vem está bom para você? Tem alguma preferência de horário?

— Prefiro a parte da tarde, se puder escolher.

Ela confirma e anota uma data para dali a cinco dias e o horário das duas, o que é confortável, porque significa que não vou precisar matar aula para a consulta ou inventar alguma desculpa esfarrapada, já que posso sair da faculdade direto para o centro de tratamento e dizer que fiquei até mais tarde estudando na biblioteca.

— Então é isso. — Fernanda se levanta e estende a mão para que eu a aperte. Pego a mochila no chão e a coloco nas costas. — O caminho não vai ser exatamente curto nem tem um final determinado, mas acredite quando te digo que sua vida pode ser tão normal quanto a de qualquer outra pessoa. A diferença é que, a partir de agora, você vai ser obrigado a fazer exames de sangue e a se cuidar, o que todo mundo deveria fazer.

— Certo — digo, apertando a mão dela e abrindo a porta da sala, sentindo o ar quente do lado de fora invadi-la. — Muito obrigado por tudo, Fernanda.

— Se cuide, Iago! — ela responde, sorrindo.

Capítulo 5

VICTOR

O professor de Antropologia da Linguagem é um desses que fica o tempo inteiro sentado com um livro aberto, apontando para tópicos enquanto lê algumas linhas e acha que esse é um método de ensino eficaz para uma universidade. É sério, onde eu estava com a cabeça quando inventei que seria uma boa ideia fazer uma faculdade de cinema?

Sandra está ao meu lado e tudo o que quer é não estar ali. Ela tenta se concentrar em um livro no Kindle, que apoia nas costas da menina sentada à sua frente para que o professor não veja o que está fazendo. Não que ele se importe, é claro.

Irritado com aquele tom monocórdio que não leva a lugar algum — todos os veteranos já disseram que a prova do professor Leonardo consiste em basicamente escrever qualquer coisa complicada entre aspas e adicionar "Lévi-Strauss" ao lado, e reza a lenda que ele nunca checa se a fonte é ou não real e considera a resposta como certa —, me levanto da cadeira e saio da sala, fazendo a porta ranger.

Do lado de fora, dezenas de alunos dos outros cursos conversam, bebem café e fumam, alguns matando aula, outros esperando para que as suas disciplinas comecem. O Instituto de Artes e Comunicação Social da Universidade Federal Fluminense fica na rua em frente à praça mais famosa de Niterói, um lugar que é comumente conhecido por suas reuniões regadas a cerveja, maconha, cigarros e música alta. É uma rua perigosa, o que significa que os alunos desde sempre aprendem a se reunir em grupos, que entram e saem do portão principal mesmo àquela hora da manhã.

As paredes do campus são um caleidoscópio de cores e estilos diferentes: os muros são repletos de cartazes, grafites e intervenções artísticas que falam sobre feminismo, igualdade de gênero, circuitos de cinema, peças de teatro e exposições de arte. Bancos de madeira se espalham por todo o pátio, e me sento em um deles, puxando o celular para ver quanto tempo daquela aula torturante ainda tenho pela frente.

— Meu Deus do céu, pensei que ninguém fosse tomar coragem e ser o primeiro a sair. — Sandra vem logo atrás de mim, puxando um maço do bolso e acendendo um cigarro. Ela tem um metro e cinquenta e três de altura e uns setenta quilos, e seu rosto sempre está com uma camada fina de maquiagem que a faz parecer radiante. É claro que a boina roxa e os cabelos vermelhos a fazem parecer uma versão em carne e osso de Judy Funnie, e ela vive o clichê de cineasta com um cigarro na ponta dos dedos, comentários irônicos e opiniões ácidas. — Quer um?

— Parei — digo, tentando me convencer de que queimar nicotina não vale a pena. Sandra dá de ombros e guarda o maço, sentando ao meu lado enquanto me observa encarar o celular.

— Teve notícias do menino?

Ela está se referindo a Henrique, mas não é nele que estou pensando no momento.

Faz quase três dias que estive naquele centro de tratamento e entreguei o número do meu telefone para Ian, o garoto do ponto de ônibus, mas até agora ele não me retornou. Passei tempo demais me perguntando se ele está bem ou se precisa de algum tipo de ajuda.

— Ele me mandou desculpas e puxei um pouco de assunto, mas acho que não vai dar em nada — digo, me referindo a Henrique.

— Isso não é o seu preconceito falando mais alto, é?

— Preconceito?

— É. Ele ser soropositivo e você não ser... *esse* preconceito.

— Isso dificilmente é um preconceito, Sandra. Só estou me resguardando.

— Você está evitando a chance de conhecer uma pessoa que, se bem me lembro, era o garoto mais interessante que conheceu em muito tempo. Suas palavras, não minhas.

Passo a mão pela minha mecha azul, tirando-a da frente do olho e colocando-a atrás da orelha.

Sandra sorri.

— Eu sei, mas é... complicado — respondo.

— Victor, você tem um metro e oitenta e cinco e setenta quilos, é gay, tem o cabelo azul e diz que o usa porque quer se expressar, mas faz questão de se vestir como se fosse um estudante de direito engomadinho que foi criado pela avó católica. — Ela enfatiza o fato de eu ser o único naquele lugar usando uma camisa polo, calça jeans e um sapato de couro. — Você é complicado.

Reviro os olhos e ela encosta a cabeça no meu ombro enquanto suspiro, tentando não pensar que é verdade: sou complicado. Em vez disso, me concentro em Henrique e no fato de não saber se quero ser só amigo dele. Ele é um cara incrível, e por mais que eu só o tenha conhecido há algumas semanas, sinto que essa coisa que existe entre nós não pode ser chamada de "apenas amizade". Chame de química, se quiser.

Nunca imaginei que um encontro arranjado no Tinder pu-
desse mexer comigo. Quer dizer, quais são as probabilidades?,
eu queria dizer.

Mas nunca admitiria isso para Sandra, porque, de algum modo, ela está correta. Não sei se a palavra é exatamente *preconceito*, mas as coisas que se ouvem sobre HIV são tão aterrorizantes que não sei se quero ter que viver para sempre com o medo de que, mais cedo ou mais tarde, alguma coisa venha a acontecer comigo. Não consigo começar a imaginar como é conviver com esse vírus e não sei se eu seria forte o bastante para tê-lo no meu cotidiano.

Ao mesmo tempo, estes últimos dias foram importantes para que eu aprendesse um pouco mais sobre que raios é essa coisa que todo mundo tem medo e como ela se manifesta no corpo. Fiquei um pouco obsessivo, fazendo pesquisas em abas anônimas para não deixar rastros das minhas palavras-chave no computador. Vi vídeos de pessoas soropositivas, li depoimentos e até assisti a um documentário sobre o assunto, mostrando como as coisas estão diferentes do início da epidemia, quando era tudo uma grande novidade assustadora. Como as pessoas associavam o HIV e a Aids aos gays e chamavam a doença de *câncer gay* e *praga gay*. Como diziam que aquilo era um castigo divino e como toda uma geração, já fragilizada pelos preconceitos de uma sociedade machista e conservadora, morreu do dia para noite. Mas também vi esperança, sobre como o tratamento avançou ao longo do tempo e como as pessoas foram capazes de se reerguerem depois de tantas mortes e tanto sofrimento. Durante esse processo, aprendi novas palavras, como sorologia, sorodiferença, soroconcordância, indetectabilidade, PEP, PrEP, Truvada, Efavirenz, carga viral e CD4, buscando o significado de cada uma delas e tentando entender o que queriam dizer.

Li coisas horríveis e senti um nó na garganta sempre que esbarrava em um desses textos. Soube de casos de pessoas que se revoltam com sua condição e não fazem o tratamento, e acreditam que transmitir o vírus é a melhor forma de acabar com os pensamentos negativos que existem nelas. Vi pessoas que são hostilizadas ao declarar sua condição de sorologia positiva e outras que se recusam a fazer o tratamento e esperam que o vírus se manifeste em seus organismos para que morram, porque não acham que vale a pena viver depois do diagnóstico.

Mesmo que Henrique tenha me dito que faz o tratamento e é indetectável, posso acreditar nas palavras dele? Posso confiar que ele está falando a verdade, ou será que ele é uma dessas pessoas que falam uma coisa e fazem outra? Como prever em que tipo de perfil o Henrique se encaixa?

— Acho que você poderia se permitir conversar com esse menino. Sei lá, mesmo que não aconteça nada, que mal vai ter se vocês forem amigos? — Sandra comenta.

— Não sei — digo, enquanto todos esses pensamentos vão e voltam na minha cabeça. — Acho que ele não quer ser só meu amigo.

— Talvez *você* não queira ser só amigo dele.

Ela me conhece bem demais.

— Talvez — admito.

— O grande problema do medo, amigo, é que ao mesmo tempo que ele é um bom parceiro para não se ferrar, é inimigo da felicidade.

— Desde quando você virou filósofa?

— Desde que você começou a precisar de conselhos de alguém que acha uma boa ideia ser feliz. Promete que vai pensar no assunto?

Pondero por alguns segundos, em silêncio, e por fim respondo.

— Prometo.

Não é como se eu já não estivesse pensando nisso nos últimos dias.

+

A mensagem de um número desconhecido aparece no meu celular mais ou menos na hora do almoço, quando estou comendo no trailer da dona Irene com Sandra.

> ~Número desconhecido:
> Oi, lembra de mim?
> Qual o nome daquele cara de músicas tristes mesmo?
> Tô precisando de mais música de fossa na minha vida e já cansei da Lana Del Rey.

Sorrio, adicionando o número e o nome de Ian aos meus contatos.

— O que foi? — Sandra pergunta, olhando para a minha expressão. — É o Henrique?

— Não, é outro amigo — respondo, digitando minha resposta.

> Victor:
> Johnny Hooker.
> Como você está?

Ele responde imediatamente.

Ian:
Assustado.
Cansado.
Irritado.

Victor:
São muitos sentimentos para uma pessoa só.

Ian:
Você nem imagina.

Victor:
Pensei que você não fosse me mandar mensagem.

Ian:
Na verdade eu não ia.
Sei lá, não queria encher o saco de ninguém com os meus problemas, e você nem me conhece.
Deve tá pensando um monte de coisa sobre mim.

Victor:
Se eu achasse que você fosse encher o saco... Teria dado dois tapinhas nas suas costas e ido embora. Você já conversou com alguém sobre o resultado do exame?

Ian:
Não.
Tô tomando coragem para falar com o meu melhor amigo.

Victor:
Por quê?
Você acha que ele vai reagir mal?

Ian:
Sei lá, tenho medo de que alguma coisa mude.

Victor:
Se mudar, ele não é seu melhor amigo.

Ian:
É um bom ponto.

Victor:
Você quer o contato daquele amigo que comentei com você?
Falei com ele, ele disse que tudo bem.
Vocês não se conhecem.
Então pelo menos você não precisa se preocupar com o julgamento dele.
Pode ser bom pra você.
Ele é legal.

Os dois bastões ficam azuis imediatamente, mas a resposta demora a vir. O status de *digitando* aparece, some, reaparece, some de novo e reaparece mais uma vez, como se Ian estivesse escrevendo a primeira parte do Antigo Testamento só com a ponta dos dedos.

Quase consigo ver os olhos castanhos dele refletindo se aquela é ou não uma boa ideia. E, quando a resposta vem, ela se resume a duas frases.

> Ian:
> Pode ser.
> Mas tipo... será que não vou incomodar?

> Victor:
> Se incomodar ele te bloqueia.
> Mas duvido que faça isso.
> Às vezes as pessoas gostam de ajudar sem esperar nada em troca.
> Você devia tentar deixar ser ajudado.

É tão mais fácil oferecer conselhos quando não é você quem precisa deles.

— O que você tanto digita aí? — Sandra pergunta, irritada pelo meu silêncio e olhos fixos no celular. — Você realmente não está conversando com o Henrique, está? Porque se estiver e não quiser me mostrar, juro que nossa amizade está por um fio!

— Não é o Henrique! — respondo, sorrindo e mostrando o nome e a foto de Ian nas mensagens do aplicativo.

— Nossa, você supera as pessoas muito rápido.

— Ele é só um amigo, eu juro! — respondo.

— Sei.

Volto a atenção para o telefone e vejo a última mensagem de Ian enquanto Sandra volta a devorar o seu almoço.

> **Ian:**
> Ei, você nem me conhece!

> **Victor:**
> Se eu te contar um segredo você não conta pra ninguém?

> **Ian:**
> Estou ficando craque em guardar segredos.
> O seu está a salvo comigo.

> **Victor:**
> Eu leio pensamentos.
> E sei que você é do tipo que odeia a ajuda dos outros.
> Seja para questões práticas ou para apoio emocional.

> **Ian:**
> E você descobriu isso tudo só lendo meus pensamentos?

> **Victor:**
> Claro que sim.

> **Ian:**
> A maior parte dos charlatões que diz ler
> pensamentos se beneficia do senso comum.
> Tipo quando um cara diz "eu vejo que você está
> sofrendo por algum problema familiar".
> Dificilmente alguém não tem problemas familiares.

Dou uma risada, o que faz Sandra erguer os olhos mais uma vez. Ela levanta uma sobrancelha e volta a comer, quieta.

> **Victor:**
> Acredite no que quiser.
> Eu leio pensamentos.
> Ponto final.

> **Ian:**
> Tudo bem, Sookie Stackhouse.
> Obrigado por jogar conversa fora.
> Estava precisando.

Envio o contato com o número do Henrique.

> **Victor:**
> O número do meu amigo. O nome dele é Henrique.
> Fale com ele e veja o que ele tem a dizer.

> Ian:
> Pode ser uma boa ideia.

> Victor:
> Você é um cara legal.
> :)

> Ian:
> Tenho certeza que esse Henrique também acha isso de você.
> Vocês são, tipo, namorados?

A pergunta sobre sermos ou não namorados me deixa desconfortável, mas a grande vantagem das mensagens de texto é que a pessoa do outro lado não é capaz de enxergar suas expressões faciais.

> Victor:
> É complicado.

> Ian:
> Ele é soropositivo, você não é.

Se aquela fosse uma partida de xadrez, o juiz provavelmente diria "xeque-mate".

> **Victor:**
> Desculpa.
> Não quero que você pense que sou insensível.

> **Ian:**
> Sem problema.
> Vou tentar falar com ele.
> E depois a gente conversa mais.

Algum tempo depois, ele complementa:

> **Ian:**
> Ah, muito obrigado.

> **Victor:**
> Eu que agradeço.

> **Ian:**
> Pelo quê?
> Por ficar choramingando no seu ouvido?

> **Victor:**
> Claro que não.

> **Ian:**
> Pelo que, então?

> **Victor:**
> É complicado :)

> **Ian:**
> Alguém já disse que você é complicado?

> **Victor:**
> Por incrível que pareça.
> Você é a segunda pessoa que me diz isso hoje.

> **Ian:**
> Uma vez é um fato, duas é uma coincidência, três é um padrão.
> Pelo menos é isso que falam de serial killers.

> **Victor:**
> Espero que a terceira não venha.
> Senão vou começar a me preocupar.

Desligo o aparelho e o enfio no bolso.

— Até que enfim! — Sandra resmunga enquanto olho para o meu prato de comida, praticamente intacto e gelado. — Se você trocou de melhor amigo, é melhor dizer logo. Vai me poupar um bom tempo de investigação.

— E eu que sou dramático — respondo, cortando um pedaço do bife e enfiando na boca.

Capítulo 6

HENRIQUE

Estou espremido em um ônibus em direção à Lapa, imprensado entre um homem que não sabe muito bem o conceito de higiene pessoal e outro que tem a expressão cansada, os braços segurando o suporte de ferro do ônibus e a cabeça encostada no próprio ombro, como se fizesse uma oração silenciosa para que alguém perto dele se levante e ele, enfim, possa se sentar e dormir um pouco antes de chegar em casa. Minha cabeça começa a latejar e tento me distrair olhando para o celular, quando percebo uma mensagem de um número desconhecido. A princípio, penso que pode ser engano, mas quando leio percebo de quem se trata.

> ~Número desconhecido:
> Oi, a gente não se conhece, mas o Victor me passou o seu número e me disse que a gente poderia conversar. Sou o Ian, tudo bem?

Considero se devo ou não respondê-lo. Penso se não seria melhor deixar a conversa morrer por ali mesmo e não me envolver com alguém que nem conheço. Por que deixei que Eric dissesse que estava tudo bem se um desconhecido fizesse contato comigo? Por que estou fazendo tantas concessões para o Victor, se ele não quer nem saber de mim? Não sirvo para ele, mas sou bom o bastante para servir de psicólogo para alguém que ele acabou de conhecer?

Ao mesmo tempo, sei que esse garoto deve estar aterrorizado. Já passei por tudo isso e sei como a gravidade pode parecer fora de lugar quando tantas coisas passam pela nossa cabeça. Se eu posso fazer com que ele se sinta melhor, por que deveria recusar? Se eu tivesse tido alguém para me dizer que tudo ficaria bem, será que precisaria ter passado por tantas noites com o rosto enfiado no travesseiro, sufocando gritos e choro?

Eu me lembro que, quando descobri meu diagnóstico, tudo o que queria era ter alguém com quem conversar, e a perspectiva de falar com um desconhecido tinha começado a me parecer possível. Tentei um grupo online de soropositivos anônimos, mas não gostei das facilidades que o anonimato traz às relações, já que a maior parte das pessoas ali só compartilhava o quanto queria descobrir quem havia transmitido o vírus para elas para se vingarem, se isentando das próprias responsabilidades.

Não foi uma boa ideia. Passei tempo demais me contaminando com a negatividade daquelas pessoas antes de finalmente desistir de todo aquele papo e tentar outra abordagem, que dessa vez incluiu o Eric e todo o meu medo de contar para ele sobre o resultado do teste.

Nessa época, já dividíamos nosso pequeno apartamento na Lapa, fruto de uma cumplicidade que envolveu uma semelhança nas histórias de nossas famílias: eu, pela incapacidade de meus pais aceitarem o fato de que não daria netos a eles, a menos que fossem adotados, e que não teria o casamento tradicional na igreja que minha mãe tanto sonhava; e o Eric, por ser um espírito livre que encontrou na arte drag uma forma de se expressar, forma essa que era considerada uma vergonha para o pai dele, que o expulsou de casa após a morte da mãe.

Contar para Eric sobre meu diagnóstico foi menos traumatizante do que eu imaginava. Quando algo tão assustador quanto um vírus crônico aparece em nossas vidas, pensamos todo tipo de coisa negativa, e a primeira delas é que, de alguma maneira, as pessoas vão nos encarar de forma diferente. Que vão nos evitar, que não vão mais nos olhar ou abraçar da mesma forma. Então, quando finalmente tomei coragem e mostrei para Eric o papel com aquele maldito "xis" assinalado ao lado de HIV+, não sei muito bem o que esperava. Talvez que ele se decepcionasse, quem sabe começasse a gritar e quisesse mudar de casa, ou então que fosse me dar um abraço e me consolar, como se eu estivesse à beira da morte.

Mas ele fez diferente. Simplesmente deu de ombros, me devolveu o papel e perguntou se eu já havia começado o tratamento. Depois foi para a cozinha, abriu os armários e começou a preparar uma lasanha de queijo e presunto.

— Quando minha mãe era viva, ela sempre dizia que não tem má notícia que consiga sobreviver a um tabuleiro de lasanha. Isso foi quando eu disse que era gay e nós dois sabíamos que meu pai não ia gostar da novidade, e o câncer já estava quase a levando embora. A gente sabia que não seria fácil, então foi o que ela fez para mim. E é exatamente isso que quero dizer para você: não vai ser fácil, mas nós sempre teremos lasanha.

Foi mais ou menos nessa hora que eu chorei e o abracei, agradecendo por tê-lo na minha vida. E também porque estava com fome.

Mas e esse Ian? Será que ele tem alguém que pode fazer uma lasanha para ele, abraçá-lo e dizer que tudo vai ficar bem? Será que ele está preparado para enfrentar a tortura psicológica que parece te consumir até que você finalmente tome coragem e decida compartilhar o peso dessa descoberta com alguém que você ama e que te apoie? Ele provavelmente está tão confuso quanto eu nos primeiros dias, sem saber muito bem o que está acontecendo ou como a vida pode continuar sendo maravilhosa, mesmo com os seus altos e baixos.

Pego o telefone, adiciono o número de Ian aos meus contatos e me equilibro entre as pessoas que me imprensam no ônibus, começando a digitar.

> Henrique:
> Oi! É claro que a gente pode conversar. Sou o Henrique, muito prazer. Como estão as coisas?

> Ian:
> Confusas.

> Henrique:
> Imagino. Acha melhor conversar pessoalmente do que por aqui?

> Ian:
> Você tem tempo?

> Henrique:
> A gente arranja tempo. Onde você mora?

> Ian:
> Botafogo, e você?

> Henrique:
> Lapa, mas estou perto de Botafogo.

> Ian:
> Tem tempo agora?

Estou cansado e tudo o que quero é chegar em casa para terminar de assistir à última temporada de *Orange is the new black*. Antes que eu possa responder, ele manda outra mensagem.

> Ian:
> Se não tiver, não tem problema. A gente deixa para outro dia. Não quero te incomodar.

Dou um suspiro cansado. Desconhecidos têm uma tendência a evitar primeiros encontros, e sei por experiência própria que ele deve estar tão desconfortável quanto eu para que nos encontremos. Se houvesse outra saída, ele estaria focado nela. Se quer se encontrar pessoalmente com tamanha urgência, é provável que esteja realmente mal.

> **Henrique:**
> Não está incomodando! Estou livre sim. Onde podemos nos encontrar?

> **Ian:**
> O que acha do shopping da praia de Botafogo?

> **Henrique:**
> Ótimo. Te encontro em o quê? Meia hora?

> **Ian:**
> Tudo bem. Starbucks?

> **Henrique:**
> Marcado.

> **Ian:**
> Obrigado.
> :)

Deslizo o telefone de volta para o meu bolso e puxo o sinal para que o ônibus pare. Me espremo entre as pessoas cansadas pelo dia de trabalho e saio do coletivo, começando a andar em direção ao metrô.

+

Quando vejo os cabelos raspados e a barba cheia de Ian, iguais às da foto do perfil do WhatsApp, o reconheço imediatamente. Ele está sentado em uma mesa de dois lugares, com dois cafés à sua frente, e percebo que uma de suas pernas sobe e desce. Está impaciente e não muito à vontade. Ao ver que me aproximo, ele sorri em reconhecimento.

— Não sabia do que você gostava, então peguei um café com leite comum — ele diz, arrastando um dos copos na minha direção enquanto me sento. Ao lado do copo, há pacotes de todos os tipos de açúcar e adoçante disponíveis no Starbucks. Pego um de sucralose, abro a tampa do café e despejo dentro do líquido, mexendo com o palito de madeira.

— Não precisava se incomodar — digo, bebericando o líquido e sentindo algo refrescante pela minha garganta, feliz com a cortesia. — Está gostoso.

— Coloquei um pouco de menta.

— Nunca tinha provado. É bom.

Ele sorri. Coloco a mochila sobre o meu colo e o encaro, sem saber muito bem como começar uma conversa com um desconhecido. Pelo amor de Deus, sou formado em publicidade, não em psicologia.

— Então... — digo, tentando estabelecer o mínimo de intimidade antes de guiar aquela conversa, porque acho que é isso o que ele espera. Sou o mais velho ali, e todos sabem que é uma verdade universalmente conhecida que os mais velhos são mais sábios, portanto devem abrir os caminhos. Eu acho. — Não quero perguntar de novo como estão as coisas, porque você já disse que estão confusas, mas... como está lidando com tudo?

Ele sorri sem jeito, porque também não sabe muito bem como começar aquela conversa, ainda mais com um desconhecido. Aquilo parece uma entrevista de emprego.

Uma incômoda entrevista de emprego.

— É tudo muito novo — ele tenta resumir.

— E assustador.

— E assustador — ele repete, fazendo um aceno positivo com a cabeça. — Mas não é o fim do mundo, não é?

— Só parece — digo, sorrindo. Dou outro gole no café. — Mas não, não é o fim do mundo. Quero dizer, olha para mim: estou vivo, não é? Um poço de ironia e uns episódios da famosa *bad*, mas estou aqui e é isso o que importa.

— É difícil? — ele pergunta, e percebo que seu tom é baixo porque não quer que ninguém ao redor ouça o conteúdo de nossa conversa. Por isso, também diminuo a voz para acompanhá-lo, e parecemos dois líderes revolucionários conspirando para derrubar um governo totalitário.

— Depende do que você considera difícil. É chato, desgastante, cansativo... mas *difícil* é uma palavra muito forte. Talvez psicologicamente difícil. Fisicamente, só às vezes.

— Desculpa, eu... — Ian respira pesadamente, bebe outro gole de café, tenta colocar os pensamentos no lugar. Não consegue falar mais nada.

— Você está com medo — completo o que ele está pensando, e ele concorda. — Com medo do que as outras pessoas vão dizer, com medo de como vai ser a sua vida a partir de agora, com medo de ser rejeitado e com medo de todas as coisas que vai ter que repensar por conta desse vírus. Acertei?

— Em cheio.

— Sei como é. — Quem me vê pode pensar que sou o "guru do HIV" que já superou todos esses medos, mas eles ainda estão aqui, escondidos em algum lugar. Só que Ian não precisa saber disso.

O silêncio toma conta da mesa, como se as palavras fossem tiros que pudessem acertar alguém no meio da testa e espalhar cérebro e ossos para todos os lados.

Tento me concentrar, sendo a pessoa-madura-e-mais-velha da mesa, e continuo falando:

— Fale o que está pensando. Sem restrições. A gente nem se conhece, então, se eu te julgar, você não tem com o que se preocupar. Não que eu vá fazer isso, é claro. Não sou esse tipo de pessoa.

Ele sorri de novo e me olha nos olhos. Geralmente me incomodo quando alguém faz isso, mas os olhos castanhos dele parecem tão inocentes e, de alguma forma, bem-intencionados, que não me preocupo, porque sei que ele não quer olhar para dentro de mim e tentar me decifrar.

— Estou pensando que poderia ter me cuidado mais e que tudo poderia ter sido diferente.

— E também que não seria uma má ideia ter uma máquina do tempo e voltar para quando o "você" do passado transou sem camisinha para arrombar a porta do quarto e gritar "não faça isso!".

— Bem por aí. — Ele sorri.

— Não é muito saudável pensar em coisas impossíveis.

— É inevitável.

— Sabe o que pensei quando recebi o meu diagnóstico? — pergunto.

— O quê?

— Que eu deveria ter me cuidado mais e que tudo poderia ter sido diferente. E que definitivamente já deveriam ter inventado uma máquina do tempo.

Ele sorri.

— É bizarro, não é? — Ian pergunta, pegando o seu copo de café com as mãos e girando-o pela mesa. Desconfortável, desconfortável, desconfortável. — A gente sabe exatamente o que fazer, mas aí acha que nunca vai acontecer com a gente, até que acontece. E depois a gente fica se culpando e achando que tudo poderia ter sido diferente.

— A gente acha que é um tipo bizarro de super-herói, e que as histórias que ouvimos por aí não existem. Como se o HIV fosse um grande delírio coletivo que só acontece com as pessoas nos filmes tristes que concorrem ao Oscar — complemento. — Mas a questão não é ficar se culpando. A gente só se culpa durante algum tempo. Eu sei que é tudo muito recente para você, Ian, mas esse sentimento vai embora em algum momento, ou pelo menos damos um jeito de deixá-lo quietinho em um canto da mente. Porque, no fim das contas, não é questão de culpa.

— Para você, o que tem sido pior? — ele pergunta.

— A cabeça. Definitivamente a cabeça e as coisas que ela produz por conta dos medos que começam a te atingir. Eles nunca vão embora, sabe. — Ele concorda. Continuo falando: — Talvez essa seja a maior mentira da história das mentiras que os médicos contam para que você se sinta melhor. Eles dizem "com o tempo, você se acostuma. Com o tempo, você nem lembra mais que tem esse vírus, porque você vira indetectável e as suas chances de transmitir o vírus são nulas, e os efeitos colaterais dos remédios melhoram e você toma o seu comprimido automaticamente. Como se fosse um remédio para pressão alta. Como se fosse um remédio para diabetes". — Dou uma risada seca. — Mas é mentira, pelo menos para mim. Não tem um dia que não me lembre do vírus, e não passa um dia sem que eu me preocupe por não ser mais exatamente como as outras pessoas.

Ian olha para mim com os olhos atentos.

— Desculpe, eu... — Sorrio, sem graça, passando a mão pelos meus cabelos ruivos na tentativa de dominá-los. — Eu deveria estar tentando fazer com que você se sinta melhor, e olha só o que estou fazendo.

— Não tem problema. É bom alguém ser sincero, para variar.

— Os médicos só *acham* que sabem o que acontece aqui dentro — digo, apontando para minha própria cabeça. — E é claro que cada um tem um jeito diferente de processar tudo isso. Meus dias de consulta no médico me fizeram conhecer muita gente na fila de espera, e uma coisa que aprendi é que cada um tem uma forma de encarar a vida e o vírus. Conheci uma mulher que contraiu HIV do marido porque ele a traiu, mas ela o perdoou e estava grávida, fazendo o tratamento para ter um filho sem o vírus. E também conheci um homem de 45 anos, pai de uma menina de 15 e com dinheiro o bastante para fazer uma viagem para onde quisesse a cada seis meses, que teve o diagnóstico positivo e do qual nunca mais tive notícias. Quando a gente conversou, ele parecia bem determinado a fazer com que as coisas dessem certo e disse que não queria desistir da vida, que amava conhecer o mundo e que aquilo tinha dado uma nova perspectiva para o que ele ainda podia aproveitar. Aí ele deixou de aparecer no centro de tratamento e, quando perguntei para a minha médica se ela tinha notícias daquele cara, ela me disse que ele tinha se jogado da janela do 12º andar. — Dou de ombros. — O fato é que, mesmo com toda a informação que existe, as pessoas ainda se cagam de medo de terem isso na vida delas, mas cada um responde às más notícias de um jeito diferente.

— E como você encarou as más notícias? — ele pergunta.

Desvio os olhos dos dele por alguns segundos e observo o nome rabiscado no copo de café ao lado de um smile que o barista desenhou.

Tento organizar os pensamentos.

— No começo, eu tinha essa ideia fixa de que o centro de tratamento tinha feito merda com meu sangue e que o reagente estava estragado. — Rio ao me lembrar de como aquela válvula de escape pareceu a mais fácil na época. Coço a bochecha e sinto a barba por fazer espetar as pontas dos meus dedos. — Então refiz o teste em um laboratório particular, e ele também deu positivo. Aí comecei a pensar que o laboratório particular também estava errado, e fui a um outro e repeti o exame. Quando percebi que aquilo não era uma piada de mau gosto ou um erro coletivo, comecei a pensar no que deveria fazer. Li muito sobre a história do vírus e decidi que não me cuidar seria idiotice, então comecei o tratamento.

— Teve efeitos colaterais?

— Alguns, mas nada que não pudesse ser superado. Tem um remédio que a maioria das pessoas toma que mexe com o sistema nervoso, então tive um monte de pesadelos no início e meu humor era pouco previsível. Às vezes eu estourava com o amigo que divido o apartamento porque ele deixava as perucas dele espalhadas pela sala, e aí eu começava a chorar porque achava que tinha magoado a única pessoa que eu tinha e que ele nunca mais olharia na minha cara. — Dou outra risada, o que faz com que Ian também ria. Devo parecer completamente desequilibrado. — E, de vez em quando, os pensamentos ruins ainda aparecem, mas a gente aprende a mascarar o que sente. Até porque quase sempre são só os remédios mentindo pra gente e bagunçando nossa cabeça, nos fazendo acreditar que ninguém se importa, quando na verdade muita gente se importa sim.

— E alguém sabe sobre você? — ele pergunta.

— O meu amigo das perucas, que é a melhor pessoa do Universo — respondo, sorrindo. — O nome dele é Eric e ele faz shows vestido de drag queen.

— E o Victor — ele completa ao perceber que não menciono mais ninguém.

— E o Victor — repito, e tenho certeza que ele percebe a nota de incômodo na minha voz.

— O que rola entre vocês dois?

Balanço a cabeça, indicando ter tantas dúvidas quanto ele.

— As coisas sempre são boas até que faço a "Grande Revelação". É aí que as pessoas se afastam. Mas já estou acostumado com isso.

Minhas palavras soam amarguradas e Ian percebe isso.

— Parece que você já teve mais de uma decepção.

— Essa é a parte ruim desse vírus: a gente nunca sabe qual vai ser a reação das pessoas. Eu já ouvi histórias de gente que lida muito bem com o fato de estar em uma relação sorodiferente, e queria muito ser uma dessas pessoas que fala para você que o vírus não é um problema e que encontrei o amor da minha vida, mas não tive muita sorte nos últimos três anos.

— Imagino que o Victor não seja o primeiro caso de reações negativas.

— Não é, e já cheguei a pensar que talvez não fosse uma boa ideia contar sobre isso para alguém com quem eu me envolva. Eu tomo todos os cuidados e levo em consideração todas as minhas responsabilidades, mas, ao mesmo tempo, não sei se é justo não falar sobre isso, sabe? Não falar só ajuda a alimentar o medo e o preconceito.

— E você gosta do Victor?

Fico com dificuldade para responder.

— Ele é um garoto legal e a gente tem muita coisa em comum, mas eu sempre fico um pouco frustrado com as reações negativas, por mais que saiba que elas existam.

— Isso não responde a minha pergunta.

— Para alguém que acabou de me conhecer, você é bem incisivo — digo.

— Desculpa, eu não...

Sorrio.

— Tudo bem, não me incomoda falar sobre isso. Bem, se o que você quer ouvir é um sim ou um não, digo que sim, gosto dele. Mas não gosto das reações.

— Dele ou em geral?

— Em geral. Acho que é um mecanismo de defesa, sabe, isso de não insistir muito ou me envolver demais para acabar me machucando mais tarde, porque já aconteceu uma vez e não quero que aconteça de novo.

Carlos invade os meus pensamentos mais uma vez. Aquele imbecil.

— Alguma decepção marcante depois da "Grande Revelação"?

— Ian parece interessado na minha vida, e percebo que seu corpo se projeta levemente para a frente e que o cotovelo esquerdo se escora na mesa. Ele parece uma criança em uma biblioteca, ansiosa pela hora da contação de histórias.

Não sei exatamente o porquê, mas sua expressão interessada me faz dar uma risada. Não um daqueles risos secos que ecoam do fundo da garganta e parecem mais uma nota de desdém, mas um sorriso cheio de dentes, olhos comprimidos e respiração entrecortada.

Ele percebe o que acontece e tira o cotovelo da mesa, enfiando as mãos no meio das pernas.

— Desculpa, eu não... quis me intrometer — ele diz, embaraçado.

— Já disse que não me incomoda. Você parece ser o tipo de pessoa que se sente bem ao ouvir sobre as tragédias alheias, não é? — Não é uma crítica, e pelo meu tom bem-humorado ele percebe isso.

— *Game of Thrones* é meu seriado preferido. Adoro um pouco de tragédia.

— *Game of Thrones* é clichê. Você devia tentar um livro de literatura russa se quer tragédia de verdade. Ou *O Menino do pijama listrado*, se quer uma coisa mais curta.

— *Game of Thrones* tem dragões. É mais legal.

— Ok, gosto se lamenta e não se discute, como diria minha mãe. Mas quanto à minha tragédia, que é muito mais importante do que qualquer um sendo decapitado em Westeros...

— Então você assiste *Game of Thrones*!

— Foco! — Ele sorri quando estalo os dedos. — Sobre a minha tragédia: ela envolve um garoto e outro mundo de fantasia, mais exatamente um que teve o filme gravado na Nova Zelândia...

— O que *O senhor dos anéis* tem a ver com essa história?

— Meu ex era apaixonado pelo Tolkien e pelos filmes. Eu também era, mas as coisas deram tão errado entre nós que nunca mais consegui olhar para a cara do Gandalf sem pensar nas palavras "velho filho da puta", mesmo sabendo que ele não tem nada a ver com os meus problemas.

— Esse cara foi um dos que desapareceu depois da "Grande Revelação"?

— Não exatamente nesses termos, e isso foi o que me machucou mais — digo, tentando ignorar o fato de que os olhos cor de mel de Carlos voltam a mim junto com seus cabelos cor de palha e um sinal que ficava escondido na bochecha, abaixo da camada grossa de barba loira, que ele cismava em deixar crescer, mesmo que eu odiasse. — Eu descobri meu HIV quando estava com ele. Éramos uma dupla estranha, porque ao mesmo tempo que eu já estava longe da casa dos meus pais e tinha a minha sexualidade bem resolvida, ele era um garoto cheio de complexos, que não se assumia para ninguém por conta do pai militar e da mãe religiosa, e que tinha medo de sair de casa para conquistar o mundo. Nosso relacionamento era um desses que precisam ser mascarados por uma amizade, sabe. Mas, enfim. A gente foi fazer o teste juntos, com todo esse lance feliz de namorados que estão prontos para se comprometerem em uma relação de longo prazo, porque eu vivia insistindo que ele tinha que se assumir e encontrar uma maneira de ser feliz. Aí o meu resultado deu positivo, e o dele, negativo, e ele ainda assim me disse que estava ali para me dar todo o apoio de que eu precisasse. E fui muito feliz naquele meio-tempo, porque por mais que eu estivesse na merda por conta do vírus, ainda tinha uma pontinha de esperança de que o HIV ao menos não afetaria aquela relação em particular. A gente sempre usou camisinha, mesmo antes do resultado, mas ainda assim eu me preocupei. Enquanto ele me acompanhava durante todo o processo das primeiras visitas ao médico, eu insisti que ele repetisse o exame mais umas três vezes ao longo do ano seguinte para ter certeza de que ele era negativo mesmo. Ele sempre me dizia que, se por acaso algum daqueles exames acusasse positivo, nada mudaria entre nós. Que enfrentaríamos aquilo juntos e toda aquela merda motivacional.

"Aí o ciclo de testes dele acabou e ele teve a certeza de que não estava mesmo com o vírus. Eu nunca me senti tão aliviado na vida, porque nunca quero saber o que é ter a responsabilidade de ter transmitido HIV para alguém. Depois desse tempo lidando e discutindo sobre HIV, estudando muito sobre o vírus e indo até para a terapia juntos para conversar sobre aquilo com uma psicóloga, ele simplesmente desapareceu. *Puf*, como se fosse fumaça. Eu ligava e ele não me atendia; eu mandava mensagens que ele visualizava e não respondia. Quando finalmente tomei coragem e fui até a casa dele, seus pais me atenderam com uma expressão um pouco duvidosa. Tudo o que sabiam a meu respeito era que eu e Carlos éramos amigos, mas sequer sabiam o meu nome. Me conheciam por algumas fotos que tirávamos, todas com outras pessoas ao redor, porque Carlos dizia que não pegava bem publicar fotos em que apenas eu e ele estivéssemos juntos. Então a mãe dele me disse que ele estava na Nova Zelândia, fazendo intercâmbio. Perguntou se eu não sabia que ele iria e estranhou quando eu disse que não, porque ele estava juntando dinheiro há oito meses e tinha comprado a passagem com bastante antecedência. O pai dele inclusive comentou, orgulhoso, que ele dizia estar se correspondendo com uma intercambista e que provavelmente os dois iriam se encontrar e engatariam algum relacionamento. É claro que não falei nada, mas oscilei entre o riso e o choque, porque o pai dele parecia convencido daquela história de namorada em outro país.

"Eu não conseguia entender por que ele havia sido tão desonesto comigo, mas respirei fundo e passei dois dias escrevendo um e-mail imenso para ele, dizendo que tinha ido até a casa dele e descoberto sobre a Nova Zelândia. O desgraçado me respondeu com uma foto, uma semana depois. Parecia que eu não passava de mais um entre os vários amigos dele. A mensagem era impessoal, como se fosse uma dessas que se copia e cola para todos os contatos, dizendo que sentia saudades, mas que era hora de mudar de vida e que estava muito feliz pela decisão que tinha tomado. Ele acrescentou que tinha trocado o número de telefone, então pedia desculpas se eu tivesse ligado para ele ou mandado mensagens que ele não conseguiu responder."

Dou um gole no café que já está meio frio, sentindo a garganta hidratar depois de falar tanto. Eu pareço sair de um transe e percebo que Ian não pisca até que eu pare um segundo para respirar.

— Mas que filho da puta... — ele murmura, boquiaberto.

— Pois é. Nem preciso dizer que passei o restante do ano chorando pelos cantos e sentindo pena de mim mesmo. Essa foi a pior experiência que já tive na vida. Sinceramente, foi pior do que o baque de descobrir sobre o HIV. Porque eu confiava nele e pensava que teríamos uma relação duradoura, sabe? A gente fazia planos de se mudar para São Paulo ou para algum lugar no Nordeste depois que terminássemos a faculdade, e ele simplesmente jogou uma bomba de fumaça no chão e desapareceu como se fosse a Bruxa Má do Oeste.

"Depois disso, eu me fechei completamente para relacionamentos. Fiquei quase dois anos sem transar com ninguém e mal saía para conhecer pessoas novas. O Eric, o amigo que divide apartamento comigo, faz uns shows no centro da cidade e vivia me enchendo o saco para que eu fosse com ele. Levava pessoas lá para casa para tentar conversar comigo e criar novas amizades, mas eu estava no fundo do poço. Tinha crises de choro que vinham de lugar nenhum e não tinham hora para acontecer: se estivesse no trabalho e sentisse uma delas vindo, eu corria e me escondia no banheiro e ficava lá chorando até me acalmar; quando acontecia no ônibus, eu enfiava meus óculos, mesmo que estivesse de noite, e fechava os olhos, tentando respirar fundo e pensar em coisas boas. Foi uma época terrível da minha vida, e de vez em quando a sensação de desespero ainda volta, sabe, porque a gente se acostuma com os remédios, mas eles às vezes levam a melhor sobre os pensamentos negativos."

— E como você superou tudo isso?

— Queimei minha edição de *O senhor dos anéis* em um ritual no qual o Eric se fantasiou de Galadriel. *O hobbit* foi também, junto com os DVDs dos filmes. Foi tipo um ponto de ruptura, sabe, e acabou sendo engraçado porque o Eric memorizou aquela cena da *Sociedade do Anel* em que a Galadriel fica meio doida, berrando *TODOS DEVERÃO ME AMAR E SE DESESPERA-AAAAAR* — digo, balançando os braços no meio da cafeteria com os olhos arregalados, o que faz com que Ian solte uma gargalhada bem-humorada. — Depois daquilo, decidi que valia muito mais a pena valorizar as pessoas que fazem esse tipo de coisa por mim do que um babaca que some sem deixar mensagens.

— Acho que é uma ótima decisão.

— E sabe qual é a pior parte? A Nova Zelândia tem restrições para que soropositivos de outros países morem lá. Então não sei se ele foi para lá sabendo ou não disso, o que só me deixou mais puto com toda essa história. E esse tipo de coisa deixa marcas. Depois do Carlos, eu nunca mais consegui confiar nas pessoas da mesma forma. Só confio em quem já conheço, sabe. Sempre fico com um pé atrás quando estou para me envolver com uma pessoa, seja uma amizade ou um interesse amoroso, e acho que isso é a pior coisa que posso fazer. Mas não consigo evitar.

— Você está falando comigo, que sou um completo desconhecido — Ian retruca, dando de ombros.

— Exatamente porque você *é* um desconhecido. Eu posso simplesmente ir embora daqui e não responder mais nenhuma mensagem sua, te bloquear em todos os aplicativos existentes e continuar a minha vida como se nada tivesse acontecido.

— E você vai fazer isso?

— Até que você é um cara legal. E, provavelmente, ainda vai ter muito o que enfrentar quando começar a tomar os remédios. Então vou te dar o benefício da dúvida e manter os canais de comunicação abertos para você.

— Ei, isso é um progresso, não é?

Dou o último gole no café. Está mais gelado do que Winterfell.

— Talvez seja.

Ian sorri, satisfeito, e fala:

— Sei que não falei quase nada sobre mim, mas queria dizer que isso... essa conversa... me ajudou muito. De verdade. E sei que, apesar de ser só um desconhecido olhando para tudo de uma perspectiva externa, queria te dar um conselho: insiste um pouco com o Victor. Você parece gostar dele, e ele parece gostar de você. Talvez as coisas não estejam tão claras, mas tenho certeza que, pelo menos, ele vai parar para te ouvir. Mesmo que não dê em nada, não custa tentar, não é?

Considero o conselho.

— Talvez — é tudo o que consigo responder.

Ian se levanta, pronto para ir embora. E então, num impulso, faço o convite.

— Você gosta de boates?

— Tipo com música sertaneja e o pessoal derrubando uísque vagabundo no chão?

— Meu Deus do céu, que tipo de boates você frequenta?

— O pessoal da faculdade me levou uma vez em uma. Foi horrível.

— Meu querido, estou falando de drag queens e Beyoncé a noite inteira. E dose dupla de cerveja.

— Esse lugar existe?

— É onde o Eric se apresenta. — Tento deixar as coisas claras para que ele entenda que não estou dando em cima dele. — Olha, eu sei que esse período pós-diagnóstico é muito, muito ruim, então acho que você devia sair um pouco de casa, mesmo que seja para ouvir música alta e ficar fedendo a cigarro. Sair um pouco da nossa cabeça faz bem de vez em quando. E o Eric está preparando uma apresentação de Cleópatra para a próxima festa. É nesse final de semana. Você topa?

— Por que não? — ele responde com uma pergunta e um sorriso. — Me manda o endereço do lugar e o dia certinho que apareço por lá.

Nós dois nos levantamos e nossos sorrisos são um indicativo forte o suficiente para que saibamos que aquela conversa não termina por ali. De alguma forma, sei que foi plantada uma pequena semente de uma futura amizade.

Ele estende a mão para apertar a minha, mas nem percebo e já estou o abraçando como se fôssemos amigos que se encontram depois de muito tempo sem se ver.

— Valeu mesmo pelo tempo que gastou comigo, Henrique. Me fez muito bem.

Não digo nada em resposta, apenas aceno com a cabeça.

Talvez não queira admitir para ele, mas a conversa também me fez muito bem.

Capítulo 7

IAN

Ainda não sei muito bem o que sentir em relação à conversa com Henrique. De alguma forma, ouvir sobre os problemas dos outros ajuda a deixar as coisas menos complicadas, ou ao menos a racionalizá-las a partir de outra perspectiva. Mas, no fim das contas, são apenas palavras.

Quando chego em casa, todos estão presentes num quadro que mais se aproxima de uma noite familiar: minha mãe domina a mesa da sala com seus projetos, seu estoque inesgotável de café e um sanduíche de atum e maionese feito às pressas; meu pai está no quarto, debruçado sobre uma escrivaninha apertada, corrigindo as provas dos alunos que estão prontos a mendigar décimos para que não precisem passar mais duas semanas estudando para provas de recuperação; e, no quarto que divido com Vanessa, ela está jogada no chão com quatro livros diferentes abertos, além de um caderno e fones de ouvido que estouram alguma música clássica entediante (ela diz que é a única maneira de se concentrar naquele manicômio que chamamos de casa).

Vou até o quarto, coloco uma roupa velha e amassada e me jogo na cama, cansado física e mentalmente de toda aquela maratona frenética, que tento manter em discrição, de médicos, lágrimas e conversas com desconhecidos. Vanessa percebe que não puxo assunto com ela e que não tento atrapalhá-la, por isso franze o rosto e tira os fones.

— Está tudo bem, Ian?

Ela está com os cabelos encaracolados presos em um coque, numa tentativa de aplacar o calor da noite. O ventilador de teto gira em potência máxima, fazendo a cortina esvoaçar. Quando Vanessa tira os fones, percebo que a música está alta demais, mas não me motivo a fazer um dos meus comentários ácidos sobre o fato de que ela ficará surda antes dos trinta.

— Só cansado — respondo, ainda olhando para cima, sentindo os ombros relaxarem em contato com o colchão. — O que você está fazendo?

— Um trabalho final para a aula de biologia. — Isso explica o empenho e a grossura dos livros. — A professora mandou fazer uma pesquisa sobre DSTs. Eu fiquei com HIV e Aids. Sabia que as duas coisas são diferentes?

Pego o travesseiro que está sob a minha cabeça e o enterro no rosto.

O Universo só pode estar de sacanagem comigo.

+

Meu telefone toca às dez da noite, me fazendo abrir os olhos. Vanessa ainda está empenhada em suas pesquisas, dessa vez com o rosto enfiado no notebook e mil abas abertas com informações sobre HIV e Aids. A música clássica explode pelos alto-falantes do computador, mas estou tão distraído que sequer percebo que Vivaldi havia se tornado a trilha sonora da noite.

Olho para a tela do celular e vejo que quem liga é Gabriel, meu melhor amigo. Saio do quarto e vou até a cozinha, talvez o único lugar no momento que não parece a filial de um hospício.

— Alô?

— Você não respondeu às minhas mensagens. — A voz do outro lado da linha é acusatória, impaciente e, até certo ponto, divertida. — Espero que exista alguma boa explicação para isso e que ela envolva um roubo de telefone ou qualquer coisa que não seja sua total indiferença com a minha preocupação.

— Boa noite para você também, Gabriel.

— Onde você está?

— São dez da noite de uma quinta-feira. Onde você *acha* que estou? — pergunto. — É claro que estou em casa.

— Ótimo.

O telefone emudece, e não tenho certeza se Gabriel está com tanta raiva de mim que decidiu desligar na minha cara ou se a ligação simplesmente caiu.

Tento retornar, mas descubro por que ele não está do outro lado da linha quando ouço a campainha tocar, pegando todos de surpresa.

Vou até a sala quando minha mãe, com o rosto franzido por conta de uma visita inesperada àquela hora da noite, gira a chave e abre a porta. E lá está o meu melhor amigo, com seu metro e sessenta e oito de altura, sua pele negra e seus antebraços repletos de tatuagens. Quem o vê de longe pensa que Gabriel tem dezesseis anos, mas ele vai fazer vinte e cinco e parece tomar algum elixir preparado por uma bruxa que suga a juventude de crianças desavisadas e a condensa em garrafinhas de plástico.

— Oi, dona Adriana! Será que posso conversar com o Ian?

Apareço por trás da minha mãe, que abre um sorriso quando vê Gabriel e o envolve em um abraço antes de deixá-lo entrar. Ela fala um "que surpresa boa!" ao mesmo tempo que meu pai coloca a cabeça para fora do quarto e acena para Gabriel, que retribui o gesto. O som está tão alto no meu quarto que tenho certeza que Vanessa sequer ouviu a campainha, e esse é o único motivo pelo qual ela também não vai dar um "oi".

Gabriel é uma das pessoas mais bem recepcionadas na minha casa. Talvez o fato de que nos conheçamos há cinco anos seja um ponto positivo, mas tenho certeza de que não vem antes do fato de que ele é heterossexual. Meus pais o consideram uma boa companhia, e geralmente não me dão nenhum sermão quando digo que vou sair com ele, não importa a hora. Como se Gabriel pudesse me salvar das más influências e me converter àquilo que eles consideram um *estilo de vida normal*. Não que isso me incomode muito, é claro. Já me cansei de ter discussões com meus pais que levam a lugar nenhum, então acabei descobrindo que o relacionamento com eles é assim: o silêncio funciona como o melhor diálogo.

— Será que você tem um tempo para o seu melhor amigo? — Ele me dá um abraço. — Ou vai continuar ignorando as minhas mensagens? Estou morrendo de fome e topo um hambúrguer, o que acha?

Talvez a minha expressão surpresa mas, ainda assim, cabisbaixa, diga o suficiente para que Gabriel perceba que estou com problemas, então seu sorriso murcha e ele franze o rosto, em dúvida. Diferentemente das outras pessoas, ele consegue ler todas as entrelinhas das minhas expressões faciais, e sabe interpretar meus sorrisos de alegria genuína daqueles que mascaram problemas.

É estranho perceber como esse cara, tão diferente de mim e de todas as pessoas que me cercam, é uma das melhores pessoas da minha vida, mesmo que faça parte dela há tão pouco tempo. Nós nos conhecemos casualmente, quando o carro dele estava enguiçado na esquina da nossa casa. Ele estava cem por cento perdido com aquela lata-velha fervida, e não demorou cinco minutos para que meu pai percebesse que Gabriel não tinha seguro ou dinheiro para chamar um guincho.

Por sorte, meu pai entende um pouco de carros, e isso foi o suficiente para que ele parasse para ajudá-lo. Em meia hora, meu pai abriu o capô, colocou água onde quer que a água deve ser colocada — não herdei a habilidade de diferenciar um motor de uma bateria, como é possível perceber — e disse para Gabriel que era só esperar um pouco que tudo ia ficar bem. Estávamos prontos para ir embora, mas Gabriel insistiu em nos pagar de alguma forma, o que culminou em nós três sentados em bancos de plástico, devorando um cachorro-quente e bebendo guaraná natural — tudo o que o bolso de Gabriel podia arcar naquele dia.

Poderia ter acabado aí, mas ficamos tempo demais conversando. Foi um dia especial não só por tê-lo conhecido, mas por perceber que ele era um perfeito intermediador entre mim e meu pai. Quando Gabriel percebeu que futebol não era um denominador comum, e que eu me mantinha calado enquanto ele e meu pai conversavam sobre a rodada do Brasileirão, ele mudou de assunto. Começou a falar sobre sua faculdade de veterinária e sobre a estrutura da universidade. Quando descobriu que eu estava no pré-vestibular, me bombardeou com informações de livros que poderiam me ajudar e quais eu deveria evitar. Também me falou sobre a dinâmica da faculdade, sobre os centros acadêmicos, as festas e os professores apaixonados pela profissão.

E o que me encantou nele, além de logo perceber que sabia dominar uma conversa, era que ele não me tratava como alguém inferior só por ser mais velho que eu. Suas palavras fluíam com o tipo de sinceridade que só é percebida nos amigos mais próximos, e lembro que cheguei a pensar: *nossa, ele seria um ótimo amigo.*

Por fim, quando nos despedimos, tomei a coragem de pedir o número dele. Meu pai me olhou com uma expressão de desgosto, dessas que só os filhos conseguem identificar, porque com certeza deve ter pensado que eu estava prestes a dar em cima dele. E talvez eu tivesse alguma segunda intenção naquele momento, tamanha a minha fascinação. Mas, à medida que nossas conversas iam se aprofundando nas ocasionais mensagens de texto que logo se tornaram periódicas e, posteriormente, muito frequentes, eu percebi que não queria que Gabriel e eu tivéssemos nada além daquilo. E também percebi que conversar com ele me ajudava, talvez porque ele estava longe, ou quem sabe simplesmente porque passei a confiar nele.

Depois das saudações e das recusas frequentes de Gabriel às comidas e bebidas que minha mãe oferece, levo ele até meu quarto. Vanessa abaixa a música e sorri ao vê-lo enquanto vou tirando minha bermuda de moletom e a camiseta furada antes de escolher alguma coisa no armário mais apropriada a um passeio pela rua. Eu me lembro da época em que minha irmã era platonicamente apaixonada por Gabriel e mal conseguia falar com ele sem gaguejar, seja pelo fato de ele sempre ajudá--la com os exercícios de biologia ou pelo fato de ser a pessoa mais agradável e estilosa que ela conhecia. Foi mais ou menos nessa época que Vanessa insistiu que faria uma tatuagem, mas minha mãe proibiu a ideia, que aos poucos morreu junto com a paixão por Gabriel.

— Não vou demorar! — digo aos meus pais quando termino de trocar de roupa e saio do quarto, abrindo a porta da sala e enfiando a chave no bolso.

Sinto um frio percorrer a minha espinha pela conversa que estou prestes a ter. Ainda não sei se quero falar para ele sobre o meu diagnóstico, e a ideia de que eu talvez diga "está tudo bem" começa a se formar na minha cabeça. Não quero preocupar o meu melhor amigo com os meus problemas. Na verdade, não quero *perder* o meu melhor amigo para os meus problemas, e o fato de que não tenho a mínima ideia de qual poderá ser a reação dele só me deixa ainda pior.

Pior do que o silêncio enquanto esperamos pelo elevador.

— Então — pergunto, puxando assunto. — Como está a Daniela? O namoro ainda tá firme?

Ele me encara com os olhos questionadores, tentando entender se estou ganhando tempo com perguntas irrelevantes ou se estou realmente interessado na sua vida.

— Estamos bem. Ela vai defender o mestrado em março, e eu em abril. Depois vamos estar livres da faculdade e podemos voltar para o Rio.

— Legal. Estão pensando em morar juntos?

Ele dá de ombros.

— Ainda não conversamos sobre isso. Ela é uma garota bacana e estamos felizes, mas ainda não decidi se quero dar esse passo.

O elevador parece preso em algum lugar e não chega nos próximos segundos, então o silêncio volta a reinar entre nós. É o tipo de silêncio constrangedor que não existe entre melhores amigos, e me pergunto se a sombra dos meus segredos é que faz tudo aquilo parecer ruim ou se o fato de eu e Gabriel estarmos afastados pelas circunstâncias da vida nos transformou em uma dessas duplas de amigos que mal se reconhecem quando se encontram depois de algum tempo.

— Então... alguma coisa está acontecendo. — Ele não pergunta, mas faz uma afirmação, quebrando o gelo e cortando o ar como se uma flecha tivesse sido disparada. — Por que você não está conversando comigo? Por que eu tive que pegar o carro e vir até a sua casa para que você pudesse estabelecer algum tipo de contato?

— Não tem nada acontecendo — digo. Sim, talvez essa seja a melhor opção. Quanto menos pessoas envolvidas na confusão que minha vida se tornou, melhor. — Só estou ocupado com a vida, é isso. Foi mal não ter respondido, Gabriel. Você não precisava ter vindo aqui só por isso.

Cerro o punho e aperto o polegar dentro da palma da mão, estalando o dedo e sentindo meus olhos arderem. *Você não pode* chorar agora, Ian. Por favor, não importa o que aconteça, não chore. Você já chorou demais nos últimos dias.

— Você pode usar essa sua cara lavada para enganar seus pais ou sua irmã, Ian, mas eu te conheço melhor do que você imagina. O que aconteceu?

O elevador chega e, por sorte, a dona Ivone do sétimo andar está dentro dele. O assunto morre com um "boa-noite", e descemos os seis andares até o térreo sem emitir nenhum outro som.

— Por que você veio até aqui? Pensei que tivesse aula essa semana. — Assim que saímos do prédio, eu o interrogo.

Gabriel passou a trabalhar na faculdade de Seropédica depois que concluiu a graduação em veterinária e agora divide o tempo entre cuidar de pesquisas com porcos e estudar para o mestrado acadêmico. Ele não deveria estar em Botafogo no meio da semana, já que Seropédica fica a pelo menos uma hora e meia de carro do Rio de Janeiro e ele só vem a cada quinze dias para visitar a mãe.

— Quando o seu melhor amigo para de responder as suas mensagens e a irmã dele fala que nada aconteceu, é porque alguma coisa aconteceu — ele responde. — Vanessa disse que está tudo bem, o que só me faz chegar a duas conclusões: ou você se cansou da nossa amizade e não está respondendo por preguiça ou está me evitando por algum motivo. E como sei que sou um excelente amigo, do tipo que não se dispensa por qualquer motivo, só posso tomar a segunda conclusão como verdadeira.

— Você conversou com a Vanessa sobre mim?

— Eu converso com todas as pessoas sobre você. É tipo um hobby quando estou cansado de enfiar a mão em ânus de porco. — Ele sorri e muda de assunto. — Para onde você quer ir?

— Não sei, você que me sequestrou quando eu já estava quase indo dormir, então escolhe.

Ele enfia a mão no bolso da calça e pega a chave do seu carro, um Tempra 96 cor de vinho e caindo aos pedaços. Andamos até a lata-velha que ele dirige e entramos.

Ele não faz menção de enfiar a chave na ignição e ligar o motor.

— Vamos ficar parados esperando que alguém nos assalte? — pergunto.

— Ian, o que está acontecendo? — volta a perguntar, dessa vez com mais determinação e um tom de voz mais baixo.

Minha boca fica subitamente seca com a pergunta direta. Ele olha para mim e só sei que está fazendo isso porque sinto seus olhos, já que estou olhando para a frente, mastigando as palavras que querem sair da minha boca, mas ao mesmo tempo não querem.

— Eu já disse que não tem nada... acontecendo. — Tento ser racional naquele momento, mas a última palavra sai com dificuldade. E Gabriel percebe que ela saiu engasgada, e que aquele tom não poderia deixar mais claro que estou mentindo.

Mas preciso mentir. Não quero envolvê-lo nos meus problemas.

— Cara, eu odeio ser esse tipo de pessoa que tem que arrancar as coisas de você, mas a gente já se conhece o suficiente para eu saber que tem alguma coisa acontecendo. E tudo bem se não quiser me contar, porque você tem direito de ter a sua vida. Mas lembra quando você se assumiu pra mim?

Não consigo evitar uma risada curta, porque me lembro perfeitamente. Pensei que aquela seria a conversa mais difícil que eu teria na vida. Como eu era ingênuo.

— Você ficou duas semanas sem me responder no telefone e, quando eu finalmente apareci na porta da sua casa, tentou me convencer que estava tudo bem. E o que aconteceu na semana seguinte?

Me irritava o quanto ele estava certo ao saber que as coisas não estavam bem, mas permaneço em silêncio.

— Você lembra do que aconteceu na semana seguinte? — ele volta a perguntar.

— É claro que me lembro — digo, a contragosto. — Eu discuti com meus pais e joguei a merda no ventilador. E liguei para você chorando, é claro, o que te fez vir direto de Seropédica e chegar aqui às duas da manhã.

— Exatamente. E não quero não estar aqui se as coisas ficarem ruins de novo, Ian. E tenho certeza que as coisas estão ruins. Mas vamos lá: se você me garantir que está tudo bem, eu finjo que essa conversa nunca aconteceu e a gente vai comer um hambúrguer em Copacabana.

Inspiro profundamente e solto de uma vez:

— HIV. — Minha voz soa cansada. Não há jeito fácil de dizer aquilo, nenhuma forma de amaciar as palavras ou fazer rodeios sem sentido. Sinto as merdas das lágrimas invadirem meus olhos novamente. — Descobri no começo da semana.

O carro fica em silêncio. Espero que ele comece a gritar e a dizer como fui imprudente, que me diga que eu poderia ter evitado essa tempestade de merda que a minha vida se tornou se tivesse me cuidado e que ele não conseguiria ficar perto de alguém que saía por aí transando com qualquer um que via pela frente. Já prevejo que ele será o primeiro de muitos a não me apoiar, aquele que irá me dar uma facada e torcer o metal sem o mínimo de piedade.

Falar com desconhecidos é uma coisa. Esperar o julgamento de quem nunca mais vai te ver é suportável, porque, no fim das contas, as pessoas desconhecidas são passageiras e desaparecem se você não quiser mais vê-las. Mas é diferente quando você compartilha algo desse tamanho com o seu melhor amigo, aquele que tem tantas histórias para contar sobre vocês dois e que sempre está presente quando as coisas vão mal.

Não sei por que penso tantas coisas negativas. O silêncio continua, mas a próxima coisa que sinto são os braços de Gabriel ao redor do meu corpo. Enterro a cabeça no ombro direito dele, querendo que aquelas lágrimas idiotas parem de cair, mas sem conseguir evitar que caiam.

Ele acaricia meu cabelo enquanto meu corpo treme, e não há nenhuma palavra que seja mais importante do que o calor daquele momento, do que saber que, não importa o que tenha acontecido, ele está ali, me abraçando.

Aquilo significa o mundo para mim.

— Por que você não me disse nada? — ele finalmente pergunta, e não quero levantar os olhos e encará-lo.

— Acho que estava... com vergonha — respondo, ainda com a voz sufocada pelo tecido da manga encharcada da camisa dele.

— Vergonha? Vergonha de mim?

— N-não sei... de tudo. Eu não suportaria se você me olhasse diferente.

— Você acha que eu faria isso?

— Não s-sei... não sei de mais nada, Gabriel. Estou com tanto medo.

Ele continua me abraçando até que eu me acalme.

— Eu nunca olharia para você diferente, Ian. Você poderia ter uma doença que te mataria em vinte e quatro horas e fosse altamente contagiosa, e ainda assim eu te abraçaria. E esse não é o caso. Como você está se sentindo?

— Como se nada mais valesse a pena.

— Não é uma boa ideia se sentir assim.

— Não consigo evitar.

— Eu não conheço muito sobre HIV, mas você sabe que o vírus não mata mais, não é?

— Todo mundo me diz isso, e eu sei que estou exagerando. Mas não sei se me dizem numa tentativa de fazer com que eu me sinta melhor ou se isso é só um jeito mais sutil de dizer que o que não mata faz sofrer.

— Você não está exagerando, Ian. Eu não tenho a mínima ideia do que deve ser passar por isso. Se eu pudesse arrancar esse vírus de você, juro que já estaria trabalhando para fazer isso, mas as coisas não funcionam assim.

— Eu sei.

— Mas também não quero que você desista de viver. Não é uma sentença de morte.

— Eu sei disso, Gabriel. Sei que é possível ter uma vida plena, sei que, se eu seguir o tratamento, a expectativa de vida é a mesma que a de uma pessoa sem o vírus, sei que é só tomar um comprimido por dia e fazer exames de sangue a cada três meses. Mas saber não é o mesmo que sentir. Saber não é viver sem medo de que as coisas possam dar errado. Não impede que eu fique o tempo todo pensando em como vai ser daqui pra frente caso eu queira ter um relacionamento, ou queira viajar para algum lugar, ou o que vai acontecer se os remédios pararem de ser produzidos. Merda, eu nunca pensei em fazer um intercâmbio, mas agora não posso mais. Não posso trabalhar como comissário de bordo, como caminhoneiro, ou virar um mochileiro que resolve tirar um ano sabático fazendo uma viagem pela América do Sul de bicicleta. Não que eu já tenha querido fazer alguma dessas coisas, mas a ideia de que *não posso fazer* me irrita. Não consigo parar de pensar que a minha liberdade acabou a partir do momento em que o resultado daquele exame apareceu. Talvez eu tenha merecido tudo isso. Hoje mesmo um amigo me disse que não posso morar na Nova Zelândia porque eles têm algum tipo de restrição contra soropositivos imigrantes. Eu nunca pensei em morar na merda da Nova Zelândia, mas o fato de que esse vírus tirou essa opção de mim me deixa tão... puto. Com tanta raiva e frustração.

Sei que não estou soando minimamente racional naquele momento, mas não me importo. Tudo o que quero é colocar aquilo para fora do meu sistema. As palavras continuam saindo atropeladas, sem filtro, como se só agora eu pudesse vomitar tudo o que estou realmente pensando, sem restringir a minha mágoa ou os meus medos.

— E a pior parte é que tudo isso seria diferente se eu tivesse feito outras escolhas — continuo falando. — Ninguém diz isso, mas sei o que todo mundo pensa: pensam em como fui imbecil por não usar camisinha, em como fui idiota por ter deixado uma noite que nem foi com uma pessoa especial determinar o resto da minha vida. Ninguém precisa me dizer isso, porque os olhos dessas pessoas me dizem tudo. É o que a enfermeira pensa, é o que você pensa, é o que o desconhecido com quem conversei provavelmente pensa.

— Você pode encarar isso dessa maneira negativa, Ian — responde Gabriel. — Ou pode acreditar que as pessoas que te apoiam estão verdadeiramente preocupadas com você e querem ver o seu bem. Que, ao invés de estarem te julgando, elas apenas *não estão* te julgando e ponto final. Você acha que é o único que transou sem camisinha em toda a história da humanidade? — Ele dá uma risada. — Todos nós fazemos merdas diariamente, Ian, e não tem essa de se sentir culpado ou de se achar merecedor das coisas ruins que acontecem no caminho. Não quero dizer que você não deva chorar ou se preocupar com o seu diagnóstico, mas tente encará-lo como uma fatalidade e não como uma punição. Você é a melhor pessoa que conheço, cara, e tenho certeza que não merece isso. Mas coisas ruins acontecem a pessoas boas. Não existe um sistema de compensação. As coisas simplesmente são como são.

— Mas é tão... difícil.

— Eu sei. Ou imagino. Mas a vida continua. Você continua sendo a mesma pessoa que eu conheço desde aquele dia que o meu carro enguiçou e seu pai parou para me ajudar. Para mim, você é o mesmo cara que sonha em não viver com grana apertada e que pretende ser um economista do Banco Central; você ainda está aqui, bem do meu lado, mesmo que tenha essa aptidão esquisita para números e fórmulas que nunca vou entender. E você ainda pode fazer tudo o que quiser, Ian. Se você quiser viver na porra da Nova Zelândia, eu sei que vai dar um jeito, porque você simplesmente é assim e ponto final. Esse vírus não vai acabar com a sua vida. Em primeiro lugar porque ele não é tão importante assim, e em segundo porque, se ele insistir em se sobrepor à sua vida e aos seus sonhos, eu mesmo vou tratar de arranjar um jeito de chutá-lo para escanteio. Está me ouvindo?

Sorrio e ele passa o braço em volta do meu pescoço, me espremendo em um abraço ainda mais apertado do que o anterior.

— Não quero que você pense que vou deixar de ser seu amigo por qualquer coisa que aconteça na sua vida, seu imbecil. Não importa o quanto você tente se manter quieto, eu vou insistir até que você me diga tudo o que está acontecendo. Porque você escolheu ser meu amigo e escolheu me contar o que acontece na sua vida, assim como eu te conto todas as coisas ruins que acontecem comigo, e isso não vai desaparecer da noite para o dia.

As mãos dele vão em direção ao meu rosto e seus polegares esfregam a parte de baixo dos meus olhos, secando as lágrimas.

— A vida vai ser diferente, Ian, mas não pode deixar de ser vivida. E eu estou aqui para qualquer coisa que você precisar, sempre que você precisar. Mesmo que sejam quatro e meia da manhã de uma segunda-feira e você queira conversar sobre a posição da lua em relação às estrelas no Universo. É só pegar o telefone e me ligar, porque eu sempre vou estar pronto para te atender.

— Cuidado com o que você deseja — digo, sorrindo entre as lágrimas. — Quando eu começar a te encher o saco, você vai se arrepender dessas palavras.

— É impossível você encher mais o meu saco do que já enche. Estou remediado.

— Obrigado, cara — é tudo o que consigo dizer.

Ele sorri e faço menção de abrir a porta do carro para voltar para casa.

— O que você está fazendo? — ele pergunta.

— Acho que vou... voltar para casa?

— Você me faz sair de Seropédica em uma quinta-feira e acha que vai se ver livre de mim assim? — Ele finalmente gira a ignição do carro e o motor faz um barulho cansado de uma máquina que já roda há mais tempo do que o considerado saudável. — Fecha essa porta. A gente vai comer esse hambúrguer em Copacabana. Estou faminto.

Capítulo 8

VICTOR

Os gêmeos parecem possuídos por uma legião de demônios da Tasmânia. Eles correm de um lado para o outro da sala, brigando pela posse do controle remoto, já que Caíque quer assistir à *Hora de aventura* e Raí quer ver uma reprise de *Todo mundo odeia o Chris*.

— Você já viu esse negócio um milhão de vezes!

— Pelo menos eu consigo entender o que está acontecendo!

— Mããããe, manda o Raí parar de encher o saco!

— Mããããe, o Caíque não quer largar o controle!

Quem ouvisse o diálogo de longe pensaria que observava um par de garotos de 6 anos com catarro escorrendo pelo nariz e dedões enfiados na boca. Mas não. Os dois já têm 12 anos e continuam se comportando como se fossem bebês superdesenvolvidos.

— Victor, será que você não pode dar um jeito nos seus irmãos? — Ouço a voz da minha mãe da cozinha, que tenta se impor diante dos berros e da iminente ameaça de uma briga entre os dois, que começam a rolar no chão pela posse do controle.

— Ninguém mandou você tirar o Xbox e o computador deles! — respondo, sabendo que se eles não estivessem de castigo, estariam com fones enfiados nos ouvidos enquanto berravam com seus amigos de time de Overwatch, explodindo cabeças de adversários. Quando interagem virtualmente, os dois são quase o que qualquer pessoa normal considera como irmãos.

— VICTOR! — minha mãe berra, e sei que aquele tom de voz em particular quer dizer "deixe de ser irônico comigo, seu ingrato, ou você vai ser o próximo!". Reviro os olhos, respiro fundo e me levanto da mesa da sala, parando de fazer minha resenha de *O segredo dos seus olhos* para a aula de Cinema Latino-Americano. Vou até a tomada, me agacho e, com um sorriso um tanto maquiavélico, desligo a televisão.

Os dois congelam, parando para me encarar em meio a uma briga cheia de pés e mãos magricelos, e arranhões fresquinhos.

— Ei, isso daqui é entre nós dois! — grita Caíque.

— É, liga essa televisão, Victor! — complementa Raí.

— Então agora vocês decidiram ser amigos? — pergunto.

— O inimigo do meu inimigo... — Caíque deixa a frase no ar.

— Ok, vocês dois, por tudo o que é mais sagrado: calem a boca. Estou tentando estudar. — Vou até a estante e puxo dois livros, um do Stephen King e outro do Dean Koontz. — Comecem a ler isso. Eu juro que é legal. Tem gente morta e fantasmas. — Abaixo o tom de voz, como se estivesse confidenciando um segredo. — Se vocês me deixarem terminar de fazer o dever de casa, juro que deixo usarem meu computador depois que a mamãe for dormir. Eu digo que vocês vão para o meu quarto porque querem ver um filme. Até pego a porcaria do Xbox e ligo, mas a TV vai ficar no volume mínimo e vocês não vão soltar um pio.

— Você vai deixar a gente jogar de madrugada? — pergunta Raí.

— Até as duas, no máximo, porque se vocês não acordarem amanhã a mamãe vai ficar dizendo que a culpa é minha. Estamos combinados?

Os dois ponderam por alguns instantes.

— A gente pode comer seu pacote de Trakinas? — pergunta Raí.

— O último pacote do armário? — complementa Caíque.

— Se vocês ficarem quietos até a mamãe ir dormir, podem comer até a porta do armário. Temos um acordo? — questiono.

Os demônios da Tasmânia largam os livros na mesa e correm em direção à cozinha, empurrando um ao outro para saber quem vai ser o responsável por abrir o pacote de biscoitos de chocolate.

Tento me concentrar mais uma vez no meu dever de casa, mas o celular vibra e me interrompe novamente. Vejo que Sandra está me ligando e chego à conclusão de que nunca vou conseguir terminar aquela resenha, então desisto de continuar tentando. Pego o telefone e me jogo no sofá.

— E aí, o que está fazendo? — pergunta ela do outro lado da linha.

— Tentando não enlouquecer com os meus irmãos sem videogame. E fazendo uma resenha.

— Já terminou?

— Tenho as exatas palavras "O filme retrata...". E só.

— Está a fim de fazer alguma coisa?

— Agora?

— É. Estou com fome, não tem comida na geladeira, meus pais foram ao teatro e estou entediada. Quer vir aqui em casa?

— Meu pai está de plantão hoje e minha mãe está sozinha com os gêmeos. Acho que ela vai me odiar se eu sair agora. Mas você pode passar aqui, se quiser.

— Ok.

Ela desliga o telefone e, exatos cinco segundos depois, ouço a campainha tocar.

Essa é a grande vantagem de a sua melhor amiga ser a vizinha do apartamento da frente.

+

— Novidades na novela "Evitando um garoto que gosto porque tenho medo de me apaixonar"? — pergunta Sandra quando nós dois estamos trancados no quarto, deitada na minha coxa enquanto olhamos para o teto.

· Ela termina de mastigar um sanduíche de peito de peru e requeijão que preparou na cozinha enquanto eu jogo um Bulbassauro de pelúcia que fica sobre minha cama, apertando-o e pegando-o no ar de forma ritmada. Meus irmãos finalmente se acalmaram e decidiram que seria uma boa ideia não brigarem, tudo pelo privilégio de jogar videogame escondido durante a madrugada, e agora estão sentados no sofá da sala enquanto olham para o *Jornal Nacional* e devoram os biscoitos recheados.

— Desde quando minha vida amorosa se tornou tão interessante?

— Desde que ela começou a existir, o que já é um grande avanço. Vamos, Victor, me dê um pouco de drama. Minha vida já é sem graça demais e não aguento mais assistir a seriados, então preciso de um pouco de *drama de verdade*. Vaaaaamos!

— Você é um clichê, sabia?

— Eu?

— É. Se minha vida fosse uma comédia romântica, você seria a personagem feminina que é a melhor amiga do protagonista. Você é tipo a mistura dos clichês do mentor com o alívio cômico, porque aposto que você tem um arsenal de ótimos conselhos, mas não usa nenhum na sua própria vida.

— No meu filme — retruca ela —, *você* é o personagem clichê, e essa é a cena que funciona como um estereótipo em que o melhor amigo gay da protagonista conta sobre a sua vida amorosa, porque ele obviamente tem uma voz engraçada e é cheio de trejeitos, e ainda tem o cabelo azul. Somos todos clichês, Victor.

— Nossa, agora estou ofendido. Que trejeitos eu tenho?

— Você revirou os olhos — ela diz, mesmo olhando para o teto, sem me encarar. — Acertei?

Merda.

— Ok, somos todos clichês ambulantes.

— Somos clichês dentro de clichês, mas agora chega de estrutura de roteiros e começa logo a desembuchar sobre os últimos acontecimentos dessa novela mexicana.

Permaneço em silêncio.

— Então... — digo, assim que percebo que Sandra permanece quieta, como se ansiasse pelas minhas palavras. — Não aconteceu nada desde a última atualização.

— O quê? — Ela parece ofendida. — Nada? Nadinha? Nem um "oi" da sua parte ou da dele? Nem um emoji de cocô ou de lua cheia?

— Nada. Absolutamente nada.

— Parece que temos um problema que precisa de uma solução imediata.

Antes que eu perceba, Sandra pula da cama e corre em direção ao meu celular, agarrando-o e digitando a senha para liberar a tela inicial.

— Sandra, não! — digo, porque sei que ela vai abrir a minha conversa com o Henrique e vai falar por mim. É o que ela sempre faz, e às vezes acho engraçado, mas agora não quero que faça isso.

Meu tom irritado faz o sorriso divertido dela ser substituído por uma expressão séria. Ela bloqueia a tela do telefone e me devolve o aparelho, como se estivesse segurando uma bomba prestes a explodir.

— Victor, só vou falar isso mais uma vez porque a gente é amigo há muito tempo e eu valorizo a nossa amizade: você está gostando desse Henrique como nunca vi gostar de outra pessoa, mas está deixando o seu medo falar mais alto.

— E daí se eu estiver? — Todo esse papo de "devo dar uma chance para Henrique independentemente de todos os outros fatores" está começando a me cansar. — Você me fala tanto sobre ser uma pessoa destemida, sobre acreditar no amor e me jogar em um relacionamento com um garoto que pode me passar uma doença, mas duvido que fizesse a mesma coisa se estivesse no meu lugar.

— Se você realmente me conhecesse, saberia que esse seria o menor dos meus problemas em uma relação, mas parece que todos esses anos não te ensinaram nada sobre mim. E é claro que não me ensinaram nada sobre você. E HIV não é doença, seu ignorante.

— Então agora você se tornou a grande especialista em relacionamentos, não é?

— Vamos lá, Victor! Imagina como deve estar sendo para *ele* gostar de alguém que também gosta dele, mas não quer dar mais um passo por conta de uma besteira. Onde está aquele garoto que voltou todo empolgado depois de um encontro no Tinder com alguém que não era um maluco?

— Por causa de uma besteira? Se ele tivesse me contado durante aquele encontro sobre o HIV, talvez nada tivesse se desenrolado. Provavelmente nem estaríamos conversando sobre isso.

— Você não tem o mínimo de empatia, Victor. Se acha que está sendo difícil para você, tente se colocar no lugar dele por um minuto e pense no que você faria.

— Você é minha amiga ou dele? Pelo amor de Deus, Sandra, se coloque no *meu* lugar e pense o que você faria!

— Eu tentaria! Meu Deus, Victor, do que você tem tanto medo?! Eu lembro de você me dizer que a conexão entre vocês era uma coisa muito legal e que você gostaria de vê-lo outra vez. E, depois do segundo encontro, você ficou ainda mais empolgado para o terceiro. Droga, ele esperou o terceiro encontro para te beijar, Victor! E você gosta dele! Você sabe quais são as chances de encontrar alguém que a gente realmente consiga admirar logo de primeira? Num encontro onde a conversa flui e tudo o que a gente quer é continuar conversando? Por favor, Victor, não deixe o medo tomar conta do que existe entre vocês. O Henrique se cuida, as informações estão aí e todas dizem que um relacionamento sorodiferente pode ser tão saudável quanto o de dois soronegativos, se todas as precauções forem tomadas.

Sandra está sendo racional, mas não quero ouvir nada do que ela tem a me dizer. Talvez porque ela tenha expressado exatamente o que estou pensando e esteja usando todo o seu arsenal de argumentos para me desarmar.

É claro que eu estava empolgado depois do primeiro encontro com Henrique, e não só porque ele era um cara bonito, com aquele cabelo acobreado que muda de cor em contato com o sol, ou com aquelas sardas que se espalham pelo seu rosto, ou pelo sorriso com dentes levemente tortos, ou pelo jeito desajeitado como coloca as mãos no bolso quando está tímido, encolhendo os ombros.

Todos são pontos positivos, mas nenhum deles supera as conversas que tínhamos. Conversas sobre o que gostávamos (*Game of Thrones*, *Harry Potter*, *Sense8* (por quê, Netflix, por quê?), Hitchcock, Stephen King, *RuPaul's Drag Race* e *Diablo Cody*), o que discordávamos em gostar (ele odiava *O senhor dos anéis*, Woody Allen e *Fringe*; e eu odiava *Lost*, *The Walking Dead* e Björk) e o que odiávamos mutualmente (Johnny Depp, Michael Bay, *Legends of Tomorrow* e *O segredo*). Passávamos horas falando de filmes e seriados e diretores de cinema, e ele parecia interessado quando eu começava a falar de fotografia, edição, mixagem de som e qualquer outro aspecto técnico de cinema que não estivesse ligado ao roteiro e às atuações. E eu ouvia com atenção quando ele falava sobre seu emprego na agência de publicidade, sobre as horas viradas com pizza e Coca-Cola, sobre como ele odiava e amava aquilo tudo.

Quando percebi, estávamos trocando mensagens para um segundo encontro e eu não conseguia parar de pensar nele. Naquele dia, ele apareceu com um pacote em mãos, embrulhado em um papel de presente. Morri de vergonha porque não levei nada, mas ele disse que eu não deveria me preocupar. Quando abri, percebi que era um Blu-Ray de uma edição comemorativa de *Cemitério maldito*, talvez o meu filme de terror preferido de todos os tempos. Dentro, havia um papel dobrado com uma mensagem: "o maior filme de terror de todos os tempos". Meu coração ainda pula só de lembrar da sensação que tive naquela conexão com ele. Eu ri e o abracei, agradecendo, e ele me pediu que enviasse uma mensagem assim que assistisse ao filme, para saber se a versão em Blu-Ray era diferente da que ele conhecia.

Coloquei o filme assim que cheguei em casa, talvez para passar mais tempo com o Henrique que começava a se formar na minha mente. Fiquei olhando para as letras redondas e bem-feitas dele no papel, e tomei um susto quando o filme iniciou.

Aquilo não era *Cemitério maldito*, mas sim *Transformers*. Dei uma gargalhada quando li novamente o papel, confirmando que sim, aquele era o maior filme de terror de todos os tempos.

E, naquele momento, eu sabia que havia sido conquistado.

Mas tudo isso tinha ficado para trás. Eu não era mais o garoto com a cabeça nas nuvens depois do primeiro encontro, ou do segundo, ou do terceiro. Eu era o garoto que havia me envolvido com um soropositivo e que não queria que aquilo definisse a minha vida.

— Eu não quero tomar precauções! — rebato o último argumento de Sandra, colocando os pensamentos no lugar. — Não quero ter que ficar o tempo todo pensando em todas as coisas que poderiam acontecer e em como estou sempre em risco a cada vez que der um beijo nele!

— Você não pode estar falando sério! — Ela arregala os olhos.

— Você sabe que beijo não transmite nada além de herpes, não é? Deixa de ser hipócrita, Victor! A gente vai pra boate direto e você beija gente que nem sabe o nome e agora vem com esse papo de "vou pegar HIV com um beijo"? Pensei que você fosse mais inteligente do que isso.

É claro que sei disso, e sinto minhas orelhas esquentarem por deixar que meus preconceitos falem mais alto. Estou frustrado com toda essa história, e as insistências de Sandra sobre o assunto só me deixam mais irritado.

— Victor, eu sei que você realmente está gostando desse garoto. — O tom de voz dela é sutil como o corte de uma faca, e engulo em seco. — Quando é que você vai sair da negação?

— Não estou em negação, que saco! — rebato, levantando da cama. — Não quero mais falar sobre isso, Sandra, é sério. Bola para a frente, vamos esquecer tudo e pronto! Ele foi um erro e existem outras pessoas por aí.

— Existem outras pessoas que podem ou não ser legais, que podem ou não gostar de você, que podem ou não ser soropositivas! E você *sabe* que esse garoto é especial. Eu nunca te vi desse jeito.

— Estou desse jeito porque estou irritado com essa conversa sem sentido. Será que a sua vida é assim tão sem graça para você ficar insistindo para que eu tenha um namorado?

— Eu vou insistir até você perceber que a melhor opção é mandar uma mensagem para ele e dizer o que realmente está sentindo.

— É isso o que você quer, não é? — digo, pegando o telefone e desbloqueando-o.

Vou até as opções do telefone e, com dedos ágeis, apago o telefone de Henrique da minha agenda e nossas conversas por WhatsApp.

— Pronto, apaguei o telefone dele! Não tem mais nenhuma possibilidade de eu entrar em contato! — esbravejo, jogando o aparelho em cima da cama.

— Por que você fez isso? — Ela parece chocada. — Desfaz isso, Victor! Você ficou maluco?

— Não quero mais ouvir falar sobre esse garoto, Sandra. Já deu! Nunca vai dar certo porque eu não quero mais saber dessa história. Ponto final.

— Você vai se arrepender, e sabe disso.

— Eu já me arrependi no momento em que descobri onde estava me enfiando. Mas agora tudo voltou ao normal.

— Ótimo!

— Ótimo! — Ela também se levanta da cama, irritada. — Você é um imbecil preconceituoso, sabia, Victor?

E, sem dizer mais nenhuma palavra, sai do quarto como um furacão, batendo a porta com força.

Respiro de olhos fechados com o estrondo. Ouço a porta da sala abrir depois que ela dá um tchau tímido para Caíque e Raí, e logo vejo a cabeça da minha mãe se enfiando pela porta do meu quarto.

— O que aconteceu? — pergunta ela.

— Nada — respondo com impaciência, e ela só dá de ombros e vai embora, sabendo que aquela não é uma boa hora para conversar.

Sozinho no quarto, me largo na cama e começo a pensar no que Sandra disse. Pego o celular e olho para o WhatsApp, sabendo que não há nenhuma forma de recuperar o número de Henrique. Mas também sei que, caso ele me mande uma nova mensagem, serei capaz de visualizá-la.

Talvez não queira admitir nem para mim mesmo, mas espero que ele me mande uma mensagem.

Capítulo 9

HENRIQUE

O que mais me distrai quando estou com a cabeça cheia é limpar. Como terminei o *job* na agência mais cedo, consegui ser liberado e voltei para casa, que estava afogada no caos habitual de roupas coloridas.

Aproveito que Eric não está, coloco um disco do Metallica no último volume e separo vassoura, panos e desinfetante para colocar toda a sujeira da casa na lixeira e os meus pensamentos em ordem.

Organizar me dá um certo tipo de poder, como se arrumar os objetos da cômoda em ordem crescente fosse uma forma de ordenar a minha própria vida e o caos em que ela está. Não que esteja reclamando. As coisas estão bem melhores do que há três anos, quando meus pais eram uma constante na minha vida, o HIV era uma novidade assustadora e o Carlos ainda me fazia promessas de amor eterno.

Mas não é em Carlos que penso agora. É claro que ele ainda ronda os meus pensamentos e, de vez em quando, insiste em me assombrar — não sei se algum dia serei capaz de superá-lo. Mas agora só consigo pensar nesses dois garotos que entraram na minha vida nos últimos dias e em como eles ganharam um espaço dentro de mim, cada um a sua maneira.

Victor é imaturo, mas de alguma forma é o tipo de pessoa que me alegra. Nossa diferença de idade é pouca, mas parece um grande abismo que devo atravessar para conseguir decifrar todos os medos dele. Há uma beleza naquela bizarrice que me agrada, nos cabelos coloridos e nas roupas conservadoras, na magreza excessiva e no gosto por músicas tristes e filmes estranhos. Em outro momento, eu diria que ele ainda não estava preparado e tentaria me convencer de que era apenas mais um garoto na listinha de decepções que não valiam a pena.

O problema é que não consigo parar de pensar nele.

A princípio, achei que fosse pelo fato de ele ter descoberto as minhas vulnerabilidades e gostado delas — não quanto ao HIV, mas quanto ao restante da minha vida. Não só gostado, como também exposto as próprias cicatrizes e sua ansiedade sobre quem queria ser no futuro.

A gente não conversava só sobre séries, filmes e músicas, mas, por conta disso, nos demos tão bem que ficou fácil entrar em temas mais íntimos. Quando contei a história de como minha mãe havia reagido ao que ela ainda hoje nomeia como *escolha de vida*, Victor me encarou com olhos de quem não acreditava. Ele não acreditou que ela tinha dito que aquilo era uma perversão, que não havia como respeitar alguém que pudesse ser tão mesquinho quanto eu e que nem conseguia pensar no que os outros poderiam comentar sobre como o filho dela havia sido criado, como se aquela conversa fosse sobre ela e não sobre mim. Ele ficou completamente mudo enquanto eu contava sobre as nossas semanas de silêncio, as minhas tentativas frustradas de reaproximação e todas as vezes em que eu ouvia minha mãe chorar trancada no quarto.

Por mais que aquela fosse a *minha* busca pela felicidade, me cortava o coração ver que eu estava ferindo a pessoa mais importante da minha vida. E eu disse para o Victor que tentei me convencer de que aquilo seria passageiro; que, com o tempo, minha mãe voltaria a falar comigo e deixaria o elefante branco sentado num canto, mas não foi o que aconteceu. Nossa distância pareceu aumentar à medida que o tempo passava, e as oportunidades que ela encontrava de me machucar através de seus comentários ficaram tão insuportáveis que a única solução que encontrei foi encher minha maior mochila com o que consegui de roupas que cabiam e sair para viver longe daquele teto.

E então, depois que terminei a minha história com um sorriso sem graça de quem dá uma conclusão pouco emocionante, perguntei ao Victor como havia sido para ele se assumir para os pais. Ele sorriu, um pouco tímido, e disse que nunca havia conversado sobre sua sexualidade com seus pais.

— Eles meio que sabem, entende? — Victor disse, naquele tom meio adolescente de responder perguntando. — Sempre que falam comigo sobre minha vida amorosa, eles perguntam sobre "os garotos". A maneira como fui criado sempre esteve muito pouco ligada à obrigação de se apaixonar por alguém do sexo oposto.

— Uau. — Foi tudo o que consegui dizer. — Você é muito, mas muito sortudo.

— É — ele respondeu, sorrindo. — Eu sei.

Era sempre assim: nossas conversas, por mais sombrias que fossem, sempre terminavam com os dois sorrindo feito bobos. Nossos encontros me deixavam com um sentimento bom, um gosto doce no fundo da garganta, que me fazia crer que, sim, eu poderia ser feliz sem acreditar que aquilo era uma caridade do Universo. Porque o HIV também faz isso comigo, mesmo depois de três anos: ele me faz acreditar que o amor do outro é por piedade e não uma troca.

Mas, pouco a pouco, esse medo vai sumindo da lista de temores. Não sei em que medida Victor tem alguma coisa a ver com essa mudança. Sequer sei se ele realmente foi um catalisador em todo esse processo ou se minha vida se ajustou e ele só estava ali, no momento certo.

O que sei é isso: gosto dele e sei que ele gosta de mim, apesar da soma de todas as inseguranças. E estou cansado de dispensar uma relação que pode ser boa por medo de rejeição.

E, nisso, entra o Ian. Esse outro cara que é quase uma casualidade na minha vida, com quem troquei uma dúzia de palavras em uma conversa que, de alguma forma, também acabou me fazendo desnudar mais de mim e de coisas que espero que não voltem a acontecer.

É bizarro como algumas pessoas parecem impactar a sua vida de uma hora para outra, e te fazem relembrar o que já aconteceu e como você evoluiu ao longo do tempo. Ian é a minha versão do passado, com todas as angústias, receios e medos. É uma parte do que fui e do que ainda sou, e outra que não vale mais a pena ser.

Mesmo a música alta e a voz grossa de James Hetfield não conseguem me fazer parar de pensar nos dois. O disco está quase na metade quando a casa está oficialmente de cabeça para baixo, o suor escorrendo pela minha testa e minha garganta seca pelo esforço de agachar para limpar os lugares onde a vassoura não alcança.

E é mais ou menos nesse momento que Eric chega.

— VOCÊ É O VIADO MAIS ESTRANHO QUE EU CONHEÇO! — ele berra mais alto do que a música e me dá um susto, me fazendo olhar para trás. Meu coração bate mais rápido e ameaça sair pela boca. — PELO AMOR DE DEUS, COLOCA BEYONCÉ!

Quando viro, dou de cara com o seu um metro e oitenta e cinco de altura e o corpo esguio enfiado em uma camiseta customizada com uma pintura à mão escrita DADDY'S LIL MONSTER, seus óculos escuros de aro laranja e um boné de aba reta com detalhes dourados e um cifrão estampado com glitter, que esconde seus cabelos trançados no couro cabeludo.

— Faxina na sexta-feira à tarde? Que bicho te mordeu? — ele pergunta, jogando sacolas cheias de tecido brilhante no chão e se estirando no sofá.

Diminuo o volume e me sento ao lado dele, suado e cansado do esforço e de todos aqueles pensamentos.

— Não consigo parar de pensar no Victor.

— Ainda? Nossa, esse menino mexeu mesmo contigo, hein.

— Estou tão surpreso quanto você.

— E o que você vai fazer a respeito disso?

Dou de ombros.

— Ele não está interessado.

— E você sabe disso por que...? — Ele deixa a frase no ar.

— Porque ele não me mandou mais mensagens. Porque ficou assustado e deve estar pensando que viver com um soropositivo é muito complicado.

— Você está fazendo de novo, Henrique.

— O quê?

— Aceitando. Deixando que os seus medos tomem a frente e te paralisem.

— Eu não faço isso.

— Claro que faz. Você paga de desinteressado porque é a saída mais fácil. Eu te conheço.

— Você me conhece, mas não faço isso. Ele não quer, então por que eu deveria insistir?

— Porque você não sabe se ele não quer. O que você sabe é que ele está com medo e eu entendo isso. Você sabe o que precisa fazer.

— Sei?

— Superar o medo é a opção mais correta. Deixar que o medo ganhe e se conformar com isso não é o que eu sugeriria, mas também é uma opção. Não é muito difícil, na verdade. Você pode deixar para lá, é claro que pode, mas sabe qual é o conselho que minha mãe me dava e que eu repito quase todo dia?

— "Deseje o melhor e espere o pior"?

Ele me olha com uma expressão de desdém.

— "É melhor sofrer por aquilo que foi feito do que pelo que não se fez."

— Sua mãe tinha especialização em conselhos inúteis?

— Ela cozinhava bolos — responde ele. — E jogou muita massa solada fora depois de errar. Mas ela nunca disse "essa receita parece muito complicada, então não vou nem tentar". Ela simplesmente misturava tudo e colocava no forno, e quando dava errado, ela tentava de novo. Até acertar.

— Mas o problema não é errar. O problema é o bolo começar a gritar VOCÊ ME PASSOU UMA DOENÇA! VOCÊ ACABOU COM A MINHA VIDA! Ou então a gente se apegar ao bolo e ele desaparecer sem deixar nenhuma mensagem e, quando você percebe, ele está se engraçando com uma cheesecake de amora.

— Pelo menos você vai ter comido o bolo antes de ele começar a gritar — responde Eric, sorrindo maliciosamente.

— Você é péssimo.

Encosto a cabeça no ombro de Eric, e ele não se importa que meus cabelos estejam suados por conta da faxina ou que a voz de Hetfield ainda esteja gritando, mesmo que em um tom mais baixo.

— Quando a vida ficou tão complicada, amigo? — pergunto.

— Quando a gente decidiu que não estava mais a fim de ser organismos unicelulares, saímos andando pela terra e evoluímos bilhões de anos para terminarmos sentados em um sofá na Lapa falando sobre relacionamentos que ainda não engrenaram — responde rápido, como se aquela pergunta fosse óbvia.

— Talvez.

— A gente complica as coisas mais do que deveria — Eric diz.

— Por que você não chama o Victor para a festa de amanhã? Além de vocês tentarem conversar, ele vai ter a oportunidade de ver Bibi Montenegro em sua incrível performance de Cleópatra! — Eric estica os braços imitando uma imagem egípcia desenhada em um hieróglifo, projetando o queixo para cima como se esperasse que, a qualquer momento, um fotógrafo da *Vogue* fosse aparecer.

— Ele não vai me responder.

— Você está jogando os ingredientes do bolo fora antes de a massa solar — ele responde, levantando do sofá e pegando sua sacola cheia de tecidos. — Bom, a hora grátis com o terapeuta acabou e eu ainda tenho muito trabalho para fazer. E você ainda tem uma sala para limpar, e não espere que eu te ajude nisso. Sexta-feira à tarde, pelo amor de Deus! — ele resmunga e desaparece em direção ao seu quarto, espalhando tecidos sobre a máquina de costura e abrindo a lata de biscoitos onde guarda suas agulhas antes de fechar a porta. — E COLOCA BEYONCÉ! — grita do outro lado.

Mudo a música e começo a ouvir "Crazy in Love" pelos alto-falantes quando abro o WhatsApp e vejo as últimas mensagens que enviei para Victor nos dois últimos dias, ambas sem resposta.

Penso que aquilo é estúpido, mas a conversa com Eric foi, de uma maneira muito estranha, eficaz. Por isso escrevo o nome da festa, o endereço, a hora e o preço do ingresso para Victor e aperto "enviar". Depois copio a mensagem e a redireciono para Ian, que também precisa de um pouco de distração e talvez queira sair.

Os dois garotos visualizam a mensagem quase imediatamente. Ian me manda um emoji com o polegar para cima e outro piscando o olho.

Victor não me responde.

Capítulo 10

IAN

A mensagem de Henrique chega enquanto aguardo a infectologista para a minha primeira consulta. Estou pensando se envio um sim ou um não como resposta, mas a secretária do centro de tratamento chama meu nome e tudo o que consigo enviar são dois emojis antes de me levantar e entrar na sala gelada da médica.

É um cômodo pequeno e, de alguma maneira, triste. Há apenas um cartaz colado na parede com duas pessoas — uma extremamente magra e com aspecto doentio e outra com um sorriso alinhado, pele bronzeada e barba milimetricamente aparada — e, abaixo, os dizeres "o HIV não tem rosto. Quem você menos espera pode ser um portador". Do lado esquerdo, há uma maca com uma coberta descartável sobre o colchão fino, uma balança analógica e uma torneira com um pequeno frasco de sabonete líquido e um puxador de lenços de papel fixado na parede. À direita, a mesa da médica se estende desde a parede que fica oposta à porta até a metade da sala, com duas cadeiras à sua frente. Sobre a mesa há um estetoscópio, um aparelho de aferir pressão arterial, um porta-canetas de plástico com as palavras Buenos Aires desenhadas e um livro surrado que, surpreendentemente, não é de medicina, mas sim uma edição de *O uivo*, do Allen Ginsberg.

— Boa tarde, senhor... — A médica olha rapidamente para o prontuário. — Ian Gonçalves.

— Boa tarde, doutora... — Deixo a frase no ar.

Ela estende a mão e eu a aperto.

— Marcela.

Sorrio e me sento na cadeira à frente dela, deixando a mochila ao lado.

— *Eu vi as melhores mentes da minha geração destruídas pela loucura...* — digo pretensiosamente, e sorrio ao observar o livro fino sobre a mesa. Tem uma aparência tão envelhecida que ou ela o lê com frequência ou acabou de encontrá-lo no lixo.

— *... famintas e histericamente nuas, arrastando-se pelos subúrbios ao amanhecer, procurando por um conserto raivoso* — ela complementa, sorrindo. — Então você é um fã de poesia beatnick?

— Na verdade só me lembro do primeiro verso e queria mostrar como eu era inteligente, mas na maior parte das vezes estou lendo Dan Brown.

— Ele faz história da arte parecer emocionante. — Ela sorri. — Toda literatura é válida.

Sorrimos e, naquele momento, sei que ela não vai ser uma segunda versão da psicóloga que deu o meu diagnóstico.

Fico um pouco mais relaxado e deixo os ombros caírem, porque a semelhança entre ela e a psicóloga é assustadora. Senti meus músculos retraídos assim que entrei na sala e encarei outro par de olhos azuis frios e cabelos loiros que, dessa vez, eram mais curtos e chegavam apenas à altura das orelhas. Senti uma pequena ponta de pânico quando ouvi a voz recitando aquele poema, porque ela era idêntica à da psicóloga, mas o sorriso caloroso e as rugas de um rosto que nunca passou por nenhuma intervenção cirúrgica me acalmam.

— Você por um acaso é irmã da...

— ... psicóloga do centro de tratamento? — ela me pergunta. — Sim, mas a Teresa é mais velha. Por treze minutos. O que poderia significar azar, mas só quer dizer que sou mais engraçada, enquanto ela é a gêmea ranzinza. A gente já sabe qual é a preferida da maioria, não é?

As palavras que saem da boca de Marcela não só me deixam aliviado por saber que estou com alguém que faz com que eu me sinta confortável, como também fazem com que todos os meus medos e inseguranças fiquem de lado, mesmo por apenas alguns segundos.

— Então, sem mais delongas, vamos dar uma olhada no que temos aqui. — Ela abre o meu prontuário e olha para as palavras que a enfermeira escreveu quando conversei com ela, observando sua letra cursiva. — Ok, Ian, também conhecido por aqui como seis-quatro-três-oito: como o senhor está hoje? — A voz dela é otimista e positiva quando entrelaça os dedos sobre a mesa, me encarando.

— Bem. Eu acho...

— Certo. Bem. Bem é bom. Bem é ótimo. Eu preciso fazer algumas perguntas antes de te explicar como esse processo vai funcionar. Espero que você seja sincero comigo e não estranhe nenhuma delas. Tudo bem?

— Tudo bem.

— Você usa crack?

— O quê? — Não consigo deixar de rir da pergunta. *Ela* é a pessoa agitada e que parece se alimentar de cocaína no almoço nessa sala, não eu.

— Já expliquei, não se ofenda e responda as minhas perguntas. Você usa crack?

— Não.

— Cocaína?

— Não.

— Maconha?

— Duas vezes. Ou três na vida, não me lembro direito.

— Cigarros? Álcool?

— Tentei o primeiro e me arrependo de não parar com o segundo.

— Você come vegetais e frutas que se transformam em vitaminas no seu organismo?

— Certamente.

— Chocolate? Farináceos? Glúten? Lactose?

— Sim, sim, sim e sim.

— Perfeito. Agora eu te pergunto: você se considera um garoto normal que agora deve se cuidar porque tem um vírus na sua corrente sanguínea ou acha que o HIV é um sistema de punição e que, não sei, Deus ou alguma entidade superior tem alguma coisa a ver com isso?

— Definitivamente a primeira opção.

— Então você não acredita em Deus?

— Acredito, só não acho que Ele seja esse ser vingativo que precise me dar um vírus para que eu aprenda uma lição.

Ela sorri.

— Você é um garoto interessante, Ian.

— Espero que você não se ofenda com o que vou dizer, mas essa é sem dúvida a consulta mais louca que já tive na vida.

— A gente só se conhece há três minutos, mas eu gosto de deixar uma primeira boa impressão com os meus pacientes. Está vendo isso aqui? — Ela pega o porta-canetas de cima da mesa e o levanta. — Meu paciente me deu quando voltou de Buenos Aires. Isso aqui? — Ela se abaixa e puxa uma bola envolta em papel laminado que está dentro de sua bolsa. — Bolo de aniversário de 15 anos da filha de um paciente. E eu fui para a festa no final de semana, e ainda assim ele me trouxe mais bolo. Anote: meus pacientes preferidos são os que me trazem bolo.

— Por que me fez todas essas perguntas? Está se certificando de que não precisa chamar nenhuma assistente social ou que eu não tenha me infectado através de agulhas?

— Oh, agulhas! Me esqueci de perguntar sobre heroína. Você não usa, usa?

— Não.

— Ótimo! Te fiz todas essas perguntas, Ian, porque imagino, pela sua expressão e pelo seu jeito de falar — e odiaria estar errada —, que você é o tipo de garoto que já fez alguma pesquisa sobre HIV antes dessa consulta, e que sabe alguma coisa pelo senso comum. Estou correta?

— Talvez sim.

— É claro que estou certa. Estou correndo o risco de ser relapsa e de não estar fazendo jus aos meus juramentos, mas acho que não precisamos ter toda aquela conversa sobre saliva, espirros e abraços não transmitirem HIV, não é?

— Certamente, não.

— Ótimo. Então agora quero fazer aquelas pequenas coisas chatas e de rotina quando você entra na sala de um médico. Então, por favor, sente-se na maca ali atrás.

Obedeço e, nos próximos dez minutos, ela afere a minha pressão arterial (boa), ausculta meu coração (faz sinais positivos com a cabeça), coloca um palito na minha língua (elogia a minha escovação e meus dentes alinhados por aparelhos na infância), pede que eu tussa, bate na minha barriga e ouve a minha respiração.

Quando, enfim, fica satisfeita, volta a se sentar em sua cadeira e pede que eu volte para o meu lugar.

— Você parece a pessoa mais saudável dessa sala, e olha que me vanglorio de tomar suco verde todas as manhãs. — Sorri em encorajamento. — Agora quero focar nos seus exames. — Ela aponta para um papel impresso e, pela primeira vez, parece completamente séria, o que faz um pequeno arrepio subir pela minha espinha. — Esse é o seu resultado para a carga viral e a quantidade de células CD4 presentes no seu organismo. Você já sabe o que são células CD4, não sabe?

— Sim. Células de defesa.

— Perfeito. A quantidade ideal para uma pessoa saudável fica entre quinhentas e mil e quinhentas células por mililitro de sangue. E aqui é a sua quantidade atual.

Ela gira o prontuário para que eu possa ler os números que os dedos dela apontam.

Trezentos e noventa e seis.

Sinto a garganta secar. A quantidade está menor do que o mínimo necessário.

— Isso é ruim, não é? — pergunto.

— Não é ótimo, mas também não é péssimo — ela responde. — O que você precisa ter em mente é que esse resultado não é, sob hipótese alguma, alarmante. Esse outro número aqui — aponta ela — é a sua carga viral.

Olho para o número e, se é que isso é possível, sinto a garganta ainda mais seca.

Quinze mil, duzentos e treze.

— O que você sabe sobre a quantidade de carga viral e de CD4 no organismo? — a doutora Marcela pergunta.

— Acho que... acho que não pesquisei essa parte — respondo, secando o suor das minhas mãos. Não faço ideia de como estou suando em uma sala fria como aquela, mas sinto o coração acelerar e a respiração entrecortada.

— Ian, tente se acalmar. — Ela estende a mão e a coloca sobre o meu ombro, e sei que aquilo não é uma atitude que a maioria dos médicos teria, mas sinto que aquele pequeno toque me faz bem. — Como já disse, esse não é um cenário assustador. Os números podem parecer alterados, mas você não precisa se preocupar: o tratamento faz com que eles normalizem mais rápido do que você imagina.

Tento controlar minha respiração e faço um aceno afirmativo com a cabeça.

— A sua taxa de CD4 está um pouco abaixo da ideal, e a carga viral, para alguém sem tratamento, está bastante controlada. Já recebi pacientes aqui que tinham três células CD4 e uma carga viral de quase cem mil, e o tratamento ainda assim funcionou. Então quero que você relaxe um pouco e tente ser otimista. Certo?

— Certo — respondo, sem saber se ela conta aquela história para me acalmar ou se é um caso real.

— O ideal é que o seu CD4 esteja alto e a sua carga viral esteja baixa. — Ela coloca as mãos como se estivesse nivelando alguma coisa, a esquerda abaixo representando a carga viral e a direita alta, representando as células CD4. — O primeiro efeito do remédio é interromper a replicação do vírus no seu organismo. Para que você atinja o que chamamos de carga viral indetectável, a quantidade de cópias por mililitro de sangue tem que estar abaixo de cinquenta.

— Cinquenta? — pergunto, pensando nas mais de quinze mil cópias atuais. — De quinze mil para cinquenta?

— A medicação faz esse número descer rápido.

Enquanto fala, Marcela escreve freneticamente em uma série de receituários, e percebo que sua letra faz jus à tradição médica dos garranchos.

— Bom, aqui estão alguns exames que você precisa fazer para me entregar na próxima consulta. Parece muita coisa, e é, mas tudo isso é apenas para me certificar de que você é o garoto saudável que parece ser. Temos aqui um exame de sangue — ela me passa um papel —, um exame de rins e fígado — outro —, um ecocardiograma — outro —, uma chapa do tórax — outro —, um exame para detecção de contato com tuberculose — outro — e um exame simples de urina e fezes — o último, graças a Deus. — A maior parte dos exames pode ser feita aqui mesmo, e os que você não conseguir, pode pedir orientação às recepcionistas para que elas te indiquem o lugar mais próximo.

— Nossa... é muita coisa.

— Não precisa ter pressa. Nossa próxima consulta — ela pega um caderninho de capa vermelha caindo aos pedaços — será daqui a dois meses. — Anota rapidamente uma data, pergunta qual é a minha preferência de horário e me passa um papel com o dia e a hora que anotou. — Agora vamos falar do tão temido coquetel antirretroviral. Está preparado?

— Um comprimido por dia, não é? — pergunto.

— Droga, a Fernanda já te falou sobre eles? — pergunta ela, se referindo à enfermeira.

Sorrio.

— Vou te dar uma receita básica para quatro meses — ela diz, pegando outro papel da sua pasta interminável de papéis, marcando xis nos locais indicados, rabiscando meu nome, carimbando e assinando. — A farmácia fica no segundo andar, é só subir a escada e virar à direita. Entregue esse papel lá e pegue o seu frasco de remédios. Você só pode pegar um frasco por mês, então o seu compromisso é vir aqui todo santo mês. — Ela larga a caneta, entrelaça os dedos mais uma vez e me olha firmemente, sorrindo. — E essa é a parte onde eu fico um pouco menos engraçada e assumo a postura de médica responsável e séria. A minha pergunta é: você está preparado para o compromisso com a medicação, Ian?

— Estou.

— Eu não estou falando de vitaminas ou de um remédio para resfriado. Esse medicamento não é do tipo que você pode se esquecer de tomar um dia, ou só tomar durante a semana e deixar de tomá-lo aos sábados e domingos. Você sabe disso, não sabe?

Confirmo com a cabeça.

— E você sabe por que não pode deixar de tomá-lo nem sequer por um dia?

— Não exatamente, mas sei que tem qualquer coisa a ver com a mutação do vírus no corpo. Estou correto?

— Você é realmente mais curioso do que eu imaginei. Certíssimo. — Ela pega um pedaço de papel em branco e começa a desenhar. À esquerda, desenha um losango com um risco dentro, e abaixo dele outros vários losangos idênticos. À direita, desenha um quadrado, um círculo, um triângulo e um pentágono, todos com rabiscos diferentes dentro deles. — Pense que aqui na esquerda temos um vírus de gripe: ele se multiplica rápido, mas a mutação dele demora muito para acontecer. Então, se você não tomar o remédio, o vírus volta a se multiplicar no seu corpo e, quando você volta a tomá-lo, a medicação continua sendo eficaz, porque está programada para eliminar aquela mutação específica que ela identificou em seu organismo — ela circula os desenhos diferentes uns dos outros. — Já com o HIV a história é outra: apesar de ele demorar muito para destruir suas células de defesa, a mutação dele é muito rápida. É como se o vírus da gripe fosse multiplicado utilizando uma máquina de xerox, e o HIV fosse multiplicado utilizando desenhos feitos por uma criança de 2 anos. As cópias são imperfeitas, então o medicamento, quando não corre no seu sangue nem que seja por dois dias, acaba não identificando as novas cópias e isso faz com que as opções de medicamento sejam anuladas. Existem diversas combinações diferentes, mas é importante que a gente tente não queimar todas elas a menos que seja extremamente necessário.

— Certo. E os efeitos colaterais são muito ruins?

— No começo, um pouco, infelizmente — responde ela. — Um dos compostos do três em um altera um pouco o sistema nervoso, e isso pode causar sinais parecidos com o de uma depressão, além de pesadelos e ansiedade. Mas só parece ruim, e eu prometo para você que as coisas melhoram com o passar do tempo.

Por isso, uma das orientações que a gente dá para os pacientes é que eles tomem o remédio em um horário fixo, antes de dormir, por exemplo, para diminuir um pouco os efeitos colaterais. Caso você ache que não consegue lidar com eles, o que é totalmente compreensível, nós mudamos a opção de tratamento. Mas, a princípio, gostaria que você o utilizasse, porque é o medicamento de maior oferta na farmácia. Tudo bem?

— Tudo bem.

— Agora se lembra que te perguntei sobre drogas e glúten? Você acha que alguma coisa corta o efeito da medicação?

— Essa eu não saberia responder.

— Nada. Absolutamente nada corta o efeito. Nem crack, nem cocaína, nem bebida alcoólica. O que quer dizer que, por mais que eu indique fortemente que você não use drogas pesadas e, principalmente, injetáveis, você *poderia* usá-las sem nenhum prejuízo ao seu tratamento. É só ser responsável com tudo, seja com o baseado ou com a cervejinha do final de semana. Estamos de acordo?

— Perfeitamente.

— A pergunta sobre Deus também foi importante, porque tem gente que interrompe o tratamento porque acredita em uma cura milagrosa, e volta aqui com taxas de carga viral cada vez mais altas. Espero que você não seja uma dessas pessoas.

— Não serei.

— Ótimo. O objetivo do tratamento, Ian, é chegar à carga viral indetectável de menos de cinquenta cópias. Quando você torna o HIV indetectável no seu organismo, ele fica desprezível. Não é uma cura propriamente dita, porque se você deixar de tomar o medicamento o vírus volta a se multiplicar no seu corpo, mas é o mais próximo que podemos chegar de um controle. Quando você é indetectável, as suas chances de transmitir o HIV para alguém são nulas, mas isso não quer dizer que você possa transar sem camisinha por causa disso. A camisinha, agora, vai ser sua melhor amiga, porque uma das coisas que pode acontecer com você, caso não a utilize, é a reinfecção por outra pessoa soropositiva. E ninguém quer que isso aconteça, não é?

— Uma vez já é ruim o bastante.

— Sim, não queremos adicionar mais complicações no tratamento. Então estamos combinados. Vou deixar outra consulta marcada para a semana que vem apenas para o caso de achar os efeitos colaterais da medicação insuportáveis, mas acredito que você consiga tirar isso de letra. Se conseguir, te espero daqui a dois meses com os exames que te pedi, para que possamos acompanhar a atuação do medicamento no seu organismo. Combinado?

— Combinado.

Ela estende a mão e eu a aperto. A mão dela é magra, ossuda e fria, mas me passa tranquilidade.

— Espero que tenhamos uma boa relação daqui para frente, Ian. Sei que esse é um papo um pouco batido, mas se você se comprometer com o tratamento, sua vida pode ser perfeitamente normal. Não é nenhum bicho de sete cabeças, como você pode perceber, e tenho certeza que seu tratamento vai ser um sucesso.

Sorrio e, pela primeira vez desde que o HIV apareceu na minha vida, me sinto um pouco mais otimista em relação ao futuro.

Capítulo 11

VICTOR

Decido beber com a galera da faculdade. Como a maior parte de um grupo heterogêneo denominado *galera*, a minha é composta de sete ou oito pessoas itinerantes, substituídas sem aviso prévio dependendo da aula que temos naquele dia específico.

É um grupo barulhento e cheio de ideias diferentes, e em uma turma de cinema isso significa uma série de cabelos coloridos, roupas de brechó, bolsas da Frida Kahlo e moleskines para anotar frases espirituosas que possam ser utilizadas em algum roteiro futuro. A *galera* passa mais tempo discutindo os problemas do mundo do que de fato fazendo alguma coisa para resolvê-los, com conversas sempre regadas à cerveja gelada e petiscos gordurosos dos botecos que ficam próximos à praça da Cantareira.

Ainda não me resolvi com Sandra desde a nossa última discussão, e talvez seja por isso que ela tenha deixado um espaço vago entre nós ao se sentar, uma cadeira na qual colocamos todas as bolsas que a galera carrega para as aulas.

Todos puxam seus vícios. Cigarros, celulares e copos de cerveja são parte fundamental das interações, e não sou exceção à regra: estou com os olhos fixos na última mensagem de Henrique, que me dá o local e a hora de uma festa na noite seguinte, ainda sem saber se devo ir, se devo responder que vou e não aparecer, ou se devo simplesmente ignorá-lo.

— ... tem esse cara que é dançarino e todo mundo pensa que é soropositivo. — Ouço uma das meninas da galera falar com um garoto, e minha atenção ao celular é substituída pela conversa ao ouvir a palavra, como se algum sistema de alerta soasse dentro de mim. — Aí ninguém quer dançar com ele, tem medo de se contaminar pelo suor e tal. Se passa em São Francisco, nos anos 1980.

— O quê? — pergunto, e vejo que Sandra parece me analisar com uma expressão curiosa.

— *Test*. É um filme que assisti ontem que fala sobre o início da epidemia de Aids e como todo mundo falava que aquilo era o "vírus gay". Os protagonistas são de uma companhia de dança e tem umas cenas muito bonitas com as coreografias deles. Inclusive tem uma frase muito legal que anotei aqui. — Ela saca seu moleskine, virando as páginas meio rabiscadas de desenhos e frases pela metade, até encontrar a que procura. — "Dane-se a arte, vamos dançar". Um dos personagens fala para o outro no meio do filme. Achei muito bonito.

— Dane-se a arte? — pergunta um dos garotos. — A gente vai viver de arte, Érica. Isso é um pouco ofensivo, não?

— Não, não... no contexto do filme tudo faz muito sentido. É tipo "vamos parar de analisar todas essas coisas que talvez nem tenham tanto sentido assim e sejamos livres", "vamos viver, temos a vida inteira", entende?! Pelo menos foi essa a mensagem que eu captei.

— É bem louco como tudo aconteceu tão rápido, não é? — comenta outro garoto, um com ar anêmico que parece se alimentar de Proust. — De uma hora para outra, todo mundo começou a morrer e ninguém sabia o que era, só que todos os que morriam eram gays. Deve ter sido assustador.

— Acho que continua sendo assustador, na verdade — retruca a garota que assistiu ao filme, guardando seu moleskine. — Não conseguimos erradicar a Aids do mundo ainda.

— Ah, claro que não. Mas hoje as coisas estão muito mais controladas. Quero dizer, menos na África, eu acho... — O garoto se perde em suas próprias palavras. — O que eu quero dizer é que tem tratamento, então dá para conviver mais ou menos bem com alguém que tenha HIV.

— Você fala isso da boca para fora. — Percebo que Sandra entra na conversa como quem não quer nada, mas olho para ela com atenção. Ela me devolve o olhar, determinada.

— E você parece julgar um pouco rápido demais uma pessoa baseada naquilo que ela fala. — O garoto parece ofendido. — Até parece que a gente está falando que, não sei, não dá para namorar alguém que tenha HIV.

— Você namoraria alguém que fosse soropositivo? — Sandra pergunta sem pensar duas vezes, encarando o garoto como se o estivesse desafiando. Ela desvia o olhar por um milésimo de segundo para me encarar novamente, e sei que aquela é uma pergunta provocativa.

— Por que não? — responde ele, dando de ombros. — Acho que hoje quem é soropositivo convive mais ou menos bem com o vírus. Se ele, ou ela, se cuidasse e a gente usasse camisinha, não vejo por que isso seria um problema.

— Ai, não, gente, isso ia ser muito complicado. — Uma garota chamada Luana abre a boca pela primeira vez e comenta, dando um gole na sua cerveja long neck. — Falar é fácil, mas a gente não pode entrar de cabeça em uma relação dessas sem saber que está se expondo a um risco.

— Mas toda relação não é um risco? — Sandra questiona, olhando para Luana. — Ou você pede o exame de sangue de todas as pessoas com quem transa?

— Não! Mas uma coisa é usar camisinha em um encontro casual, outra é ter o compromisso de usá-la para o resto da vida!

— Então o problema todo é a camisinha? Mesmo que você seja apaixonada por aquela pessoa e ela possa ser o grande amor da sua vida? Vocês dão muita relevância para um pedaço de plástico.

— Então você teria uma relação com alguém que fosse soropositivo? — Luana pergunta, cruzando os braços, claramente irritada com a argumentação de Sandra.

— Sim! Sei lá, acho que isso nem seria uma preocupação, se a pessoa se cuidasse.

— Você só fala porque nunca passou por isso — respondo de imediato, e me arrependo na mesma hora, porque os olhos dela me fuzilam e, de súbito, todos na mesa olham para mim.

Engulo em seco, e quando o silêncio continua, resolvo continuar:

— É fácil dizer "sim, eu teria uma relação sem nenhum problema!" enquanto você não tem essa relação. Quando as coisas acontecem de verdade, é tudo muito mais complicado.

Não sei por que não fiquei de boca fechada.

— Você já teve algum relacionamento com alguém que você soubesse ser soropositivo, Victor? — Luana pergunta.

Antes que eu possa respondê-la, Sandra a interrompe.

— Nossa, Luana, isso foi muito rude.

— O quê? — A garota parece confusa.

— Não acho que isso seja da conta de alguém.

— Estamos entre amigos, Sandra — ela tenta se justificar.

— Ainda assim. Rude.

— Desculpe. — Luana ergue as mãos em um gesto de inocência. — Você não precisa responder se não quiser, Victor.

— Ainda não tive nenhuma relação com alguém que fosse soropositivo, ao menos não que eu soubesse — respondo, interrompendo o início de discussão e fazendo Sandra ficar ainda mais ofendida com a mentira deslavada. — Mas já conversei com uma pessoa que está em tratamento e ele parecia mais abalado psicológica do que fisicamente.

— E vamos supor que você estivesse interessado nessa pessoa. Sabendo que ele é soropositivo, você levaria a situação adiante? Tipo, você daria mole para ele ou corresponderia se ele te desse mole? — Luana pergunta.

— Lembrando que ele é o potencial amor da sua vida e que vocês podem ser felizes para sempre, e que tudo o que a relação de vocês precisa para funcionar é de um plástico de três milímetros de espessura e algumas visitas ao médico — Sandra complementa.

— É um preço muito alto para se pagar pela felicidade?

A conversa está se tornando cada vez mais desconfortável, e tenho certeza de que Sandra está fazendo aquilo de propósito. Não ter trazido o assunto à tona, mas de tê-lo sustentado a ponto de torná-lo central na discussão.

Sinto minhas orelhas esquentarem quando percebo que as conversas paralelas na mesa foram interrompidas e todos me observam, esperando pela resposta. Começo a considerar a possibilidade politicamente correta de dizer que sim, eu corresponderia a alguém soropositivo. Ao mesmo tempo, também penso em dizer que aquilo seria uma estupidez e que havia muita gente no mundo para eu acabar me envolvendo com alguém que pudesse trazer alguma complicação para a minha vida.

— Não... sei — respondo, e é tudo o que consigo dizer.

Naquele momento, aquela é a verdade.

Droga, estou confuso. Não consigo parar de pensar no Henrique e no Ian, não consigo parar de pensar nos medos e nas frustrações de ser soropositivo. Não consigo parar de me imaginar na pele deles, de ouvir coisas horríveis todos os dias em conversas despretensiosas como aquela.

Sinto raiva de mim mesmo porque começo a pensar em quem eu era antes de conhecê-los; em como achava que as pessoas que pegavam qualquer tipo de DST mereciam as doenças por terem sido estúpidas o bastante por não terem se cuidado. Porque foram promíscuas. Porque se deixaram levar por uma situação facilmente contornável.

Mas a questão é que nem Henrique nem Ian tiveram segundas chances, e é hipocrisia pensar que sou melhor do que eles quando nem sei que tipo de vida sexual cada um deles leva ou levou. Por tudo o que sei, posso ter transado com muito mais gente do que Ian ou Henrique; quem sou eu para julgar o que aconteceu com eles?

Tenho raiva de mim mesmo ao pensar em como sou estúpido julgando pessoas que mal conheço.

— "Não sei" é o que separa as pessoas da felicidade, Victor. — Sandra olha diretamente para os meus olhos pela primeira vez durante aquele dia, e sinto uma onda de alívio ao perceber que ela fala comigo, mesmo que não esteja sendo amigável. — Não seja o cara do "não sei".

Engulo a cerveja do copo e dou um sorriso amarelo com o que parece ser o fim da discussão. Tusso e digo que preciso ir ao banheiro, disfarçando a vermelhidão nas bochechas e o fato de que minha testa está suando.

Entro no bar imundo e lavo o rosto na pia que fica do lado de fora do banheiro masculino. Tento respirar fundo, de olhos fechados, ignorando a música que toca na jukebox ou as pessoas que riem alto enquanto acertam seus bastões riscados de giz nas bolas das mesas de sinuca.

— Isso foi meio hipócrita da sua parte — ouço a voz de Sandra atrás de mim antes de me virar.

Seco o rosto com os antebraços e esfrego os olhos, tentando colocar os pensamentos no lugar.

— O que você quer de mim, Sandra? — pergunto, cansado.

— Não quero nada. E você, Victor? O que *você* quer?

— Eu já disse que não... sei.

— É claro que sabe. Eu sei que você sabe, e o mais importante, *você* sabe que sabe. Você só precisa admitir o que realmente quer e deixar seus medos de lado.

Sinto meus olhos começarem a arder.

Droga.

— Você está certa, ok? Você está certa e eu estou errado e me desesperei por causa de uma coisa que não conheço e está

me amedrontando desde o dia em que entrou na minha vida.
— Quando percebo, estou cuspindo as palavras e não consigo mais parar. — Eu não tenho a mínima ideia de como lidar com isso ou de como fazer para não pensar nisso vinte e quatro horas por dia, Sandra, e posso ter sido um babaca, mas sabe de uma coisa? Eu estou confuso pra caralho. Não consigo parar de pensar naquele imbecil e em tudo o que ele passou na vida; não consigo colocar a cabeça no travesseiro sem que o nome dele fique dançando na minha mente e aquele rosto estúpido fique aparecendo de dois em dois minutos. Então, é, eu posso ter sido um babaca, mas não quero mais ser um babaca! Ele me mandou uma mensagem mesmo depois de eu apagar o seu número e me chamou para uma festa amanhã e eu não sabia se iria ou não, mas acabei de decidir que vou porque não consigo parar de pensar nele! E odeio que você não saiba que ele me mandou uma mensagem e me chamou para uma festa, porque se você soubesse, provavelmente já teria me obrigado a ir e eu não estaria me remoendo por dentro. Então, pelo amor de Deus, eu não quero mais brigar!

Então, sem mais nem menos, as lágrimas finalmente caem. Bem ali, no meio do bar, em meio à música alta, ao cheiro de urina e aos barulhos das bolas de sinuca se chocando umas às outras, sinto meus olhos se encherem de lágrimas, minha respiração falhar e o ar não entrar nos pulmões com facilidade. Tenho certeza que o álcool ingerido durante a tarde tem alguma coisa a ver com a explosão de sentimentos.

Sandra me abraça, e um abraço é tudo o que preciso naquele momento.

144

Tento controlar a respiração enquanto enterro a cabeça no ombro dela, sentindo o coração descompassado pulsando no meu peito no ritmo de um nome.

Hen. Ri. Que. Hen.

Ri. Que. Hen. Ri.

Que. Hen. Ri. Que.

Capítulo 12

HENRIQUE

M inha casa parece o set do primeiro episódio da temporada
de *RuPaul's Drag Race*.

Sempre que uma festa está para acontecer, as drags que se
preparam para a performance e moram mais longe do centro da
cidade vão para a casa de alguém que mora perto da boate e, dessa
vez, Eric foi o escolhido.

O apartamento é uma confusão ainda maior de tecidos e
roupas coloridas: tons diferentes de dourado, prateado e azul se
espalham pelo chão e pelas cadeiras, maquiagens tomam todo
o espaço da mesa de jantar e o espelho do quarto veio parar na
sala e está pendurado no lugar do único quadro que temos na
parede. Tenho que admitir: talvez eu o mantenha pendurado
ali mesmo.

Todos estão enfileirados na frente do espelho, todos sem camisa, com pedaços de fita adesiva colados na testa para segurar os
cabelos enquanto transformam seus rostos angulosos e masculinos
em expressões sutis, olhos delineados e bocas carnudas cobertas
de batom das mais diferentes tonalidades.

— E então, Henrique... — Uma das garotas me encara pelo reflexo do espelho (quando estão reunidas, todas se tratam no feminino com seus nomes de drag; é, de alguma forma, engraçado e ao mesmo tempo acolhedor). — A Bibi me disse que você está vendo um garoto novo. Conta para gente como ele é!

Bibi Montenegro é o nome de palco de Eric. Todas elas têm nomes escolhidos por algum amigo próximo ou por elas mesmas: Maicon, Felipe e Túlio estão se transformando em Mad Madonna, Kara Parker e Nicolle Lopez... todas com explicações na ponta da língua do porquê de terem aquele nome de batismo drag (no caso de Eric, uma junção das atrizes Bibi Ferreira e Fernanda Montenegro, suas preferidas).

— Eu não estou com ninguém novo — respondo de imediato, olhando para Bibi, que ergue a sobrancelha no melhor estilo *femme fatale* dos anos 1920, sorrindo com o canto da boca. — A Bibi fala demais.

— Se você não tivesse ficado tão vermelho em tão pouco tempo, eu diria que a Bibi é a maior mentirosa do grupo, mas acho que ela está dizendo a verdade — Mad Madonna responde, fechando um dos olhos e passando sombra nas pálpebras. — Vamos lá, bicha, a gente nunca teve segredos entre nós e você sempre foi tão reservado e... solteiro! Isso merece uma comemoração!

— Eu ouvi dizer que ele convidou o tal menino para a festa de hoje à noite — murmura Bibi, com um tom falso de sussurro que todos conseguem ouvir.

Os gritinhos de todas ecoam de imediato.

Ótimo, agora as atenções estão voltadas para mim.

— Vamos lá, Henrique, como ele é?! Ele é alto, é forte, é magro, é gordo? Me dá alguma pista! — pergunta Kara Parker.

Encaro Bibi com uma expressão de insatisfação, mas ela apenas pisca um dos olhos cinicamente e coloca sua peruca de cabelos pretos e grossos, ajeitando os fios com as pontas dos dedos.

— Ok, mas vocês juram... *juram*!, que não vão encher o saco dele se ele realmente aparecer hoje?

— Por Judy Garland no Céu e Liza Minelli na Terra, eu juro — diz Mad Madonna, levantando uma das mãos com os dedos em riste.

— *Por Judy Garland no Céu e Liza Minelli na Terra, eu juro* — as outras meninas repetem, incluindo Bibi.

— Ótimo.

Saco o celular e procuro pela foto de perfil do Victor no WhatsApp, mostrando-a para todas.

— Oh, como ele é novinho!

— E magrinho!

— E tem cabelo azul! Desconstruído, gostei!

— Qual o signo dele?

— Ele tem tatuagem?

— Ele já parou de ser amamentado? Deve ter uns 12 anos!

— Chega! — Pego o telefone de volta e todas começam a rir. — Satisfeitas?

— Claro que não! — diz Nicolle Lopez, colocando uma gargantilha dourada e um acessório sobre a peruca, que deixa uma joia cor de esmeralda fixada no meio de sua testa e uma corrente dourada pendendo de sua cabeça. — A gente só vai ficar satisfeita quando ele estiver aqui fazendo carinho em você, e vocês se chamarem de nomes fofos e ridículos tipo "mozinho" e "mozi".

— *Shaaaaade* — Kara Parker grita, olhando para Mad Madonna enquanto todas riem. "Mozinho" e "mozi" é como Madonna e o namorado se chamam quando conversam.

— Garota, prefiro ser ridícula e chamar meu mozi de mozi a ser obrigada a inventar um nomezinho fofo porque não sei o nome do boy que estou pegando no momento.

— O que posso fazer se tenho perda de memória recente? — Kara Parker rebate, sorrindo. — Oi, quem é você mesmo?

— Seu pior pesadelo!

— Não é muito difícil com essa maquiagem aí.

E assim a noite prossegue, com a troca de ofensas que faz todo mundo cair na gargalhada.

— Meninas, a gente não pode perder o foco aqui! — Bibi anuncia depois de uns quinze minutos de fofocas e briguinhas gratuitas entre as garotas. Seu rosto já está todo maquiado e ela anda de um lado para o outro, só esperando as outras terminarem para que possa colocar seu vestido longo azul. — Nosso amigo finalmente está saindo do desencalhe e isso merece uma comemoração!

Ela corre até a cozinha enquanto todas batem palmas e volta com um galão de vinho de cinco litros.

— Da onde você tirou isso, Bibi? — pergunto, arregalando os olhos com o tamanho daquela coisa.

— Tenho lugares secretos que você nem imagina — ela responde com outro piscar de olhos, e todas soltam mais risadas.

Bibi pega copos de plástico na cozinha e os dispõe no canto menos cheio de tecidos e maquiagens da mesa. Começa a despejar o vinho barato nos copos.

— Viado, se você manchar meu vestido de vinho eu te mato, faço um feitiço pra te trazer de volta e te mato de novo! — Nicolle resmunga, puxando seu vestido para longe da mesa, enquanto Bibi oferece a cada uma das meninas um copo de plástico.

— Eu não acredito que você está brindando ao meu desencalhe, que a propósito ainda nem aconteceu — respondo com um sorriso, porque é impossível ficar triste quando todas essas pessoas maravilhosas se reúnem e trocam comentários ácidos entre si.

— Sou uma otimista incurável, querido — Bibi responde, levantando o copo. — Um brinde a sermos quem somos, com todos os nossos defeitos e crises!

— Um brinde à Adore Delano!

— Um brinde à Sarah Jessica Parker!

— Um brinde à Madonna!

— Um brinde a nós! — respondo, porque nesse momento é tudo o que consigo pensar em agradecer.

Viro o copo de vinho com um longo gole e sinto o líquido rasgando na minha garganta.

— Puta que pariu, mas esse vinho é uma merda, hein! — Mad Madonna reclama, tossindo depois de engolir todo o líquido. Ainda assim, pega o garrafão e se serve de mais. — Por que você tinha que estragar nosso momento fofinho com esse vinagre, Bibi?

+

Acho que tomei mais vinho do que deveria.

Decididamente, tomei mais vinho do que deveria.

A grande desvantagem de receber as drags em casa e ajudá-las a se preparar para o show é que elas sempre bebem muito, e de alguma maneira conseguem manter o brilho e a coesão. Diferente de mim, que estou vendo tudo dobrado e sinto uma grande quantidade de líquido dançando na minha barriga, além de uma necessidade urgente de urinar.

Ou talvez eu tenha me empolgado demais enquanto todas as outras sabiam a hora de parar.

É, provavelmente foi isso o que aconteceu.

Nos dividimos em dois táxis de uma cooperativa que já conhecemos — por mais que eu odeie admitir, uma história que começa com "três drags e um bêbado entram em um táxi desconhecido" nem sempre termina bem nos dias atuais, e mesmo que o apartamento fique perto da boate, andar pelas madrugadas cariocas com quatro amigas montadas não é exatamente seguro — e partimos para a boate enquanto o mundo roda.

O taxista nos recebe com sorrisos e dois beijinhos, pergunta como estamos e diz que infelizmente não vai poder ir à apresentação daquela noite. Kara Parker diz que dará ingressos para ele e o abraça, mas o taxista diz que seu namorado não iria gostar daquilo, o que a faz se afastar com uma expressão pouco contente.

Quando chegamos, a fila ainda não se formou, mas uma quantidade considerável de pessoas fica ao redor da entrada da boate, conversando, as mãos cheias com vinhos baratos e cervejas. Do lado de dentro, as luzes multicoloridas piscam e a porta da frente deixa escapar um pouco da música que as paredes acústicas tentam amenizar. Alguns mendigos puxam assunto e ambulantes tentam faturar algum dinheiro, vendendo chicletes, balas e cigarros.

Bibi desce do carro como se fosse uma estrela hollywoodiana prestes a pisar no tapete vermelho: ela segura os lados de seu vestido longo e o levanta para que não arraste no chão, deixando suas sandálias douradas à mostra, o corpo coberto por um casaco para não estragar a surpresa do vestido. As pessoas olham imediatamente, e ela sorri porque ama ser o centro das atenções, ainda mais na noite em que é a atração principal.

Olho ao redor e fico um pouco longe ao perceber que algumas pessoas começam a cercá-la para trocar beijos e pedir fotos. Checo o celular e percebo que minha bateria está nas últimas, já que não consegui carregá-lo. Bibi é um tipo de celebridade nas noites drag, o que sempre garante para ela e suas amigas algumas bebidas grátis e convites inusitados para hotéis depois das apresentações. Ela raramente aceita algum deles, mas tenho certeza que adora cada proposta indecente sussurrada em seu ouvido.

— Henrique! — Ouço-a me chamando entre os flashes das câmeras e os pedidos de vídeos para o Instagram. — Você está bem?

Acho que ela e todos os outros sabem que o meu nível alcoólico está um pouco acima da média, mas não é nada que eu não possa lidar.

— Claro! — respondo com um sorriso, talvez excessivamente animado. — Está tudo ótimo!

Ela percebe que estou dividindo minha atenção entre pegar o celular no bolso para olhar, fazendo com que a bateria desça mais um tracinho, e olhar para os lados na esperança de ver os cabelos azuis e o rosto magro de Victor, mas não diz nada. Gosto quando Bibi é discreta, ainda mais porque sei que aquilo é algo que raramente acontece.

— Vou para o camarim, amigo. Se precisar de mim — ela diz, me guiando até a entrada e apontando para uma menina de um metro e meio e cabelos com as pontas verdes, que sorri para todos e coloca pulseiras VIP em alguns poucos —, a Rebeca te mostra como chegar lá.

Bibi estende uma pulseira para mim e a coloca no meu pulso enquanto Rebeca dá um "oi".

— Meu Deus, Henrique, você sumiu, hein! — diz a promoter, me puxando para um abraço.

— Rebecaaaaaa — digo animadamente, abraçando-a. — Eu te amoooo!

— Oh, meu Deus, você está bêbado.

Dou de ombros.

— Talvez sim, se você considerar que um litro de vinho barato deixa alguém bêbado. — Meu sorriso fica ainda maior, meus olhos se estreitam e Bibi revira os olhos, me ignorando. — Mas não bebi o suficiente para pagar um vexame porque hoje é o dia da nossa estrela Bibi! Não quero ser o responsável por vomitar no meio de todo mundo e estragar a noite dela.

— Muito sábio, Henrique. — Bibi me dá dois beijos nas bochechas e depois sussurra para Rebeca: — Toma conta dele para mim, ok? Qualquer coisa me manda uma mensagem.

— Pode deixar, Bibi — Rebeca responde. — Você pode entrar quando quiser, Henrique.

— Sim, senhora! — digo enquanto vejo Bibi desaparecer entre as luzes da boate. — Daqui a pouco! Só preciso de... — Aponto para as barraquinhas de ambulantes. — Tequila!

Dou as costas, tropeçando ao me virar muito rápido e esbarrando em Mad Madonna, que me segura e só não me xinga porque me reconhece. Dou um beijo na mão dela, amenizando a situação, e sigo para pegar mais álcool.

Não sei por que decido que é uma boa ideia ficar bêbado justo nessa noite. O que sei é que há pouco raciocínio quando você começa a beber, porque todas as ideias idiotas de repente parecem ótimas, e o álcool descendo por sua garganta não arde tanto.

Solto o ar dos pulmões pela boca e peço uma dose de tequila para uma mulher que grita "três por dez" e "aceitamos cartões"! Quando peço uma dose, ela pergunta se não quero pegar a promoção de três por dez, e aceito porque não estou em condições de fazer cálculos. Ela separa três copinhos descartáveis de café sobre o isopor onde estoca suas bebidas e me estende pedaços cortados de limão e um saquinho de sal. Coloco o sal no dorso da mão, lambendo em seguida, viro as três doses de tequila e chupo o limão, que de alguma maneira consegue ser mais doce do que a bebida.

É, acho que eu não estava tão certo quando disse que as bebidas não ardem mais tanto garganta abaixo.

Ainda fazendo careta, peço uma garrafa de cerveja para tirar o gosto amargo do limão, pego a carteira e pago para a moça, sem fazer a mínima questão de conferir o troco que ela me devolve.

Eu me afasto e vou para as escadas de um prédio ao lado da boate, onde algumas pessoas, sentadas, conversam. Arranjo um cantinho para mim, coloco a garrafa de cerveja entre as pernas e puxo o celular do bolso novamente.

Por que todas as ideias idiotas de repente parecem ótimas quando a gente bebe?

Meus dedos vão automaticamente para o WhatsApp, onde encaro a última mensagem que enviei para Victor, com o nome da boate e o horário da festa. De uma hora para outra, meus sentimentos mudam da completa apatia para uma raiva profunda. É como se eu tivesse uma epifania de que ele está me dando um gelo e sendo infantil. Que se danem os medos dele e todas as coisas que ele sente. Estou cansado de ter que ser a pessoa que precisa sempre oferecer mais do que o outro está disposto a dar. Cansado de colocar o HIV como protagonista das minhas relações e de achar que tenho uma dívida sentimental com os outros. Que se foda todo mundo!

Os movimentos continuam automáticos: a garrafa de cerveja saindo do meio das minhas pernas e parando na minha boca, metade do líquido gelado descendo pela garganta; um arroto suprimido, que faz meus olhos arderem e a respiração falhar; o polegar pressionando o botão de gravação de mensagem de voz para Victor; o celular se aproximando da minha boca; eu falando.

— Pensei que você fosse um garoto diferente, Victor. — Sinto meu diafragma se elevar brutalmente com um soluço. Tusso. Continuo falando: — Mas você é igual aos outros. Igual ao Carlos. Eu pensei que a gente pudesse ter uma chance de ser feliz. Você acha que é legal gostar tanto assim de você e não poder ficar contigo por causa dessa merda? Por causa do seu medo e do seu egoísmo, quando eu sei que você também gosta de mim? Porque eu sei, cara, por mais que você negue. Eu vi nos seus olhos. Você tem medo e juro que tentei levar isso em conta, mas quer saber de uma coisa: foda-se! Você e os seus medos. E os meus medos? E o meu egoísmo? Você acha que é fácil para mim acordar todos os dias sem pensar nessa merda de vírus? Porque eu penso nele todos os dias; é a primeira coisa em que penso quando acordo e a última em que penso quando durmo. Talvez ele seja a minha verdadeira paixão, porque está comigo vinte e quatro horas por dia, mesmo depois desses três anos. Eu digo para mim mesmo que está tudo bem, que eu não devo ficar pensando nisso, mas é o mesmo que dizer para alguém com fome "não pense nisso, daqui a pouco a fome passa". É inevitável. Porque eu sei que tenho o direito de ser feliz, mas é tão... frustrante saber que a felicidade está tão perto e esse vírus funciona como um campo de força que não me deixa dar mais um passo. — Respiro fundo, suprimindo outro soluço. — É isso o que quero dizer: quero ser feliz, mas estou cansado de mendigar felicidade. Se você não quer deixar seus medos de lado, ótimo, seja muito feliz com eles. Vou tentar ser feliz da melhor maneira possível e, quando eu conseguir, quero olhar na sua cara e rir. Sabe por quê? Eu vou ser feliz e você não vai me deixar triste por causa do seu egoísmo.

Solto o botão com a gravação e encaro o pequeno círculo que gira, indicando que a mensagem está sendo enviada. Estou satisfeito com o meu discurso. Victor precisa ouvir isso, já que não vai mais aparecer nem responder às minhas mensagens. É o mínimo que ele deve saber.

Bebo o resto da cerveja e me levanto rápido demais, tropeçando nos próprios pés e sendo amparado por um par de mãos femininas.

— Opa, cuidado aí, amigão! — É uma menina baixinha, que me olha com uma·expressão levemente irritada. Ao olhar para o meu rosto, no entanto, sua expressão muda e ela abre um sorriso. — Ei! É você!

Dou um passo para trás e esfrego os olhos, franzindo o rosto e encarando-a. Não conheço essa menina. Provavelmente deve ser uma fã de Bibi que me viu em alguma foto com ela.

— Desculpa, mas... eu te conheço?

— Oh, não, você não me conhece, mas eu te conheço! — Ela abre um sorriso triunfante. — Muito prazer, meu nome é Sandra, e hoje eu trouxe um amigo que te conhece muito bem. Victor, olha quem eu achei!

Olho para trás e vejo os cabelos azuis que pegam duas cervejas com a mulher que me deu as doses de tequila.

Ele sorri ao mesmo tempo em que encaro meu celular.

A mensagem acaba de ser enviada quando a tela do meu telefone se apaga por falta de bateria.

Eu não vou conseguir apagar essa mensagem antes que Victor a ouça.

Merda.

Capítulo 13

IAN

É um comprimido branco gigante, do tamanho de um antibiótico para inflamação de garganta.

Olho para o comprimido contra a luz, girando-o nos meus dedos. Seria irônico se ele entrasse atravessado pela minha garganta e eu morresse engasgado? Talvez não — definitivamente não —, mas não consigo deixar de pensar na possibilidade e de rir de um jeito mórbido para o meu reflexo no espelho do quarto.

Já estou pronto para a festa e o Uber está a caminho, mas continuo encarando o comprimido e pensando se é uma boa ideia tomá-lo hoje, logo quando vou sair sozinho para me encontrar com pessoas que ainda não conheço muito bem. Penso se o medicamento pode me deixar de alguma maneira melancólico, porque li sobre os efeitos colaterais e eles incluem, além da tontura, sentimentos negativos e pesadelos. Não fala nada sobre alucinações, então a probabilidade de eu ver um monstro de asas negras voando pela boate está fora da lista de receios, mas ainda não consigo evitar pensar que aquele talvez não seja o melhor dia para começar a medicação.

Mas penso também que pode ser uma boa ideia tomar o primeiro comprimido hoje, em uma noite que não vou dormir. Isso pode fazer com que meu corpo mande um recado para o remédio, do tipo "ei, não quero ter pesadelos!". Também parece uma boa ideia tomá-lo quando vou beber e sei que vou ficar tonto por causa do álcool.

Não quero mais pensar em causas e consequências, por isso enfio o comprimido na boca e vou até a cozinha em busca de um copo de água. Bebo um longo gole e faço com que aquilo desça em direção ao meu estômago.

Em direção ao vírus.

Não tenho o costume de sair para as noites cariocas. Gosto muito mais de ficar na cama assistindo a um seriado ou lendo um livro, por mais que os outros digam que isso é um programa antissocial e que vou acabar minha vida sozinho com um monte de livros e gatos. É confortável, é divertido, é pacífico e silencioso. Mas hoje não quero silêncio, porque sei que o silêncio vai me enlouquecer. Vai me fazer pensar em coisas que não quero pensar, me fazer remoer o passado e ficar triste, e não quero passar por isso hoje, não agora que os medicamentos podem potencializar meus sentimentos.

O carro serpenteia pelas ruas em direção ao centro da cidade enquanto o motorista pergunta se quero balas, se o ar-condicionado está em temperatura agradável e se quero ouvir alguma rádio específica. Minhas assertivas curtas fazem com que ele não puxe muito mais assunto, e aquilo me deixa menos irritado com as tentativas dele de conversar. Encaro a janela, olhando para as luzes que passam rapidamente pelos meus olhos.

Desço do Uber em direção à boate acreditando que aquela vai ser uma noite boa. Talvez eu não encontre nenhum dos meninos, mas mesmo assim acho que vai ser divertido ver as drags dançando no palco. Nunca vim a essa boate antes, mas, pela propaganda que Henrique me mandou e pelas próprias palavras dele sobre as músicas que tocam, com certeza vou me divertir.

A primeira coisa que percebo é que aquele não é o mesmo tipo de boate para onde o pessoal da Economia me arrasta de vez em quando. Os cabelos coloridos, as roupas folgadas e o glitter no rosto de alguns me fazem ter certeza de que é um ambiente diferente. Vejo mulheres altas que demoro a perceber que na verdade são homens maquiados; vejo garotos abraçando garotos e garotas abraçando garotas e não noto nenhum julgamento, nem dos mendigos que circundam o local, nem das vendedoras de bebidas das barracas próximas à entrada.

Há uma pequena fila formada, seguranças conferindo identidades e pessoas bebendo e fumando. Algumas tiram fotos com drags que distribuem sorrisos, caretas e frases de efeito.

Puxo o celular e mando uma mensagem para Henrique avisando que cheguei. Sei que ele me convidou, mas não sei se ele já está aqui. Olho ao redor, procurando por algum rosto conhecido, mas não vejo nenhum. Dou de ombros e me viro para uma das vendedoras para pedir uma cerveja e sinto que minha percepção está um pouco mais sensível. Acho que os primeiros efeitos colaterais estão começando a se manifestar na forma de tontura.

Encosto em uma parede, dando um gole da bebida e fechando os olhos, tentando fazer as coisas voltarem para o devido lugar. É como se alguém tivesse apertado um botão de adiantar um filme e tudo estivesse acontecendo rápido demais. Sinto a sola do meu pé esquentar e um calor que não é realmente calor começa a tomar conta do meu corpo. Estou quente, mas não suando. É uma sensação bizarra, ao mesmo tempo incômoda e suportável.

Talvez não tenha sido uma boa ideia tomar o comprimido antes de sair, mas não quero voltar para casa. Respiro fundo, olho para a frente e encaro as pessoas que passam rápido demais, rindo e pouco preocupadas com o mundo. Começo a pensar se alguma delas também está fingindo, assim como eu, que está bem. Se estão rindo por simples obrigação social, porque é mais fácil do que ficar trancafiado no quarto remoendo coisas ruins.

Puxo o celular e vejo que Henrique não me respondeu. Dou de ombros, termino a cerveja e decido entrar.

Entro na fila da boate e ouço uma música da Lady Gaga tocando enquanto praticamente todos repetem a letra em coro. Um pouco tonto, me seguro nas grades de contenção da fila para não tropeçar em ninguém, pago meu ingresso e entro.

É como se eu estivesse em um sonho psicodélico de luzes piscando. O chão vibra com o volume da música, as pessoas andam em todas as direções em busca de cerveja, banheiro ou amigos e um DJ está no palco com fones de ouvido e mãos ágeis na mesa de som, mixando a música e fazendo a transição para que outra comece. Quando troca a música, todas as pessoas gritam animadamente e também começam a cantar.

Penso que vai ser um pouco difícil encontrá-los por conta do tamanho da boate e da quantidade de gente, mas logo vejo três pessoas embaixo de uma escada, dançando. Reconheço de imediato a mecha azul e a altura assustadora de Victor, e os cabelos ruivos e a pele pálida de Henrique; além dos dois, há uma menina de roupa preta e laço vermelho na cabeça.

— OI! — berro mais alto que a música, e Henrique abre um sorriso ao me ver. Ele me dá um abraço e sinto seu corpo se escorando no meu, o que só me leva a crer que ele está bêbado. Aceno para Victor quando Henrique me solta, e o garoto também me abraça com seu corpo magrelo com ossos aparentes. A garota que não conheço dá um aceno tímido, mas ao ver que faço parte da galera, também me abraça.

Todos cheiram muito bem, até mesmo Henrique, com seu perfume misturado ao suor e ao álcool que é percebido em seu hálito sem a mínima cerimônia.

— IAN! — Henrique berra. — ESSA É A SANDRA E ACHO QUE VOCÊ JÁ CONHECE O VICTOR!

Antes que eu consiga me ambientar ao som alto da boate ou fazer qualquer comentário sobre a fita vermelha no cabelo de Sandra ou sobre a roupa completamente fora de tom de Victor, Henrique me puxa pelo braço com um sorriso largo — talvez largo demais — e grita:

— EU QUERO IR AO BANHEIRO, VAMOS COMIGO?

Tento gaguejar alguma resposta, olhando dele para Victor e Sandra, mas antes que eu consiga pensar em qualquer coisa, ele me arrasta, deixando todos, inclusive eu, com uma expressão confusa estampada no rosto.

Atravessamos o mar de pessoas e conseguimos subir as escadas em direção aos banheiros do segundo andar, onde não há tanta gente quanto na pista do térreo. Henrique me puxa pela mão e fecha a porta, e nós dois estamos espremidos em um reservado para uma pessoa. O que ele está fazendo? Meu Deus, ele não espera que a gente... fique ali sozinho, não é?

— Cara, eu fiz merda. — Ele passa a mão pelo rosto suado e me encara, e não tenho a mínima ideia do que ele está falando.

— Por que você se trancou comigo em um banheiro para uma pessoa? Você sabe que os seguranças vão arrastar a gente para fora da festa se nos pegarem, não é?

— Relaxa, a gente não está fazendo nem vai fazer nada, e... essa não é a questão!

— É claro que é! Se o Victor te procurar e ver que você está trancado com outro garoto, o que acha que ele vai pensar?

Henrique olha para mim e parece uma daquelas cenas de desenho animado em que o personagem descobre uma coisa óbvia que ainda não tinha conseguido raciocinar sozinho.

— Você está certo, então tenho que ser rápido. — Ele enfia a mão no bolso e puxa o celular. — Eu mandei um áudio para o Victor. É ruim, bem ruim.

— Ele já ouviu?

— Ainda não, pelo menos eu acho que não. Se ele tivesse ouvido, não estaria aqui.

— Por que você não apaga o áudio?

Henrique mostra a tela apagada do celular.

— Sem bateria.

— É claro — respondo, sabendo que falta de sorte deve ser o nosso nome do meio. — Mas o que você falou no áudio?

Henrique resume o conteúdo em frases desconexas, mas consigo captar a mensagem.

— Eita. — É tudo o que consigo articular.

— É. Eita. E é por isso que você tem que me ajudar. Preciso que você apague isso do telefone dele antes que ele ouça.

— O quê? Como você espera que eu faça isso?

— Não sei, cara, eu não sei! Estou sem opções aqui, Ian, e eu realmente gosto dele, mas eu estou tão... frustrado e bêbado e... ah, merda, ele vai ouvir tudo isso e achar que não gosto mais dele, e aí é que tudo vai estar perdido para sempre.

Henrique destranca a porta e saímos do banheiro sob os olhares julgadores de um garoto que espera na fila. Olho para o chão, sem saber onde enfiar a cara. Quando estamos descendo as escadas em direção à pista principal de dança, sinto o chão flutuar mais uma vez e me seguro nos ombros de Henrique.

Se eu queria uma noite agitada em que não ficaria pensando em coisas ruins, eu definitivamente consegui uma.

Henrique tropeça nos próprios pés enquanto desce os degraus, segurando o corrimão da escada para não rolar por ela, e eu vou logo atrás, também me segurando para não cair. Ainda não bebi nenhuma cerveja ali dentro, mas é como se eu já estivesse na oitava lata. Não é exatamente como estar bêbado: as coisas passam mais rápido, mas ainda assim consigo reter as memórias e sei muito bem o que estou fazendo. Só estou tonto, bastante tonto, e com mais calor do que provavelmente estaria, mas a minha consciência está intacta.

Henrique, por outro lado, está completamente fora de si; ainda assim percebe que estou me escorando e seguindo o ritmo dele.

— Você está bêbado? — ele pergunta. — Ótimo, agora um bêbado vai tentar ajudar outro bêbado a não se ferrar. É realmente ótimo!

— Não estou bêbado! — retruco, e ele faz cara de quem se questiona se aquilo é algo que uma pessoa bêbada diria. — Comecei a medicação hoje. Só estou tonto.

É bizarro falar aquilo em voz alta e com tanta naturalidade. A música da boate quase me faz gritar, mas não sinto medo de alguém me ouvir.

Henrique para completamente e seus olhos encaram os meus. Ele me arrasta para uma parede e se escora no meu ombro.

Ótimo, agora o Victor vai passar pela gente e tenho certeza de que vai achar que estamos nos beijando.

— Você está falando sério? — Ele me encara e percebo que sua expressão parece quase sóbria. — Merda, você está falando sério!

— Isso é ruim?

— Não, é só... — Henrique respira e tenta organizar os pensamentos. — Eu te chamei aqui para você distrair a sua cabeça e não pensar em problemas, e a primeira coisa que faço é te envolver nos meus problemas. Isso não é uma atitude legal de um amigo.

— Cara, relaxa — respondo sorrindo, talvez por ele ter usado a palavra *amigo* com tanta facilidade. Ele parece realmente incomodado com a situação, e o álcool potencializa seus sentimentos e o faz chegar no estágio do choro por qualquer motivo. É um pouco engraçado, devo admitir, ver os olhos dele se enchendo de lágrimas sentimentais. — Isso está sendo melhor do que ficar em casa tendo pesadelos. Na verdade, eu tenho que te agradecer por me tirar de casa. Agora vamos, temos um trabalho a fazer.

Concluímos a grande odisseia que é descer as escadas em direção ao primeiro andar. Victor e Sandra estão dançando e bebendo, ainda embaixo da escada. Ela me olha com uma expressão de poucos amigos, e Victor parece mais confuso do que qualquer outra coisa.

— VICTOR! — berro no ouvido dele enquanto a mixagem faz a música ficar um pouco mais baixa. — MEU CELULAR DESCARREGOU, POSSO PEGAR O SEU EMPRESTADO?

— O QUÊ? — ele pergunta, confuso.

É a única ideia que consigo ter em tão pouco tempo. Enfiar a mão no bolso dele e pegar seu celular não seria somente inapropriado como também não surtiria nenhum efeito, já que a maior parte das pessoas tem um código de bloqueio de tela e não tenho a mínima ideia de qual é o do Victor. Roubar o telefone dele e dar um sumiço ou espatifá-lo no chão também não seria muito legal da minha parte. Mas se eu conseguisse destravar a tela e fingir fazer uma ligação, com certeza conseguiria apagar aquela droga de áudio.

— CELULAR. PRECISO DE UM EMPRESTADO. POSSO USAR O SEU?

A música está muito alta e Victor faz que sim com a cabeça, mas não faz nenhuma menção de enfiar a mão no bolso e pegar seu aparelho, o que só me faz chegar à conclusão de que ele não entendeu nenhuma palavra do que eu disse.

Mas Sandra entendeu. Ela olha para mim e para Henrique, desconfiada, e semicerra os olhos antes que eu possa pedir pelo telefone do garoto pela terceira vez.

— USA O MEU! — Ela dá um sorriso agradável e me estende o celular, já na tela da discagem. Victor continua dançando, despreocupado, e sequer se dá conta do que está acontecendo ao redor dele.

Henrique arregala os olhos ao observar o telefone de Sandra estendido na minha direção e, em um ato de desespero, percebo que faz a única coisa que sua mente bêbada consegue produzir como uma ideia remotamente boa.

— EU AMO ESSA MÚSICA! — ele grita ao mesmo tempo que abre os braços de um jeito espalhafatoso, mirando a mão de Sandra e acertando o aparelho em cheio.

O celular voa pela boate ao mesmo tempo que ela grita um "EI, O QUE É ISSO?!". Vejo o pequeno tijolo preto girando no ar e pousando no chão, em meio às pessoas que dançam na pista.

— MEU DEUS, SANDRA, ME DESCULPA! — Henrique grita, e é óbvio que não consegue transparecer o mínimo de remorso.

Henrique corre em direção ao aparelho que acabou de derrubar, pedindo licença para a multidão. Sandra vai atrás dele, me fuzilando com os olhos como se eu fosse o responsável por tudo aquilo.

— PARA ONDE ELES FORAM?! — Victor olha para os lados com o rosto franzido. — O QUE ESTÁ ACONTECENDO?

Antes que Victor consiga entender qualquer coisa, a música da boate para completamente e as luzes se apagam. Todos começam a vaiar o corte abrupto, mas logo o palco se acende e todos começam a bater palmas.

Sandra consegue recuperar seu telefone e ele parece intacto, e Henrique está praticamente ajoelhado ao lado dela, pedindo desculpas. Quando olho novamente, Henrique desapareceu em direção ao bar e, em menos de um minuto, volta com duas cervejas, em uma tentativa de amenizar a situação. Ele estende uma das garrafas para Sandra, dando um sorriso sem jeito. Ela o encara desconfiada, mas aceita e dá um gole na cerveja.

— O que aconteceu? — Victor pergunta em um tom de voz mais baixo, agora que nenhuma música toca na boate, assim que os dois voltam para debaixo da escada.

— Um pequeno acidente, mas já está tudo bem! — Henrique responde, fazendo Sandra brindar com ele em sinal de paz.

Os olhos de Henrique recaem novamente sobre mim, suplicantes, para que eu continue tentando apagar a mensagem do celular de Victor.

Como eu o odeio nesse momento.

— Victor, será que eu posso fazer uma ligação com o seu celular? O meu descarregou!

— Claro! — ele responde, e percebo que só agora entende o que estou pedindo. Sandra não reclama ou pergunta por que estou sendo tão insistente com aquela história, e Victor, distraído, puxa o celular do bolso e o desbloqueia. — A bateria está nas últimas também, então vai rápido.

Sorrio com o aparelho em mãos, e já estou me adiantando e procurando pelo aplicativo do WhatsApp na tela inicial. Aquilo é uma completa quebra de privacidade e tenho certeza de que não é a coisa certa a se fazer, mas o Henrique me pediu e...

O celular de Victor apaga, descarregado.

Por que ninguém carrega o telefone nesse grupo?

Capítulo 14

VICTOR

Ian me estende o telefone e parece um pouco frustrado.

— O que foi? — pergunto.

— Descarregou.

— Ah, droga. Eu deveria ter colocado na tomada antes de sair de casa.

Aquilo não me preocupa tanto, já que Sandra está comigo e sempre que meu telefone morre, minha mãe liga para ela para saber se estou vivo.

Coloco o aparelho de volta no bolso e volto a olhar para o palco.

Sorrio e me aproximo de Henrique, pegando a mão dele. Ficamos assim, como dois idiotas apaixonados, olhando para o palco de mãos dadas.

Idiota. É um pouco assim que me sinto. Estar ao lado dele faz com que eu me sinta desse jeito, como se minha cabeça fosse leve demais e flutuasse pelo espaço, longe das preocupações. O medo é agora um pequeno coadjuvante de algo maior e mais intenso.

Apaixonado. É assim que estou me sentindo, afinal de contas? Essa sensação de que estar ao lado dele é a melhor coisa que posso ter é o que os especialistas denominam como *paixão*? Não sei se há uma definição racional nem se o que o dicionário fala corresponde exatamente a essa mistura de sentimentos que está em ebulição dentro de mim. Só sei que é bom. Só sei que estar de mãos dadas com ele é o que preciso agora; não do sexo já feito, dos beijos já trocados ou de como andamos fazendo as coisas até agora, como em um filme não linear, mas apenas isso: os dedos entrelaçados, o calor da mão dele contra a frieza da minha, o silêncio quando nós dois prestamos atenção no palco, a leve pressão que ele faz ao apertar a minha mão, na expectativa de que o show comece.

— Eu preciso te falar uma coisa. — Ouço a voz dele no meu ouvido, e abaixo um pouco para que ele não precise esticar tanto o pescoço. A voz dele é um pouco lenta, e sei que está bêbado. — Eu pensei que você não viesse hoje...

— Pensei em não vir — respondo. — Mas alguma coisa me disse que eu não iria me arrepender.

Ele abre um sorriso bobo. Um sorriso bêbado.

— ... e talvez eu tenha... pensado algumas coisas e... dito algumas coisas que não são verdadeiras.

— Do que você está falando?

— Eu deixei uma mensagem para você e...

— Não vamos falar sobre isso agora — digo, porque não quero pensar nas nossas discussões. A respiração dele no meu ouvido é ofegante e intensa, e envia ondas de arrepios pela minha nuca.

— Eu não quero... pensar no que já aconteceu.

Então aproximo os lábios dos dele e o beijo. A princípio, ele corresponde de um jeito tímido, mas aos poucos aumenta a intensidade, como se quisesse que nos tornássemos um só. E aquele beijo me mostra como não sou o único vulnerável, não sou o único que tem medos e não sabe o que será do futuro, que não sou o único que está tentando ser feliz, apesar de todas as coisas conspirarem contra a felicidade.

Nos afastamos quando a música e as luzes estão brilhando freneticamente, a fumaça do palco tomando conta de toda a boate. Dois homens musculosos, vestindo nada além de sungas douradas como a criatura criada por Frank-N-Furter aparecem carregando um tapete enrolado com cada ponta em um ombro.

Eu sei exatamente o que vai acontecer, graças a Sandra e sua insistência para que eu assistisse a *Cleópatra*, mesmo o filme tendo mais de cinco horas de duração.

Os dois homens abaixam o tapete, e todos olham sem entender. Amadores.

O tapete começa a se mexer, e todos batem palmas. Os homens de sunga dourada ajudam o tapete a se desenrolar e, lá de dentro, surge Cleópatra, a rainha da noite, com seu vestido azul sobre o corpo, seu cabelo liso e preto na altura dos ombros e a ornamentação dourada em sua cabeça, além da maquiagem delineando seus olhos com lentes azul-elétrico.

— Não há horas suficientes nos dias de uma rainha, e suas noites têm horas sem fim — ela diz suavemente antes de a música explodir em nossos ouvidos.

A multidão grita e bate palmas quando Bibi Montenegro começa a andar de um lado para o outro, dublando uma música com sonoridades egípcias e fazendo todos se divertirem. Está perfeita ali em cima. A pele escura brilha com os tons de dourado de sua maquiagem e de seus ornamentos; ela é uma joia em movimento, e cada passo que dá parece ter sido pensado para valorizar suas melhores poses. As pessoas tiram as câmeras para fotos e filmagens, e ela parece verdadeiramente uma rainha.

A música acaba e ninguém para de bater palmas. A testa dela está suada e seu peito sobe e desce, ofegante, mas o sorriso é o indicativo de que não há cansaço que pague pela felicidade de estar ali naquele momento.

Ela leva o microfone aos lábios.

— Eu sou o Nilo! — diz com uma voz poderosa, fazendo todos gritarem ainda mais, se é que isso é possível. — Eu terei filhos. Ísis me disse.

Ao dizer aquilo, projeta a cabeça para cima e ergue as mãos, fazendo sua túnica esvoaçar. Os homens com as sungas douradas desamarram os laços da túnica e revelam uma segunda roupa, dessa vez um maiô repleto de detalhes dourados, como as ranhuras de um rio em um mapa, e outras drags começam a entrar pelos dois lados do palco.

A boate vai à loucura.

A próxima música começa a tocar e todas dançam uma coreografia ensaiada, levando toda a plateia ao completo êxtase. Vejo Henrique sorrindo, orgulhoso pelo amigo que está na frente de todas as outras pessoas, sendo alimentado pelos aplausos. Ele me abraça pela cintura, e nós dois ficamos contemplando aquele show barulhento em silêncio, e tudo o que sei é que não quero que aquela noite termine.

Capítulo 15

HENRIQUE

Minha boca tem gosto de guarda-chuva.

Minha cabeça está girando.

Meu estômago parece estar recebendo uma rave.

Meu Deus, eu quero morrer.

Nunca mais vou beber na vida.

Estendo a mão em direção ao telefone na mesa de cabeceira, tiro o plugue do carregador e olho para o relógio. São onze horas da manhã e o mundo ainda não terminou de girar. A última coisa que me lembro é de ver Eric tendo a melhor noite da sua vida, e o resto são flashes: eu correndo para o banheiro da boate e me trancando no reservado, colocando todo o vinho, a tequila e as cervejas para fora; Sandra me segurando enquanto eu dizia "não quero ir embooooora", quando obviamente o céu já estava clareando e as únicas pessoas na boate eram os seguranças e o pessoal da limpeza; eu devorando um cachorro-quente superfaturado e ouvindo Victor dizer que não havia a menor condição de eu voltar para casa sozinho, e onde diabos Eric havia se enfiado?; Victor me empurrando para o banco de trás de um táxi e conversando com uma drag que não sei se era Mad Madonna ou Nicolle Lopez, mas que foi gentil o bastante para informar ao taxista meu endereço.

Victor. Ele estava sentado ao meu lado no táxi.

Oh, merda. Ele veio para cá.

Levanto a cabeça rápido demais e a seguro, porque o planeta ainda insiste em rodar. Minha garganta está seca e ainda estou usando as calças e as meias da noite passada. Minha camisa está pendurada na cadeira da escrivaninha e há um bolo de lençóis espalhados pelo chão, em uma cama improvisada onde não há ninguém dormindo.

Eu me arrasto para fora da cama e ouço pessoas conversando do lado de fora. Não é a voz de Eric nem a de Victor. É Sandra.

— ... você não vai brigar com ele agora, Victor. Você não vai brigar com ele e ponto! Ele não sabia que você ia aparecer!

— Você ouviu o que ele disse? Meu Deus, ele falou aquilo antes de eu aparecer e depois agiu como se nada tivesse acontecido! E o que foi que o Ian tentou fazer? Pegar meu celular para ligar para alguém, no meio da boate?! Ele estava tentando deletar a mensagem!

Ai, merda.

Victor conseguiu carregar o telefone e ouviu o meu áudio.

— Bom... dia — falo do batente da porta do quarto, fazendo a discussão terminar imediatamente. Sandra olha para mim com a expressão de uma advogada que tentou todos os recursos de defesa, mas sabe que perdeu a causa. — Dormiram bem?

Nenhum dos dois fala nada. Minha garganta fica ainda mais seca.

— Não sei — Victor responde. — Talvez o meu sono tenha sido egoísta demais hoje à noite.

— Victor... — Sandra tenta evitar a discussão. — Ele está de ressaca. Não façam isso agora.

— Não — respondo, indo até a cozinha e me servindo de um copo de água. — É melhor fazer isso agora. Será que a gente pode conversar, Victor? Sandra, você pode pegar o que quiser na geladeira. E seus pais sabem que você está aqui? — pergunto para Victor.

— Eu disse que a gente dormiu na casa do meu irmão — Sandra responde por ele. — Não precisa se preocupar com isso.

— Ótimo. — Encho outro copo de água e volto até a porta do quarto. — Podemos?

Victor não parece disposto a conversar, mas Sandra faz um pequeno aceno de incentivo e ele se levanta do sofá. Vamos até o quarto e fecho a porta assim que Victor passa por mim.

— Essa é a hora em que você pede desculpas e diz que não queria dizer nada daquilo e que a culpa é toda do álcool, não é? — ele pergunta, cruzando os braços em uma postura defensiva e sentando na cama de pernas cruzadas. — Porque isso não vai colar.

Coloco o copo de água sobre a escrivaninha, abro o armário e pego a medicação da manhã. Jogo o comprimido na boca e bebo o segundo copo inteiro.

— O que é isso? — ele pergunta.

— A dose do dia — respondo, tentando fazer com que aquilo não soe como um gesto dramático.

Ele dá uma risada seca.

— Isso é uma tentativa de me amolecer?

— Faço isso todos os dias nessa hora há três anos, Victor. É rotina.

Observo os olhos verdes dele, que me encaram tentando processar o que aquele gesto significa. Mas a verdade é que não significa nada além do que acabei de dizer: rotina.

— E então...? — Ele deixa a pergunta no ar. — Quando começa todo o discurso de "me desculpe por tudo o que eu disse"?

Dou de ombros.

— Não sei se devo me desculpar pelo que eu disse.

Outra risada seca.

— Você é patético.

— É o que você realmente acha?

— Sim.

Continuo em silêncio, olhando para ele.

— Tudo bem — respondo.

— É isso? — Ele parece furioso. — Seu grande pedido de desculpas é um "tudo bem"?

— Eu não posso controlar o que você sente nem dizer que é errado, Victor. Então sim, tudo bem. Posso ser patético, mas não me arrependo de nada do que disse naquela mensagem. Não foi o álcool falando mais alto. Fui eu, falando exatamente o que penso em relação a tudo o que está acontecendo entre a gente. E se você não é capaz de enxergar que eu também tenho direito aos meus sentimentos, a gente nunca vai dar certo.

— A gente só vai dar certo se você começar a acreditar nos outros, e parece que você ainda não acredita.

— E você pode me recriminar por isso? Eu já acreditei nos outros e pensei que talvez tudo pudesse dar certo, mas as coisas nunca terminaram bem. E depois de tanto tempo tentando ser otimista, você acaba cansando.

— Então você não acredita em mim? Não acredita que eu gosto de você de verdade?

— É claro que acredito! Mas não acreditava até ontem, não depois de tanto silêncio. Mas, diferente dos outros, você apareceu.

— Então você disse tudo aquilo?

— Então eu disse tudo aquilo — repito, confirmando. — Será que você consegue entender?

— Não sei se consigo. As coisas que você me disse, elas eram...

— Ele parece não saber os adjetivos corretos, então eu o ajudo.

— Cruéis? Frias? Sem consideração?

Ele pressiona as mandíbulas.

— Exatamente.

— Talvez você perceba como me sinto o tempo todo quando alguém desaparece pelo medo de estar comigo.

— Você disse que eu era medroso. E egoísta. — Mais do que com raiva, Victor parece magoado com as minhas palavras. — Como pode dizer todas essas coisas e depois ficar do meu lado como se não tivesse dito nada daquilo?

— Eu estava do seu lado porque gosto de estar do seu lado. Porque você me surpreendeu sendo diferente de todas as outras pessoas que passaram pela minha vida. O que você não consegue entender, Victor, é que tudo isso também é novo para mim. Estar com alguém que sabe quem eu sou e ainda assim aparece, mesmo com todos os medos do que possa vir a acontecer no futuro. Isso é diferente do que eu vivi nesses últimos anos, porque todas as pessoas dão as costas e vão embora.

— E o que você não consegue entender é que as pessoas têm direito a ter medo. Têm direito a não quererem aparecer se elas acham que isso é o melhor para a vida delas.

— Aí está. É exatamente disso que estou falando: você está sendo egoísta de novo.

— E você se acha tão melhor do que os outros, não é? Tão superior com esse seu discurso de "eu não me importo, eu não me desculpo, eu disse exatamente o que queria dizer". Então por que merda você tentou fazer o Ian apagar a mensagem que você enviou? Ou você acha que eu não percebi o que estava acontecendo?

— Eu queria evitar... isso — digo, levantando as mãos e apontando para os lados. — Essa discussão sem sentido sobre quem é mais frágil e quem é mais egoísta. Mas quer saber de uma coisa? Agora estou feliz pelo que você ouviu.

— Feliz? Você é doente.

— Feliz porque agora você sabe o que penso sempre que alguém novo entra na minha vida e desaparece como se fosse a porra de um monstro de fumaça. São três anos convivendo com esse desgaste, Victor. Três anos tentando me convencer de que é melhor ficar sozinho para não ter que encarar esse tipo de reação e esses silêncios que sempre vêm depois que eu falo as três letrinhas mágicas. É fácil para você dar as costas e ir embora, mas eu ainda tenho que conviver com isso diariamente.

— Mas você não pode ignorar o fato de que as pessoas têm medo!

— Eu sei! Você acha que eu não fiquei aterrorizado quando descobri meu diagnóstico? Você acha que não passei uma semana inteira pensando que aquilo era uma punição divina e que eu merecia? Medo é o meu nome do meio, Victor, mas uma coisa que aprendi ao longo desses anos foi que o medo não é um monstro de quinze metros de altura para o qual eu tenha que me curvar.

Tenho medo todos os dias: medo dos resultados dos meus exames mudarem, medo de alguma merda acontecer com a política e os medicamentos pararem de ser distribuídos, medo de ter um corte na boca e beijar alguém com outro corte na boca, medo de contar para alguém que tenho HIV e essa pessoa simplesmente sumir, como eu achei que você sumiria. Como você chegou a fazer por algumas semanas.

— Mas isso foi sua escolha! — ele grita. — Todos esses medos e essas coisas que você sente aconteceram porque você... quis!

Percebo que as mãos dele se fecham, e aí está: o soco na boca do estômago. O que ninguém diz, mas o que todos pensam.

— Desculpa, eu... — Ele tenta abaixar o tom de voz e dá um passo para a frente, tentando amenizar a situação.

Mas agora sou eu quem explode.

— Escolha? — Meu tom de voz se eleva, mandando um foda-se para a dor de cabeça ou a ressaca. Eu não consigo acreditar no que ele acaba de me dizer. — Então você acha que isso é uma escolha?!

— São as consequências dos seus atos e você tem que lidar com elas. — Ele fala em um tom de voz baixo. Egoísta. — Eu não sou obrigado a ser arrastado para esse monte de merda só porque gosto de você.

— Estúpido. Você é um garoto mimado e estúpido que acha que conhece o mundo. — Minha garganta está engasgando com as lágrimas que querem descer, mas eu as engulo. — Sai da minha casa.

Ele me encara, imóvel.

— Sai — repito. Não quero mais conversar, não quero mais ouvir nenhuma palavra nem olhar para a cara dele, agora nem nunca mais.

— Então é assim que você vai lidar com...

— SAI! — explodo, indo em direção à porta do quarto e abrindo-a com um puxão. — AGORA!

Do sofá da sala, Sandra olha para a cena, os olhos arregalados enquanto levanta a cabeça, perdendo completamente a atenção que tinha em seu celular.

Victor levanta as mãos e dá passos largos em direção à sala, sem emitir mais nenhum som. Ele pega suas coisas em cima da mesa, enfia tudo no bolso o mais rápido que pode e chama Sandra, que fica em silêncio. Ela não pergunta o que aconteceu, mas olha para mim com uma expressão de dúvida, e eu retribuo com um olhar fulminante e irritado.

Quando estão saindo, Eric chega: está com uma mochila nas costas e restos de maquiagem no rosto, a expressão de quem provavelmente dormiu com um fã que soube fazer a noite dele ser muito melhor do que a minha. Sandra e Victor não falam nada e descem pela escada.

— Ei, que pressa é essa?! — ele ainda pergunta, sorrindo. Depois entra no apartamento e olha para mim, que ainda estou de pé no quarto, respirando ruidosamente. — Tem algum lugar pegando fogo?

Não espero que ele se aproxime. Ao invés disso, ando até Eric e enterro o rosto no ombro dele, deixando todas as lágrimas escorrerem.

— Oh, Henrique. — É tudo o que ele diz, me apertando contra seu corpo esguio enquanto o meu peito sobe e desce sem o mínimo controle. Estou sem ar, mas não consigo parar de chorar.

Não quero parar de chorar.

Capítulo 16

IAN

Não tem ninguém ao meu lado quando tomo o medicamento pela segunda vez.

O processo é o mesmo: a princípio, deitado na minha cama, tudo parece muito bem, mas é só me levantar para ir ao banheiro que percebo o mundo girando como um patinador de gelo em uma daquelas acrobacias complicadas que parecem nunca acabar. Eu me escoro na parede e nos móveis da melhor maneira que posso, tentando disfarçar o que está acontecendo. É como se estivesse bêbado.

A médica disse que isso melhora com o tempo. E, por favor, preciso que melhore.

Depois, vêm os pesadelos. Quando menos espero, eles estão ali, me atormentando com suas imagens bizarras e sem sentido.

O primeiro deles é uma mulher vestida de vermelho. Ela está de pé e, mesmo no escuro, consigo ver seu vestido esvoaçando nos pés e seus cabelos pretos caindo sobre os ombros. Ela se aproxima aos poucos, e percebo que seu rosto não tem olhos, nariz ou boca. Ainda assim, sinto quando ela aproxima a sua pele da minha, irradiando calor e fazendo com que o suor escorra pela minha testa e manche o travesseiro.

Acordo assustado. O coração palpitando, o suor banhando meu corpo, minha garganta seca. Não quero levantar para tomar mais água porque sei que vou esbarrar em todos os móveis da casa e acordar todo mundo. Então me descubro e abro a janela, com delicadeza o suficiente para não acordar Vanessa.

Peço por uma corrente de vento que não vem e, de barriga para cima, olho para o teto. Sinto minhas pálpebras pesadas com o passar do tempo, olhando para as sombras que se desenham no teto com os reflexos das poucas luzes que estão acesas do lado de fora. Os galhos das árvores formam mãos que se alongam em braços, e vejo os dedos se dobrando e ganhando vida, deixando de estampar o concreto para assumirem a tridimensionalidade da escuridão. É como se as sombras ganhassem vida e avançassem, e elas me pegam pelo pescoço e começam a me sufocar.

Tusso e abro os olhos mais uma vez. É o segundo pesadelo.

Vai melhorar com o tempo, repito para mim mesmo. Vai dar tudo certo.

Quero muito que seja verdade.

+

Os próximos dias não são melhores. Não só em relação às noites insones — muito mais por medo dos pesadelos voltarem do que pelo fato de vivenciá-los, já que eles não voltam —, mas também às minhas oscilações de humor.

A primeira delas que consigo reconhecer acontece em uma quarta-feira à noite, e não tenho ideia do que me faz ser tão babaca.

Vanessa está deitada no chão do quarto, como de costume, com livros espalhados para todos os lados, espirais de DNA em folhas pautadas e o rádio ligado em uma de suas músicas clássicas no último volume.

Vou até o aparelho e o desligo.

— Você vai morrer surda — digo, irritadiço, deitando em minha cama e fechando os olhos, sentindo o peso do mundo me esmagando. A gravidade me irrita.

— Ei! Estou estudando! — ela reclama, ouvindo as reverberações do lado de fora enquanto meu pai e minha mãe conversam sobre qualquer coisa que passa no *Jornal Nacional*.

Com minha mãe na sala e meu pai no quarto, além da TV em uma altura suficiente para que os dois possam ouvi-la em seus respectivos cômodos, as conversas não são exatamente comedidas ou silenciosas.

— Coloca o fone de ouvido — resmungo, e ela, mesmo a contragosto e soltando um palavrão, pega o seu celular, encaixa o fone e coloca a música.

No último volume.

Tento ignorar o som ruidoso que sai dos fones de ouvido dela, mas não consigo. Um dos meus pés está agitado, subindo e descendo enquanto os violinos estrondam e ecoam em um ruído baixo e incômodo, que parece entrar na minha cabeça como unhas arranhando um quadro-negro.

— Vanessa, abaixa isso! — grito, mas ela não me ouve. Está entretida demais, levantando e abaixando a cabeça, rabiscando sua sequência de genes dominantes e recessivos. — Vanessa! VANESSA!

Eu me levanto da cama e, sem cerimônias, arranco os fones do ouvido dela.

— Você vai ficar surda! — repito.

— E o que você tem a ver com isso?! Me deixa em paz! — ela reclama, recolhendo o fone embolado no chão e encarando o fio desencapado cor de cobre que desponta de um dos lados. — Olha só o que você fez! — Ela me mostra o fone quebrado pela força do puxão.

— Eu mandei você abaixar essa merda duas vezes e você nem me ouviu!

— Quantos anos você tem, Ian? Eu preciso estudar, será que dá pra entender?

— Eu não consigo entender como você estuda com essa barulheira na sua cabeça! Você acha que vai passar para a faculdade se não consegue nem se concentrar quando alguém está falando do seu lado?

— Isso não é problema seu!

O nosso tom de voz está um pouco acima da média, mais alto do que a TV da sala, o que chama a atenção de nossa mãe.

— O que está acontecendo aqui? — ela pergunta, abrindo a porta do quarto e olhando para Vanessa, com os braços cruzados e a expressão emburrada, e para mim, sentado na cama e impaciente.

— Sei lá! — Vanessa responde, sincera. — O Ian deve ter pisado em algum prego na rua e decidiu descontar em mim.

— Ian? — Minha mãe olha para mim, questionadora.

— Meu Deus, será que vocês não podem me deixar em paz nem que seja por um minuto? — Me levanto da cama e calço os chinelos. Pego o celular que está do lado do meu travesseiro e saio do quarto como um raio.

Vou até a porta da sala e giro a chave, abrindo-a.

— Aonde você vai, amigão? — meu pai pergunta do quarto, mais curioso do que repreensivo.

— Para algum lugar que não pareça um hospício! — digo, saindo e batendo a porta atrás de mim.

A casa me sufoca. Sei que esse é um comportamento infantil, mas a confluência de sons e o calor me incomodam, fazendo minha cabeça girar com uma náusea que não tem nada a ver com o remédio — ou talvez tenha e eu apenas não queira admitir. Na dúvida entre pegar o elevador ou as escadas do prédio, opto pela segunda opção e desço apenas dois lances antes de parar o que estou fazendo, segurar o corrimão de metal e respirar fundo, de olhos fechados. Meu coração bate rápido e o suor escorre pelos lados da minha cabeça. Meu corpo parece ser esmagado pelo Universo.

Aperto o celular na minha mão e sento na escada silenciosa, rezando para que nenhuma vizinha fofoqueira decida utilizá-la logo agora e me pergunte o que está acontecendo. Há duas guimbas de cigarro no chão, de alguém que não se deu ao trabalho de jogá-las no lixo. Chuto-as para longe enquanto corro pela lista de contatos, procurando pelo nome de Gabriel.

Ao deslizar pelos nomes, meus dedos passam pelo G e vão direto para o H, e vejo o nome de Henrique. Antes que possa raciocinar, é para ele que estou ligando.

— Alô? — A voz do outro lado da linha me atende no segundo toque.

— É sempre ruim assim? — pergunto sem nem ao menos me identificar, sem todo aquele preâmbulo do "oi-tudo-bem-estou--bem-e-você?".

— Ian? — ele pergunta do outro lado.

— Não sei se vou conseguir, Henrique.

Ele sabe do que estou falando. Não é só do remédio ou dos efeitos colaterais, das oscilações de humor ou da falta de ar. É de tudo ao mesmo tempo. É do medo e da solidão, dos segredos e dessa mania irritante de se preocupar com o julgamento dos outros.

— Se continuar pensando em desistir antes mesmo de tentar, provavelmente não vai mesmo.

Ele diz isso com uma voz suave, como se fosse um daqueles chefes de equipe que demite o mais incompetente da sala com um sorriso afetivo no rosto. Ainda assim, sinto o soco na boca do estômago com aquelas palavras, que estão longe de ser o que eu esperava ouvir.

Permaneço em silêncio.

— Mas, se você acha que a vida é mais do que isso, tudo se torna passageiro — ele continua, com um tom de voz mais ameno.

— Eu estou tão... irritado com o mundo — digo, insatisfeito, querendo que ele me diga qual é a fórmula para acabar com essa sensação. Como ele pode parecer tão bem quando tudo parece desmoronar?

— Bem-vindo ao clube — ele diz, uma nota de humor sarcástico na voz.

— Isso melhora?

— Se você permitir, sim. Dê tempo para que você se acostume com as mudanças que estão acontecendo, Ian, e tente não descontar nos outros, por mais difícil que isso seja. Ninguém tem nada a ver com os seus problemas,

— Nem você — digo, percebendo o tom de voz impaciente dele.

Ele ri do outro lado da linha.

— Eu já disse que você pode contar comigo, seu idiota. Depois de me ajudar no final de semana, você ganhou uns pontos a mais. Não que tenha adiantado muita coisa, mas pelo menos você tentou.

— Então é isso, não é?

— O quê?

— É por isso que você está desse jeito mal-humorado.

— Não estou mal-humorado.

— Henrique, eu estou mal-humorado. A gente reconhece nossos pares.

Dessa vez Henrique deixa escapar um suspiro cansado do outro lado da linha.

— Talvez — responde.

— Quer conversar?

— Você já percebeu que, todas as vezes em que a gente começa a falar dos seus problemas, acabamos falando dos meus? Isso já está virando rotina.

— O que posso fazer se sua vida é muito mais interessante?

— Quem me dera.

Silêncio.

— E então... — deixo a frase no ar. — Por que o mau humor? O que aconteceu com você e o Victor?

— Não foi exatamente a cena de um livro da Tessa Dare — resmunga. — Está mais para alguma briga idiota que o Nicholas Sparks tenha escrito. Dessas que não fazem muito sentido.

— Ruim assim?

— Ruim assim.

Então ele me conta, em linhas gerais e com a voz um pouco baixa e triste, o que Victor disse para ele. Sinto todo o meu corpo se arrepiar.

— Não sei se quero voltar a vê-lo. — Henrique termina de falar, seu tom de voz claramente cabisbaixo.

— Vai desistir antes mesmo de tentar? — pergunto.

— Ei, essa fala é minha! — Ele deixa escapar o que deveria ser uma risada. — Mas é diferente.

— Não, não é.

— Ele me magoou.

— As pessoas magoam as outras todos os dias, Henrique. Acabei de magoar a minha irmã por causa de um motivo imbecil.

— O que ele me disse... não sei se é algo que eu deva perdoar. Que eu consiga perdoar.

— Então você é de guardar rancor?

— Não é isso, é só que... isso se torna tão cansativo. Eu só queria que tudo pudesse ser... *normal*, sabe.

— A gente tem que começar a se acostumar com o fato de que o nosso normal não é o mesmo dos filmes americanos.

— Seria tão melhor se fosse.

— Acho que você pode encarar isso de duas maneiras: pode esquecer que o Victor existe e não falar mais com ele, e eventualmente pode encontrar alguém que te faça feliz, porque afinal de contas somos sete bilhões de pessoas no planeta e dificilmente todas são babacas; ou você pode conversar com ele, porque sei que vocês se gostam, e tentar resolver isso da melhor maneira possível. Nenhuma das duas opções é fácil ou é mais correta. Vou ser bem clichê aqui, mas acho que essa é a hora que você tem que ouvir o seu coração para saber se vale a pena ou não continuar com o Victor. Ele já tentou te ligar?

— Pelo menos quinze vezes. Deixou um monte de mensagens também, mas não li nenhuma.

— Bom, pelo menos ele está tentando.

— Mas e se ele for só mais uma decepção, Ian? Vamos supor que eu volte a falar com ele: quanto tempo até ele jogar tudo isso de novo na minha cara e me magoar? Quanto tempo até ele voltar a colocar meu passado na frente do nosso futuro?

— Não sei. Você também não sabe e aposto que o Victor também não. Mas tem uma diferença entre estar em um relacionamento onde a gente sabe que o outro não nos faz bem e estar em um onde alguém erra. Por tudo o que você me falou sobre o Victor, ele é imaturo, mas te faz bem. Ele falou merda, e não quero que você dê a entender para ele que isso é de alguma forma justificável, mas foi um erro. E erros devem ser perdoados, por mais difícil que seja superá-los.

— Uau.

— O quê?

— Não sabia que tinha disciplina de psicologia na sua faculdade. Você é de exatas, não é?

— Economia. As pessoas acham que é de exatas, mas na verdade é uma ciência humana. E a gente tem disciplina de pensamento econômico. É o mais perto de tentar entender como a mente funciona.

— Está dando certo. Você podia abrir um consultório.

— Se nada der certo, vou vender meus conselhos na praia.

Percebo que estamos chegando naquele ponto onde o silêncio vai se tornar o protagonista da conversa, mas não quero desligar. Ouço a respiração de Henrique do outro lado da linha e ela me acalma. Ouço os problemas dele e percebo que ambos estamos mergulhados em nosso próprio mundo de crises e paranoias, e que falar sobre elas ajuda a tornar as coisas mais suportáveis.

— Ian? — Henrique pergunta do outro lado da linha depois de quase dez segundos nos quais estou pensando em tudo isso.

— O quê?

— Só me certificando de que você ainda estava aí.

— Não fui para lugar nenhum, mas tenho que ir. Saí de casa igual um louco, e tenho certeza que minha mãe deve estar se perguntando o que aconteceu.

— Tudo bem. Se cuida, viu?

— Obrigado, Henrique. Por tudo.

E desligo o telefone, cansado.

Levanto da escada e volto para casa depois de respirar fundo uma meia dúzia de vezes.

— Está tudo bem, Ian? — minha mãe pergunta assim que entro, arrastando os chinelos e olhando para ela com um meio sorriso sem graça no rosto.

— Eu só precisava de um pouco de ar. As provas finais vão começar semana que vem.

— Você vai acabar enfartando se continuar com esse estresse aos vinte e dois anos.

— Tive a quem puxar — respondo com um sorriso, e me arrasto até o quarto.

Vanessa apagou as luzes e está deitada na cama, mexendo no celular. Ela rola as fotos do Instagram, dá dois toques, rola mais um pouco, sorri, semicerra os olhos, dá dois toques, continua rolando.

Vou até a cama dela e me deito ao seu lado, sem falar nada. Ela não reclama nem pergunta o que estou fazendo, mas arrasta o corpo, me dando espaço, e continua olhando fixamente para a tela. Fotos rolando para baixo, dois cliques, sorrisos.

— Desculpa — murmuro, olhando para cima e encarando as madeiras da parte de cima do beliche. — Eu fui meio babaca, não é?

— Muito babaca — responde.

Quero falar mais com ela. Quero contar sobre a minha vida, sobre os meus problemas, envolvê-la em tudo para que ela não pense que sou só um irmão mais velho enchendo o saco.

— Eu sei. — É tudo o que consigo dizer.

Ela desliga o telefone e continua imóvel, agora também olhando para cima.

— Você acha que eu vou conseguir, Ian? — ela pergunta.

— O quê?

— Entrar na faculdade. Às vezes parece que eu estudo tanto, mas nada mais entra na minha cabeça. Às vezes parece que é tudo uma série de coisas sem sentido, e que as outras pessoas conseguem entender e eu nunca vou ser tão boa quanto elas.

Então ali está ela, escancarando o meu egoísmo ao pensar que os meus problemas são os únicos que importam. Ela também é um poço de ansiedade e expectativas para o futuro, um pouco como eu era quando estudava para entrar na faculdade.

— É claro que você consegue, Vanessa. Se é o que você quer, e se você realmente se dedicar a isso, não tem nada que não consiga fazer.

Não sei se estou falando a verdade, mas me parece a coisa certa a ser dita agora.

Eu a envolvo em um abraço, e ela se aninha no meu ombro.

— Você continua sendo um babaca — ela murmura, fechando os olhos.

— Eu sei — respondo, também fechando os meus. — Mas sou o *seu* babaca.

Durmo por ali mesmo, e naquela noite os pesadelos não vêm.

Capítulo 17

VICTOR

A expressão de Henrique me mandando ir embora do seu apartamento não sai da minha cabeça. Fico me revirando na cama, pensando em como fui injusto com tudo o que disse, e tento ensaiar diálogos mentais onde me esforço com um pedido de desculpas sincero. Percebo, tarde demais, que minhas palavras foram cruéis, mas a pior parte é que os olhos dele tinham um quê de cansaço assim que as ouviu, como se já soubesse que, cedo ou tarde, eu seria mais uma decepção. Minhas palavras pareciam ter saído de um roteiro previsível para ele, uma história que ele já estava acostumado a ouvir.

Pego o telefone e encaro as mensagens enviadas com pedidos de desculpas. Todas visualizadas, nenhuma respondida. Olho para a lista de últimas chamadas feitas e vejo que o nome dele preenche toda a tela em diferentes horários. Mecanicamente, clico no símbolo de telefone e disco para ele mais uma vez, levando o celular ao ouvido. O aparelho chama uma, duas, dez vezes, e cai na caixa postal. Não deixo recado.

Talvez isso seja um sinal de que não devo mais entrar em contato. Acho que ele já deixou claro que não quer falar comigo, e não sei se posso censurá-lo. Nossa relação estava pronta para dar errado desde que começou.

Então é isso. Bola para a frente. Respire fundo, Victor. Outros caras aparecerão na sua vida, outras oportunidades serão construídas ao longo do tempo. Tudo o que você tem que fazer é dar tempo ao tempo e esperar que as coisas melhorem.

Coloco o celular na mesa de cabeceira e fecho os olhos. Bem ali, em cima da mesa, está o Blu-Ray com a falsa embalagem de *Cemitério maldito* que ele tinha me dado no nosso segundo encontro, com o filme do *Transformers* dentro. Pego a caixa azul, abro-a e vejo o bilhete rabiscado por ele.

O maior filme de terror de todos os tempos.

Sorrio com as lembranças de quando tudo parecia mais fácil. De quando eu olhava fixamente para o celular à espera de uma mensagem dele, e me perguntava como alguém pode entrar em nossas vidas e, em tão pouco tempo, se tornar tão importante? E quando as mensagens chegavam e ele me perguntava um simples "o que vai fazer hj à noite?", eu tinha certeza de que ele também estava pensando em mim, esperando o momento certo para falar comigo. E quando saíamos e andávamos de mãos dadas sem medo de nada ou de ninguém, tudo aquilo me parecia certo. Era a primeira vez que eu sentia uma conexão tão forte com alguém, e não adiantava tentar encontrar explicações para o que eu estava sentindo, porque elas não existiam. Eu só sabia que estava ao lado de alguém que me fazia feliz pelo simples fato de estar ali, e queria repetir a dose sempre que possível. Todos os clichês bobos faziam sentido quando estávamos juntos, e todos se aplicavam a nós dois.

Mas agora tudo isso acabou.

Respiro fundo e tento relaxar o corpo, repetindo para mim mesmo que não devo pensar em Henrique ou no que falei para ele, em tudo o que aconteceu entre nós ou na expressão daqueles olhos escuros e daqueles lábios que antes eram tão sorridentes, mas que na minha última lembrança estão comprimidos em uma expressão que transita entre a raiva e a decepção.

Não posso pensar nele. Tenho que pensar em mim. É o melhor, não é? Nossa relação nunca daria certo.

Devo pensar em mim.

Devo pensar em mim.

Por que não consigo parar de pensar nele?

+

— Já tem alguma ideia do que você vai fazer, Victor?

Estamos na aula de Oficina de Vídeo e Sandra me cutuca com a caneta, coçando a cabeça com a outra mão enquanto encara a folha de papel colocada sobre sua mesa.

A professora saiu para pegar um café e todos estão conversando, mas não prestei atenção às explicações dela e não tenho a mínima ideia do motivo de tamanha comoção.

— O quê? — pergunto, olhando para a folha que também está sobre a minha mesa. Ainda não tinha lido o que estava escrito.

— Você está prestando atenção?

— Não.

Ela revira os olhos e dá um suspiro cansado.

— Não vai ter prova. A nota final é um trabalho.

— Ah, é? — Encaro o papel, passando os olhos rapidamente pelas instruções. Devemos produzir um roteiro para um curta-metragem de, no máximo, cinco minutos com temática livre.

— Legal.

Sandra me olha com uma expressão duvidosa e parece estar se questionando se usei algum tipo de droga antes de vir para a aula.

— Está tudo bem, Victor?

— Uhum — respondo, nada convincente.

— É o Henrique, não é? Já conversou com ele?

— Não quero falar sobre isso, Sandra.

— Não deu certo ou vocês ainda não conversaram?

— Não conversamos. E não quero falar sobre isso — repito.

— Mas eu quero. Vamos lá fora comprar um café.

E, sem esperar pela minha resposta, ela se levanta e sai da sala. Eu a sigo.

Nos sentamos no trailer amarelo da dona Irene, e Sandra sinaliza para que ela nos traga dois cafés. A professora está ali, conversando com algum outro professor enquanto fuma um cigarro, e, se nos nota, não faz nenhuma menção de pedir que voltemos à sala quando se despede do homem e segue para continuar sua aula.

Sandra acende um cigarro quando os cafés chegam. Despeja a metade do recipiente de açúcar em seu copo, depois me estende o vidro e eu coloco só um pouco para cortar o amargor.

— Acho que não quero mais saber dele — digo, quebrando o silêncio, quando percebo que Sandra apenas me olha e espera que eu fale alguma coisa. — Relacionamentos não deviam ser sobre felicidade e estar bem? Acho que todas as complicações devem ser uma forma de o Universo dizer que a gente deve se afastar.

— Você não acredita realmente nisso, né?

— Que eu e o Henrique devemos nos afastar? — pergunto. Depois dou de ombros. — Talvez.

— Não. Sobre toda essa baboseira de sinais do Universo. Sobre você dizer que existe algum plano superior que define todas as coisas que podem acontecer na sua vida e pautar as suas decisões a partir disso. Não é muito inteligente.

— Eu sei.

— Você está arrependido do que disse para ele, não está?

Não é bem uma pergunta. Minha expressão é indicativo o suficiente de que, se eu pudesse voltar no tempo, já o teria feito. E Sandra sabe disso.

— Eu fui um babaca.

— Foi. Mas eu também me peguei pensando, de uns dias para cá, que nada disso é fácil para você.

Ergo as sobrancelhas, surpreso. Sandra sempre foi a primeira a dizer que as coisas seriam fáceis se eu permitisse, e que todas as complicações eram fruto do meu medo, do meu preconceito, da minha desinformação.

— A gente é meio que a construção dos medos dos outros, sabe — ela continua, girando o copo de café com o cigarro preso entre o indicador e o dedo médio. — E a gente sempre ouve tanta coisa ruim sobre HIV e tem tantas imagens negativas sobre isso que fica um pouco difícil pensar como as coisas hoje são realmente diferentes do que eram há trinta anos. Mesmo eu sendo só a coadjuvante dessa história, também tem horas que me pego pensando sobre isso e tento me colocar no seu lugar ou no do Henrique, mas a verdade é que a gente só pode *tentar* se colocar no lugar dos outros, porque quando chega a hora e a gente está em uma situação como a sua, nenhum conselho do mundo faz as coisas que somos ensinados a pensar desaparecerem de uma hora para outra. Os seus medos são só seus, assim como os dele são só dele.

— Eu não queria que as coisas terminassem desse jeito entre a gente. Me sinto mal por ter falado o que falei. Só queria que tudo se resolvesse, mesmo que eu e o Henrique nunca mais troquemos um beijo. Estou me sentindo um merda.

— Você já tentou falar com ele?

— Já mandei um milhão de mensagens e telefonei uma dezena de vezes, mas ele não me respondeu.

— Sim, mas eu digo... você já tentou *falar* com ele? — ela volta a perguntar, enfática.

— Tipo cara a cara?

— É.

— As pessoas ainda fazem isso, não é? — pergunto com um sorriso, tentando parecer bem-humorado, mas Sandra não ri. Por isso, encolho os ombros. — Ele não me respondeu. Duvido que queira me ver.

— Você pode tentar.

Terminamos de beber o café e voltamos para a sala de aula. Sandra está certa. Eu posso tentar.

+

Essa talvez seja a pior ideia da história das más ideias.

É domingo de tarde e estou encarando a portaria do prédio de Henrique. Estou sob uma das únicas árvores remanescentes daquela rua, que é sufocada pelo concreto e pelos carros estacionados no meio-fio. Pareço um desses stalkers que vemos na televisão, olhando para a casa de ex-namorados e analisando suas rotinas para que possam tentar fazer alguma coisa de ruim.

Espanto os pensamentos e atravesso a rua sem olhar para os lados, e quase sou atropelado por um ciclista que desvia me xingando. Meu coração já estava fora de compasso antes disso, e agora parece uma bateria de escola de samba. Seco o suor da testa e respiro fundo, contando até três antes de apertar o interfone do 204.

Espero, mas ninguém atende. Pressiono mais uma vez e por mais tempo, cogitando se Henrique olhou pela janela e me viu ali embaixo, ou se simplesmente não há ninguém em casa.

Continuo sem resposta.

Frustrado, começo a dar meia-volta para ir embora, quando ouço a voz de Eric do outro lado da linha.

— Quem é?

A voz dele é impaciente e mal-humorada, como se tivesse acabado de levantar da cama e se arrastado até o interfone.

— Eric? — pergunto.

— Em carne, osso e sono. Quem é? — ele volta a perguntar.

— É o Victor. Será que eu posso... subir para conversar com o Henrique?

— Agora?

— Agora.

O interfone emudece por alguns segundos.

— Você ligou para ele e agendou horário? — Eric pergunta em um tom de voz sério, e me questiono se aquilo é ou não uma piada.

— N-não... ele não atendeu a nenhuma das minhas ligações.

— E você não acha que isso quer dizer alguma coisa?

— Talvez queira dizer que tenhamos que conversar pessoalmente para que eu possa me desculpar — respondo.

Isso faz Eric emudecer por mais alguns segundos.

— Alô? Eric? — Percebo que ninguém mais responde e estou prestes a apertar o botão do interfone novamente, mas ouço o estalo do portão sendo aberto.

Sorrio e subo os dois lances de escadas em direção ao apartamento. Assim que viro no corredor, vejo Eric parado com a porta aberta, os braços magros e torneados cruzados sobre uma camiseta cor-de-rosa da Hello Kitty e os olhos de quem muito provavelmente tinha acabado de acordar.

— Vou deixar vocês dois a sós — diz, e me pergunto se ele não se incomoda de sair na rua com um pijama daqueles (e depois chego à conclusão de que é claro que não se importa). — Se você fizer qualquer coisa que machuque ainda mais o meu amigo, eu vou fazer da sua vida um inferno.

Não é um aviso vazio, mas sim uma ameaça concreta. Meus ombros ficam tensionados porque nunca pensei que Eric pudesse falar tão sério, mas faço que sim com a cabeça.

— Tchauzinho! — diz sorrindo e pondo os óculos escuros que estão pendurados na gola de sua camisa antes de descer as escadas com velocidade.

Entro no apartamento e pulo a bagunça de roupas para todos os lados, procurando por Henrique. Ele não está na sala, mas o apartamento não é muito grande e consigo vê-lo sentado na cama de seu quarto, com um livro aberto à sua frente.

Dou mais três passos, vou até o batente da porta e paro. Ela está aberta, e Henrique levanta os olhos.

— Posso entrar? — pergunto.

Ele fecha o livro e o coloca sobre uma mesinha de cabeceira, depois se arrasta até o centro da cama, cruzando as pernas.

Dou outro passo e entro no quarto.

— Por que você não respondeu minhas mensagens? — pergunto, colocando as mãos nos bolsos. A cadeira da escrivaninha está livre, mas não me sinto à vontade para sentar, por isso continuo de pé, encarando os olhos castanhos de Henrique e seus cabelos curtos, sem saber muito bem o que dizer a seguir.

— Porque não quero lidar com isso. Não de novo. Pensei que tivesse deixado isso claro o bastante.

— Você deixou.

— E ainda assim você está aqui, depois de dizer tudo o que disse.

— Eu me sinto um imbecil, Henrique. Eu preciso que você me escute, porque eu... estou me sentindo um lixo. Preciso pedir desculpas. O que eu disse não foi justo.

Henrique dá um sorriso cansado.

— A gente fala um monte de coisas sem pensar, mas talvez seja exatamente o que queremos dizer. Eu não guardo mágoas de você, Victor.

As palavras dele dizem uma coisa, mas todos os seus gestos parecem contradizê-lo. Seu tom de voz é calmo, ponderado e quase monótono, e tudo o que quero é sacudi-lo. Quero que ele grite comigo, que me chame de imbecil, que diga que fui um babaca. Quero que ele passe por toda a catarse e que, no fim, diga que me perdoa. Que quer esquecer toda aquela história e seguir em frente. Quero que ele me beije e me diga que está tudo bem, ou que, mesmo que não esteja, as coisas irão melhorar.

Mas não é isso o que ele diz. Não é isso o que ele faz. Ao invés disso, permanece naquela posição defensiva, como se fosse a porra de um monge budista, calmo e ponderado, racional e frio. E isso é pior do que qualquer grito ou acusação.

— Não, Henrique. Eu não quis dizer nada daquilo, eu só estava... com raiva de tudo, frustrado pelo que tinha acontecido e então acabei descontando em você. As coisas que você me falou naquela mensagem... aquilo também doeu muito.

Ele fica mudo, talvez pensando nos próprios erros.

— Mas não quero dizer que um erro justifica o outro — continuo. — O que falei foi imperdoável e cruel, e por alguns dias tentei me convencer de que seria melhor te esquecer e seguir com a minha vida, mas não consigo. Não consigo parar de pensar em você e em como você me faz bem.

— Eu também pensei muito em você ao longo desses dias, Victor. Sobre como as relações são sempre um aprendizado novo, não importa a idade que nós temos, e como tudo é sempre uma surpresa atrás da outra. Talvez a gente se decepcione porque espera que os outros nos digam o que a gente quer ouvir, mas cada um tem o direito de dizer o que pensa, por mais cruel que seja.

Dou mais um passo em direção a Henrique e decido me sentar na cama para olhá-lo nos olhos.

Ele sorri.

— Não quero que você pense que sou esse tipo de pessoa, Henrique — digo. — Estou arrependido e quero aprender com você. Não quero que um vírus estúpido se coloque no meio de nós dois, porque ele não pode ser tão poderoso assim.

— Ele não é — Henrique retruca —, mas as pessoas sempre dão poder a coisas pequenas e insignificantes.

— Você me perdoa?

— Eu não tenho o que perdoar, Victor. Perdoar os seus pensamentos? Não posso fazer isso. Mas te prometo que não quero que você ache que estou com raiva, porque não estou. É o máximo que posso fazer.

As palavras dele parecem ponderadas e sensatas, mas ele ainda parece defensivo, como se tivesse estudado um roteiro com frases politicamente corretas a serem ditas. Parece anestesiado, quase robótico.

Aquilo me assusta.

— Estamos de bem? — pergunto.

— Estamos — ele responde, mas aquelas palavras não me aliviam. — Você vai encontrar alguém especial, Victor. Alguém que não seja tão complicado assim.

É quando percebo que aquilo não é uma reconciliação.

— Eu já tenho alguém especial. É você — consigo dizer.

— Não sou eu, Victor. Eu sou complicado. Nossa relação é complicada.

— Não me importo. Não estou aqui porque quero ficar com a minha consciência tranquila, Henrique. Eu quero você. Quero errar novamente e aprender com os meus erros; quero ficar do seu lado e te mostrar que posso ser imperfeito, mas ainda assim ser especial, porque você é especial para mim. Eu te amo, cara.

Aquilo faz alguma coisa dentro dele se iluminar, mas não da forma que eu queria. Não há nenhum interruptor para eu apertar e mudar o rumo dessa conversa, mas percebo que as minhas palavras parecem tocá-lo de alguma forma.

Ele estende as mãos e segura as minhas.

— Você é um cara especial, Victor. Eu não posso te dar a felicidade que você tanto quer.

Quero que ele diga que também me ama. Quero que ele me envolva em um abraço e que me beije e que me diga que nada vai conseguir nos separar. Não posso aceitar que aquelas palavras sejam o que ele realmente quer.

— É claro que pode! A gente pode ser feliz, Henrique, a gente tem que tentar ser feliz, custe o que custar! O que você quer que eu faça? Eu quero te provar que sou capaz de mudar, mas preciso que você me dê um voto de confiança. Por favor, Henrique, eu não quero... não ter você.

Ele dá um suspiro cansado e solta as minhas mãos.

— A gente não foi feito para dar certo, Victor.

— Para de falar como se você soubesse o que é melhor para mim! Eu quero estar com você, será que isso não é o bastante?

— Não, não é. Porque não sei se quero estar com você.

— É claro que sabe!

— Agora é você quem está falando como se soubesse o que é melhor para mim.

A frieza dele me irrita. Engulo em seco.

— Então é isso? — pergunto, me levantando da cama. — É assim que a gente termina?

— A gente nunca começou, para falar a verdade. Somos melhores separados.

— Fale por você — digo, segurando as lágrimas. De repente, todo aquele quarto parece pequeno demais; as paredes parecem estar me comprimindo e me sufocando aos poucos. Não foi assim que imaginei que as coisas seriam. Não foi assim que acreditei que essa conversa terminaria. — Eu sei que sou muito melhor com você perto de mim.

— Tchau, Victor — ele diz, pegando o livro novamente e abrindo-o na página marcada.

Ele parece sereno, como se aquela conversa não tivesse passado de algo sem importância, como se nós dois fôssemos uma casualidade que chega ao fim, uma chuva de verão fraca cujos rastros desaparecem em menos de dez minutos.

Agora sou eu quem quer gritar com ele. Quem quer dizer que ele é que está tornando impossível qualquer tipo de aproximação, que ele é o grande babaca dessa história, com ou sem HIV.

Sou capaz de fazê-lo feliz. Sei que sou. Mas agora, no momento em que dou as costas para o apartamento e desço o lance de escadas, não querendo olhar para nada nem para ninguém, também não sei se sou capaz de ser feliz sem ele.

Capítulo 18

HENRIQUE

Quando Victor vai embora, dou um suspiro aliviado. É impossível me concentrar no livro que estou lendo ou pensar em qualquer outra coisa além dele.

"Não consigo parar de pensar em você e em como você me faz bem."

Sei que fui um imbecil, mas foi a melhor solução. Ele precisa se afastar de mim: essa foi a conclusão a que cheguei durante o tempo em que estivemos sem nos falar. Não importa o quanto ele diga que quer ficar comigo. Não quero que ele faça parte desse turbilhão inconstante de sentimentos no qual me transformei. Estou cansado de tentar fazer com que tudo dê certo, e sei que, mais cedo ou mais tarde, durante uma briga ou quando as coisas não estiverem bem, a crueldade vai voltar e esfregar aquelas palavras na minha cara.

Você quis que isso acontecesse.

Foi a sua opção.

Se você tivesse se cuidado.

Se você não tivesse transado com o primeiro que viu pela frente.

Pervertido.

Sujo.

"Eu já tenho alguém especial. É você."

Preciso colocar a minha vida nos eixos. Parece que estou mais uma vez recebendo o diagnóstico positivo, sem saber o que fazer. Victor conseguiu me deixar tão confuso quanto nos primeiros dias em que soube do vírus, com a cabeça girando com as coisas que o futuro me reservava.

"A gente tem que tentar ser feliz, custe o que custar!"

Ainda quero ser feliz, mas começo a pensar se minha felicidade precisa estar atrelada a um relacionamento. Eu tenho amigos, um emprego e um apartamento caótico, não é? Tenho minhas séries e filmes, minhas músicas e meus livros, meus remédios e minhas consultas com o infectologista. Isso é tudo o que preciso para preencher os momentos de tédio, para me ampliar, para permanecer saudável e fazer com que os momentos ruins passem despercebidos.

"Henrique, eu não quero... não ter você."

Quero me convencer de que tenho uma rede preparada para me segurar caso eu me jogue, mas não sei se é suficiente. Não quero ser uma dessas pessoas que só se sente completo quando tem alguém ao seu lado, mas é inevitável pensar em todas as coisas boas que poderiam acontecer caso esse alguém estivesse lá. Mas não, não posso pensar nisso.

"Eu te amo, cara."

Eu também te amo, Victor. Mas queria que tudo tivesse sido diferente.

+

Resolvo me concentrar no trabalho. Viro uma dessas pessoas de rotina rígida, com hora para acordar e dormir, sem tempo para um desvio em uma lanchonete ou uma conversa casual com alguém no ponto de ônibus. Vou para o trabalho, volto para casa, me enfurno no quarto, faço minhas refeições e vejo TV, sobrevivendo sem viver, esquecendo de olhar para os lados e para as coisas bonitas existentes ao meu redor.

Tenho uma consulta com o infectologista na quarta-feira depois do expediente, e é para o consultório dele que vou para receber meus exames de rotina e conversar. O doutor Glauco é meu médico desde o diagnóstico, e com o passar do tempo acabou se tornando um amigo. Ele é dessas pessoas que se interessa por ouvir a sua história e faz perguntas não por obrigação, mas porque quer de fato saber. Ele tem uma cabeça calva em formato de ovo, barba rala e branca e usa óculos fundo de garrafa, que ampliam suas íris escuras como petróleo. A pele negra deixa pouco evidente seus quase 70 anos, e seu porte físico musculoso faz com que passe facilmente por menos de cinquenta.

— Henrique! — Ele me recebe com um abraço e não um simples aperto de mão. Sorrimos e ele bate no topo da minha cabeça como um avô faz com os netos. — Como tem passado?

— Ótimo! — Sorrio e mascaro os maus sentimentos, o que hoje domino com excelência.

— Vamos ver esses exames? — ele pergunta, puxando a cadeira e se sentando enquanto abre o prontuário. Passa alguns segundos lendo as páginas e faz acenos afirmativos com a cabeça. — Tudo ótimo, como sempre. — Ele circula a minha carga viral de menos de cinquenta cópias e meu CD4, que está acima de seiscentos. — Pelo jeito você vai realmente me enterrar, garoto!

— Sei que o senhor é saudável, mas essa é mais ou menos a minha intenção — respondo, também sorrindo.

Ele dá uma gargalhada e pede pelos meus exames de sangue. Já os abri e dei uma espiada, então sei que está tudo bem comigo.

— Está praticando exercícios? — pergunta, porque sabe do meu histórico de sedentarismo e das horas loucas na agência, que às vezes só me libera de madrugada.

— O senhor sempre tem que implicar com alguma coisa! Mas comecei a subir as escadas para a agência ao invés de ir de elevador. Serve?

— É um começo, mas toma vergonha na cara, Henrique! Você mora do lado de uma academia e ela funciona até meia-noite. Não é possível que não consiga ir pelo menos três vezes por semana!

Não sei por que inventei de ser amigo desse cara e falar da minha vida para ele, que acaba sempre usando a arma contra mim.

— Meus exames estão ótimos, para de me julgar!

— Não estou te julgando! — responde, sorrindo e fechando o prontuário. Rabisca uma receita para meus remédios por mais alguns meses e me entrega com um gesto. — Está tudo bem, pelo visto. E os namorados?

— Sério? — pergunto. — Você vai mesmo ser a tia do Natal?

— Eu já tenho 67 anos, todos os meus filhos já casaram e não tenho nenhum neto em idade suficiente para encher o saco com esse tipo de pergunta. — Dá de ombros. — Só me sobram os pacientes.

— Não tem ninguém à vista no horizonte — respondo.

— Então as coisas não deram certo com aquele garoto sobre o qual você comentou na última consulta?

Droga. Por que ele tem uma memória tão boa? Nem eu me lembrava de que tinha falado sobre Victor com ele.

— Muito imaturo para lidar com tudo o que acontece na minha vida. — Resolvo não entrar em detalhes. — Mas está tudo bem.

— Tudo mesmo? — Ele parece cético.

— Uhum — respondo, sem dar muita abertura para conversas.

— Se não aconteceu com ele, certamente vai acontecer com alguém menos imaturo e mais compreensivo. — Ele fecha o prontuário.

— É — afirmo, resignado e sem saber se isso é ou não uma verdade.

+

Abro a porta de casa com o estômago roncando, pensando no resto de yakissoba na geladeira e na academia que devo começar na segunda-feira. Lembro que Victor torcia o nariz para yakissoba e dizia que parecia alguma coisa saída do intestino de uma lula, e não deixo de rir quando me lembro dele fazendo careta quando pedi um prato gigante no restaurante chinês que havíamos ido depois do cinema, antes de tudo começar a desmoronar.

É inevitável não lembrar dele. Pelo menos é o que penso quando giro a chave e entro na sala.

Meu estômago perde todo o apetite quando olho para a expressão desconfortável de Eric, que está sentado na poltrona da sala com as mãos nos joelhos, olhando para o cara de cabelos curtos e loiros que sorri, tentando puxar assunto com ele sem muito sucesso. O sujeito é mais novo que eu, com a pele bronzeada e os dentes perfeitos alinhados em um sorriso ofuscante, uma barba espessa cor de cobre cobrindo o rosto e os cabelos maiores do que da última vez que o vi, há dois anos, desgrenhado de um jeito que parece ao mesmo tempo preguiçoso e premeditado para ter esse aspecto. Está usando uma camiseta branca que deixa seus braços à mostra, e uma tatuagem maori, que também é uma novidade, se estende desde seu ombro esquerdo até o pulso, cobrindo toda a extensão da pele. Ele sobe e desce a perna, tentando conversar com Eric, mas percebo que está impaciente.

— Henrique, er... visita — Eric diz assim que entro, olhando para Carlos, meu ex-namorado.

Uma série de perguntas começa a rodar pela minha cabeça, fazendo com que tudo o que estava organizado de repente se quebrasse em um milhão de pedacinhos. O que ele estava fazendo ali? Por que havia aparecido sem mais nem menos, depois de tanto tempo?

— Oi, Henrique.

A voz dele é grave e faz meu coração bater mais forte. Eu me lembro dos sussurros no ouvido e dos dias em que ele dizia que a gente seria para sempre. Sinto as pernas ficarem menos firmes quando ele sorri e se levanta, me abraçando. Eu me deixo ser envolvido pelos braços dele, agora mais musculosos, e sei que ele sente meu coração descompassado. Sou novamente aquele garoto de 22 anos, antes do diagnóstico, sonhando com a eternidade de uma vida junto com alguém e achando que todas as coisas estavam se encaixando em seus devidos lugares.

— Oi... — É tudo o que consigo articular.

— Vou deixar vocês dois conversarem — Eric diz, com um tom de voz que está longe de seu habitual bom humor. Ele não gosta de Carlos, mas parece tão chocado que seus neurônios ainda não tiveram tempo de ativar toda a sua veia irônica. Ao invés disso, ele é educado. — Quer alguma coisa, Carlos? Uma água, um café?

— Não, cara, obrigado — ele responde, finalmente me soltando e dando um aceno quando Eric desaparece para o seu quarto. Pouco tempo depois Eric volta, atravessa a sala a passos rápidos e sai do apartamento, porque acha que talvez não seja uma boa ideia ficar no mesmo ambiente que eu e meu ex-namorado. Não depois de tanto tempo; não depois de tantas feridas que podem ser abertas a partir de uma simples conversa.

— O que você está fazendo aqui? — pergunto. Não de uma forma seca, mas apenas curiosa. O estômago volta a roncar, muito mais de nervoso do que de fome.

— Como o Eric está? — Carlos pergunta, sem me responder. Quase dou uma risada descontrolada. Se Kafka descesse do teto em formato de barata, seria menos estranho do que vê-lo ali, como se fôssemos melhores amigos que não se veem há duas semanas. — Essas perucas são dele?

— São. Ele está fazendo shows de drag.

— Legal — ele responde, comprimindo os olhos naquele sorriso sedutor.

— Como você conseguiu meu endereço?

— Sua mãe me deu. Eu disse que era um amigo que estava voltando do exterior e que queria fazer uma surpresa — ele acrescenta, porque dificilmente minha mãe seria capaz de fazer uma coisa dessas comigo, por mais que ela não aceitasse a minha orientação sexual. Seria cruel demais até mesmo para ela.

Não sei bem como agir. Estou na minha casa, na minha sala, mas pareço ser o estranho daquele ambiente. Pensei que estivesse livre desse poder que Carlos possuía sobre mim, mas ele continua sendo o meu primeiro amor, e me questiono sobre os motivos que o trouxeram até aqui. Sobre tudo o que ele fez e como cortou as relações de um jeito tão abrupto, para depois retornar sem nem mesmo mandar uma mensagem antes, perguntando se podíamos nos ver.

Ele sabe que odeio surpresas.

— Você não mudou nada, Henrique — diz, voltando a se sentar na poltrona e colocando as mãos sobre os joelhos.

— E você mudou muito. Tatuagem nova? — digo, apontando para o braço dele.

— Pois é! Gostou? Fiz na Nova Zelândia.

E então o silêncio toma conta da sala quando ele percebe o que falou. Em como pronunciou as palavras de um modo feliz, como se ter ido embora tivesse sido uma ótima decisão. Como se eu fosse apenas um detalhe pouco importante na equação de sua vida.

Ele desvia o olhar. Eu respiro fundo, tentando organizar meus pensamentos.

— Gostou de lá? — Resolvo puxar conversa, fingir que ele é um vizinho e que nos encontramos no elevador e falamos amenidades, perguntando sobre as nuvens no céu, o calor de matar ou a falta de educação de quem não joga o lixo dentro do coletor do prédio e deixa os sacos espalhados pelo chão. — Dizem que é um lugar lindo.

— Henrique... eu não vim aqui falar da Nova Zelândia.

Ele me olha nos olhos e eu o encaro de volta. Quero desviar o olhar, quero pular no pescoço dele e estrangulá-lo, quero gritar e mandá-lo embora, mas tudo o que faço é sustentar o olhar. Não faço parecer que aquilo me afeta, por mais que me afete. Se esse é um teatro, sou Macbeth, impiedoso e frio, sem nada dentro de mim que possa fazer com que ele ache que ainda possui algum poder.

Mesmo que ainda possua. Mesmo que, no fundo, ele ainda mexa comigo de um jeito que não consigo explicar.

— Sobre o que veio falar, então? — pergunto, esperando ele desviar os olhos dos meus. E ele o faz, encarando os próprios pés com chinelos de dedo.

— Sobre... nós dois.

Não parece aquele garoto seguro pelo qual me apaixonei. Ao invés disso, parece diminuído pelas circunstâncias do tempo, como se tivesse voltado a ser um adolescente cheio de dúvidas sobre si mesmo e sobre o que esperar do futuro.

— Não existe *nós dois*, Carlos. Você acabou com qualquer possibilidade de *nós dois* que existia.

Engulo tudo: o choro, a imaturidade, a vontade de mandá-lo ir à merda e nunca mais aparecer na minha frente, a vontade de pular sobre ele e beijá-lo, de arrancar aquelas roupas e ver no que seu corpo se transformou depois do sol, das tatuagens e dos músculos que antes não estavam ali. Tudo o que faço é continuar parado, olhando para ele, encarando-o como se tivesse as rédeas de uma situação fora de controle.

— Eu sei, eu... eu entrei em pânico, ok?! — ele diz.

Balanço a cabeça em negação, sorrindo.

— Coitado de você — respondo, sarcástico. — Eu também entrei em pânico. Eu *estava* em pânico, e por muito tempo, tudo o que pude fazer foi encarar o que tinha que ser encarado. Não fugir sem olhar para trás. A propósito, como vai a sua avó? — pergunto com um sorriso.

— Para com isso, Henrique. — Ele sabe que aquela desculpa esfarrapada não era a melhor mentira do mundo, mas nem sequer tenta se justificar. — Eu precisava de um tempo longe de... tudo isso. De todo esse drama e dessas coisas que me faziam mal. Eu era uma pessoa completamente diferente da que sou hoje e precisava me encontrar. Eu era confuso, com medo do que meus pais poderiam dizer quando descobrissem que eu era gay, mas agora é diferente! Todo o tempo que passei longe me fez refletir sobre o que quero da vida, e o que eu quero é fugir de todas essas coisas! Com você!

— Então você se assumiu para eles?

Ele encara o chão.

— Não é tão fácil quanto parece.

— Eu sei, Carlos. Mas você quer fugir mais uma vez, exatamente como fugiu da nossa relação quando as coisas se complicaram. É uma pena que eu não pude fugir do drama e das coisas que me faziam mal. Eu nunca precisei tanto de alguém quanto precisava naquela época, e você desapareceu sem deixar nem um até logo. Você planejou desaparecer por quase um ano e não teve a coragem de ser sincero comigo. E agora reaparece como se nada tivesse acontecido, depois de tanto tempo? Por que nenhum telefonema ou mensagem sobre o que você estava pensando? Por que nenhum aviso de que planejava ir embora e deixar tudo o que a gente construiu para trás? E por que voltar agora?

— Você pode não acreditar, Henrique, mas eu também não consegui parar de pensar em você durante todo o tempo em que estive longe. Eu sei que fui um filho da puta e que não mereço nada de você, nem o seu perdão ou a sua confiança, mas o tempo me ajudou a digerir tudo o que estava acontecendo e o meu papel na sua vida. Então eu tive um estalo, sabe. Eu estava na cama com um cara que nem lembro o nome e simplesmente percebi que estava infeliz para caralho. Não importava que eu estivesse na Terra Média ou que abrisse a janela todos os dias para a paisagem mais bonita que já vi na minha vida, eu só queria voltar. Eu estava solitário, sem ninguém com quem pudesse conversar sobre as coisas lindas que eu via todo o dia. Tentei encontrar alguém, juro que tentei, mas ninguém era tão bom quanto você. Quanto nós dois. Então eu percebi que precisava fazer isso o quanto antes, e que eu tinha que tentar falar com você. Eu quero voltar, Henrique. Quero voltar a fazer parte da sua vida e a estar do seu lado, não importa os riscos que tenha que correr para que isso aconteça.

O narcisismo dele me embrulha o estômago: *ele* estava solitário, *ele* queria voltar, *ele* queria fazer parte da minha vida, *ele* se sacrificaria para estar ao meu lado, *ele* se arriscaria, *ele* queria fugir. Ele, ele, ele. Não havia nada naquele bando de palavras que falasse de fato sobre um *nós*, nada que me fizesse olhá-lo com alguma coisa além de uma curiosidade misturada com desconfiança.

Não consigo acreditar em nada do que ele diz. Nenhuma daquelas palavras consegue me fazer esquecer toda a dor que ele causou e todo o tempo que foi necessário para que as feridas cicatrizassem. Aquela beleza que tanto me atraía agora não passa de uma casca de alguém feio por dentro.

Aprendemos que a melhor maneira de seguir em frente é não fomentar a raiva e perdoar aqueles que não nos fizeram bem. Mesmo que eu não tenha religião, as raízes desses dizeres cristãos continuam em mim. E, enfim, descubro que a filosofia por trás desse simples gesto é real: não sinto ódio de Carlos. Estou assustado, enraivecido e surpreso, mas todos esses sentimentos passageiros só estão aqui dentro porque ele apareceu sem avisar, e são como uma fogueira com labaredas altas que, em pouco tempo, irão se extinguir. Percebo que a brasa contínua do ódio, aquela que permanece acesa mesmo com ventos cortantes, já não queima dentro de mim. Não como antes.

— A gente não tem mais nada, Carlos — digo com uma paz de espírito que surpreende a mim mesmo. — A gente teve a nossa chance e você deixou passar.

Ele parece surpreso e, em certa medida, ofendido.

— Mas você não entende, Henrique: eu voltei por você! Quero você de volta, independentemente de você ter ou não HIV!

Dou uma risada, porque ele realmente acha que as coisas se resumem ao que *ele* quer.

— É claro que entendo, Carlos. Mas na sua equação você está se esquecendo de uma coisa muito importante: o que eu quero.

Ele pisca os olhos de um jeito frenético, como se aquilo ainda não tivesse passado pela sua cabeça. Abre e fecha a boca, tentando articular alguma palavra, e demora alguns segundos para conseguir falar.

— Você encontrou alguém, não é?

— Isso não vem ao caso, Carlos.

E então ele balança a cabeça e franze o rosto, em uma expressão decepcionada.

— É exatamente isso. E isso é tão... injusto. Eu voltei por você, Henrique. Eu não me importo que você tenha HIV, eu... eu quero ficar com você.

— Mas eu tenho que seguir com a minha vida, Carlos. Tenho certeza que você vai encontrar alguém.

— Não! — ele grita, fazendo com que eu me sobressalte e me retraia. As lágrimas se acumulam nos seus olhos, e não são de tristeza, mas de frustração. Seus ombros parecem retesados; é como uma criança que não ganha o sorvete depois de um passeio no parque, e a expressão dele me assusta. — Você acha que já não tentei procurar alguém? Eu quero você, Henrique. De todas as pessoas no mundo, eu escolho você porque é você quem eu quero! Será que é difícil entender?

— Não é difícil, mas eu também preciso que você entenda que as minhas vontades têm que ser satisfeitas, e agora não preciso de você.

Carlos emudece por quase meio minuto, me encarando como se eu fosse um alienígena. Por fim, responde, com os olhos baixos e o ego ferido:

— Espero que você entenda as consequências da sua escolha, Henrique. Você nunca vai encontrar alguém que te faça tão feliz quanto eu sou capaz de fazer.

— Vou deixar que o tempo diga isso — respondo, levantando do sofá e me encaminhando para a porta do apartamento. — Acho que não temos mais nada para conversar, Carlos.

Ele se levanta com os ombros pesados, mas, antes de atravessar a porta e desaparecer do meu apartamento, me olha nos olhos e percebo que há ali, para além da vaidade ferida ou da incredulidade, alguma coisa diferente. Uma coisa que só vi uma vez na vida ao encarar os olhos da minha mãe quando eu saí de casa.

— Você vai se arrepender disso — ele murmura, e sinto a minha espinha gelar, porque foi exatamente essa a última frase que minha mãe me disse. As mesmas palavras, a mesma entonação, os mesmos olhos frios e cheios de rancor.

Carlos vai embora e tento não me preocupar. Minha mãe estava enganada. Nunca me arrependi de ter saído de casa, nem sequer por um segundo. Também não vou me arrepender por, enfim, ter conseguido me ver livre daquele que antes havia sido o grande amor da minha vida.

Capítulo 19

IAN

É impossível acalmar Vanessa nos dias que antecedem o Enem. Ela anda de um lado para o outro da casa, sempre com um livro aberto estendido à sua frente, como se fosse uma atriz prestes a interpretar Isolda e ainda não tivesse decorado nenhuma linha de suas falas. Ela toma café com livros, almoça com livros e, quando está muito cansada do peso das folhas coloridas e repletas de infográficos com células, sistemas nervosos e digestivos, pega o tablet e enfia fones nos ouvidos, assistindo videoaulas sobre biomedicina para universitários, e não sei como ela consegue entender todos aqueles nomes bizarros com mais de oito sílabas.

— Vanessa, se acalma! — digo, sentado na mesa da sala, disputando espaço com os projetos quase finalizados da minha mãe e rabiscando alguns cálculos de um exercício de microeconomia. — Vai dar tudo certo!

— Não me atrapalha! — ela diz, coçando os cabelos volumosos, fechando os olhos e batendo com um punho fechado na própria testa. — RNA: ácido ribonucleico, responsável pela síntese de proteínas nas células. DNA: ácido desoxirribonucleico, responsável por armazenar informações necessárias para a construção das proteínas do RNA. Nucleotídeos: blocos construtores de ácidos nucleicos, formados por esterificação entre o ácido fosfórico e os nucleosídeos. Esterificação...

— Meu Deus, Vanessa, você vai acabar pirando! — grito. Como ela consegue guardar tantos nomes é um mistério que nunca vou conseguir descobrir.

— Eu sei. Eu sei! — ela diz, jogando o livro em cima do sofá para depois se largar no chão em um gesto dramático, braços e pernas abertos com a barriga para cima, como o Homem Vitruviano. — Eu vou enlouquecer. Nunca vou conseguir passar no vestibular e vou terminar os meus dias vendendo artesanato em Copacabana. Será que se eu fizer colares de DNA alguém compra?

Não consigo deixar de rir e fecho o meu caderno. Vou até onde ela está e estendo minha mão. Vanessa me observa por alguns segundos, faz um som dramático que ecoa do fundo da sua garganta — algo como *nhuuuuuuuuum*, não queeeeeeero levantaaaaaaaar —, mas por fim aceita a minha ajuda e pega a minha mão. Seu corpo é leve e ela dá um gritinho quando a puxo com força, fazendo-a subir com velocidade.

— A prova é esse final de semana, Ian — resmunga, pegando novamente o livro e sentando-se no sofá com ele aberto no colo. — Hoje é quinta-feira. Eu não sei nada. Nunca vou conseguir passar.

— É claro que vai. Você acabou de falar tanto nome difícil sem nem olhar para o livro, que por um momento parecia que já estava estudando para a prova do último semestre de medicina. Você vai conseguir.

— Mas é tão difícil!

— É claro que é. E, se você não conseguir, sempre tem o ano que vem. Ou outras opções! — digo, tentando fazê-la perceber que não passar no vestibular é uma possibilidade tão válida quanto passar.

— Não! Sem outras opções! — responde, irredutível, e continua dizando de onde parou. — Esterificação: reação química na qual um ácido carboxílico reage com um álcool, produzindo éster e água. Ácido carboxílico: oxiácido orgânico caracterizado pela presença de carboxilas. Carboxila...

— Meu Deus! — Desisto de tentar convencer Vanessa a diminuir o ritmo e resolvo me juntar ao inimigo.

Vou até a cozinha e preparo café para mim e para ela, porque também preciso terminar meus exercícios de microeconomia, já que valem metade da nota final da disciplina. Coloco mais água e pó, porque sei que aquela família é movida a cafeína e provavelmente ninguém irá ficar sem tomar um pouco, mesmo que já sejam quase dez da noite.

Enquanto a cafeteira faz seus sons de sucção e exala o cheiro delicioso de água quente em contato com pó torrado, meu telefone apita com uma nova mensagem. É Gabriel.

> Gabriel:
> Tá ocupado?

> Ian:
> Só mais um dia tentando sobreviver nesse manicômio que chamo de lar.

> Gabriel:
> lol. Vou te ligar. Tenho novidades.

O telefone toca logo em seguida.

— Adivinha só? — Gabriel pergunta do outro lado da linha, sem nem mesmo dizer alô.

— Você ganhou na loteria?

— Não.

— O último porco que você inseminou pariu uma vaca?

— Não.

— Ok, desisto.

— Dezoito de maio.

— O quê?

— Dezoito de maio — Gabriel repete. — Guarde essa data.

— Por quê?

— Porque você vai ser meu padrinho de casamento.

— Oi?

— A Daniela aceitou, cara! Eu fiz o pedido e ela disse que sim e agora é oficial: somos noivos com data marcada para casar. Dezoito de maio, depois que nós dois defendermos o mestrado.

— Peraí, peraí... *quando* isso aconteceu? — pergunto, surpreso com a informação repentina. — Da última vez que falou sobre a Daniela, você disse que não sabia se queria dar o próximo passo, e agora... vocês vão se casar? Desde quando você está planejando pedi-la em casamento?

— Pois é! Eu estou tão surpreso quanto você! Eu meio que acabei de fazer o pedido, na verdade. Ela saiu daqui agora e foi tudo meio de repente. Você é a primeira pessoa para quem estou contando isso.

— Por que você não me disse o que estava planejando?! Meu Deus, é uma notícia incrível, mas... eu pensei que você e a Daniela fossem só... sei lá, uma coisa passageira, sabe?

— Eu não planejei nada! Eu simplesmente vi uma droga de anel em um shopping e pensei que ele era a cara da Daniela, e uma coisa levou a outra e... oh, meu Deus, o que que eu fiz?

Ele parece tão surpreso quanto eu, como se estivesse tendo uma Grande Revelação naquele exato momento. Ou um derrame.

— Gabriel? — pergunto quando o telefone emudece e tudo o que consigo ouvir é a respiração ruidosa dele.

— Peraí... — Ouço-o apertando alguma tecla do telefone e depois o barulho de alguma coisa sendo colocada sobre uma superfície plana. — Pronto, te coloquei no viva-voz. Preciso de uma bebida.

Ouço os passos dele, o abre e fecha de um armário de vidro, o tilintar de um copo perto do celular. Provavelmente está tomando uma dose de uísque, como se fosse um desses magnatas de seriado americano que precisa relaxar com alguma coisa forte.

— Eu pedi a Daniela em casamento.

— Está mais calmo? — pergunto, ainda sem saber muito bem o que falar ou como aconselhá-lo caso ele chegue à conclusão de que aquela não foi a melhor ideia que poderia ter tido.

— Eu pedi a Daniela em casamento — repete. — Caralho.

— É. Imagina só como a Vanessa vai ficar com ciúmes.

Ele dá um riso esganiçado do outro lado da linha.

— Eu amo a Daniela — ele diz, e ouço mais do líquido caindo dentro do copo, o tilintar do vidro contra vidro, o barulho de uma garganta engolindo o uísque rapidamente. Com certeza é uísque. Ele nunca beberia vinho para se acalmar. Ou cerveja.

— Parece que você fez a coisa certa. Está arrependido?

— Nem um pouco.

— Ok, isso é bom. Isso é ótimo. Não estar arrependido é a melhor coisa a se sentir quando se toma uma decisão tão definitiva. — Tento incentivá-lo.

— Isso. Tomei a decisão por impulso, mas foi uma boa decisão. Foi a decisão certa. Foi a decisão certa?

— Claro que foi! — respondo, encorajando-o. — Você a ama e, por mais que eu não a conheça tão bem, sei que vocês foram feitos um para o outro. E é isso aí. — É o máximo que consigo articular de última hora como uma conversa encorajadora.

— Você vai ser o meu padrinho, não é?

— É claro que vou!

— E quem vai ser o meu segundo padrinho?

— Segundo padrinho? — pergunto. — Como assim?

— É de bom tom que o namorado do seu melhor amigo também seja convidado para o casamento, não é? Eu não sei como essas coisas funcionam, mas é assim que acontece nos filmes, então é assim que vai ser. E então, quem vai ser o meu segundo padrinho?

— Acho melhor você chamar uma madrinha mesmo, amigo, porque o negócio aqui tá fraco. Meu único namorado, nesse momento, é o Hal.

— Hal?

— Hal Varian, autor de *Microeconomia: uma abordagem moderna*.

— Argh.

— Pois é.

— E como está sua vida? — ele pergunta, ficando mais relaxado, não sei se por conta do uísque ou da mudança de assunto. Sei que quando diz "sua vida" ele está se referindo aos remédios, ao HIV e a toda a nova rotina. E sorrio, porque gosto de saber que ele se importa.

— Tudo bem — resumo, porque é mais ou menos isso o que está acontecendo.

— Nenhuma crise?

— Todo dia uma crise diferente, mas dá pra lidar com tudo sem maiores complicações. As pessoas dizem que melhora, mas a gente só consegue acreditar nisso quando vai vivendo um dia de cada vez.

— É muito bom ouvir isso, Ian. De verdade. — Gabriel suspira. — Espero que algum dia o HIV possa ser só um detalhe numa vida cheia de coisa boa e de gente bacana te cercando.

— Vai ser — respondo, sorrindo.

Estou prestes a puxar assunto sobre o mestrado de Gabriel e sobre quanto tempo falta para defender a dissertação, mas sou interrompido pelo barulho de um milhão de livros caindo no meu quarto logo depois que alguma coisa se rasga. A voz de Vanessa vem em seguida, em uma série de xingamentos que nunca pensei que pudessem ser capazes de sair de uma boca tão pequena.

Vou até o quarto e vejo que a mochila dela está com o fundo rasgado, e que pelo menos oito livros do tamanho de dicionários se espalham abertos pelo chão. Ela continua xingando, pegando os livros e atirando-os para cima de sua cama, para depois chutar a bola de tecido puído em que sua mochila jeans se transformou.

— A Vanessa está um pouco irritada porque o Enem é nesse final de semana — digo para Gabriel, que está calado do outro lado da linha, curioso com a série de xingamentos ao longe. — Vou ter que desligar.

— Vou mandar uma mensagem para ela, mas diz que estou mandando energias positivas.

— Pode deixar.

Desligo o telefone e começo a ajudar minha irmã a pegar os livros do chão. Ela está sentada em sua cama com um livro de fisiologia que pegou da biblioteca da escola, os olhos um pouco vazios olhando para um ponto qualquer do quarto.

— Vanessa, você precisa descansar.

— Eu preciso estudar — responde em um sussurro, depois pigarreia e suspira. — Meu Deus, como estou cansada.

Arranco o livro do colo dela e o junto com os outros, depois pego de dois em dois e os coloco sobre a escrivaninha. Ligo a televisão, acesso a Netflix na conta dela e coloco o último episódio de *Grey's Anatomy* a que ela parou de assistir.

— Você tem que ser menos Cristina Yang, Vanessa — digo enquanto ela olha as cenas do episódio anterior. Assistir àquele seriado sempre era a barganha dela para parar de estudar e, ainda assim, continuar imersa no mundo médico, e aos poucos me peguei assistindo com ela e ficando interessado por aquelas vidas fictícias. — Vem, vamos assistir a isso daqui.

— Eu não tenho mochila para ir para a escola amanhã.

— Você pode pegar a minha. Só tirar meus livros e deixá-los em cima da mesa.

— Como você vai levar suas coisas para a aula?

— Enfio duas canetas no bolso e pego uma folha de papel com alguém. É tudo o que preciso. — Ela se aninha no meu colo e, enquanto vejo os dramas de Meredith, Bailey e Cristina, ela fecha os olhos e cai imediatamente no sono.

+

Depois da aula de microeconomia da sexta-feira de manhã, resolvo matar um tempo no shopping. Está um calor insuportável no Rio de Janeiro, e o ar-condicionado daquela meca de roupas de marca e produtos desnecessários me parece um ótimo atrativo.

Vou até a livraria e folheio alguns livros, penso em comprar algum, mas chego à conclusão de que não vou ter tempo para ler. Vou até o cinema e vejo se alguma coisa boa está passando, e acabo comprando um ingresso para uma animação da Disney que vai começar em meia hora. Sem ter muito que fazer, vou até a Starbucks e peço um café, sento na mesa e espero que chamem pelo meu nome.

É um daqueles raros momentos em que não penso em nada de ruim. Penso nas provas finais do semestre, no que deverá ter acontecido com Henrique e Victor, na ansiedade de Vanessa com o vestibular e no que o futuro reserva para Gabriel e Daniela, mas não consigo pensar em todas as coisas ruins que vinha pensando todo o tempo. Não penso em remédios ou em células de defesa, nem em carga viral ou em exames de sangue. Naquele intervalo em que espero pelo meu café, sou apenas um garoto normal matando tempo para ver um filme, e que, mesmo sozinho, não está se sentindo solitário. Estou confortável naquela cadeira macia, olhando para o cardápio fixado na parede com seus *refreshers*, brownies, cupcakes e todos esses nomes estrangeiros para comidas e bebidas pré-prontas. Vejo os baristas indo e voltando com seus copos e líquidos e xaropes doces, todos tão preocupados em serem eficientes que sequer têm tempo de pensar em suas vidas, em seus futuros e no que consideram felicidade.

— Ian? — Ouço a barista chamar e pego meu café. Olho para o relógio no celular e volto a me sentar na poltrona, e de repente me sinto consciente de como aquele lugar está cheio, de como todas as pessoas conversam umas por cima das outras e de como a música ambiente não consegue exercer o seu papel de tornar o espaço acolhedor.

— Tem alguém sentado aqui? — um garoto pergunta, e faço que não com a cabeça. Ele sorri e senta na minha frente, abre a mochila e pega um livro do tamanho do braço de um halterofilista. É um exemplar novo, ainda embalado no plástico, que ele abre com a ansiedade de uma criança que rasga o papel de presente de uma caixa de videogame.

Olho para a capa e não posso deixar de rir quando vejo o título. *Microeconomia: uma abordagem moderna.* Hal Varian.

— Uma leitura leve pra distrair? — comento, puxando assunto. Não sei muito bem o que me leva a fazer aquilo. Geralmente fico calado, ouvindo as conversas das pessoas ao meu redor como se fosse um desses escritores que gosta de basear seus personagens em histórias de desconhecidos.

Ele olha do livro para mim e dá um sorriso.

— Pelo preço dessa gracinha, espero que seja mais emocionante que *A guerra dos tronos*.

— Uma luta de finanças pelo entendimento econômico de microempresas, produtores de terra, de bens materiais e serviços particulares — digo, com uma voz de locutor que tenta soar dramática. — A segunda parte é particularmente repleta de sangue, suor e lágrimas, com demanda individual e de mercado, elasticidades, incertezas e a maior das vilãs econômicas: a equação de Slutsky.

— Ouvi dizer que macroeconomia é muito mais grandioso.

— Que nada, isso é pra gente que não aprecia os microcosmos. É tipo dizer que *Senhor dos anéis* é melhor do que *Cem anos de solidão* só porque se passa em um continente ao invés de uma aldeia no interior da Colômbia.

— Nossa, economista e literato. E as pessoas ainda dizem que não dá pra conhecer ninguém interessante numa cafeteria.

Fico um pouco sem graça com o comentário. Aquilo foi uma cantada? Olho melhor para o garoto. Ele é da minha idade, talvez um pouco mais novo por conta do rosto sem nenhum pelo. Tem os cabelos negros e espessos, os olhos cor de sementes de pinhão e a pele morena, em um tom que facilmente o deixaria passar por um colombiano das histórias de García Márquez. Ele tem uma tatuagem no braço coberta pela manga da camisa, e só consigo enxergar a ponta do que parece um tribal, uma chave ou uma tartaruga — ou o tribal de uma tartaruga com um rabo de chave, vai saber.

— E você é um calouro — comento, tentando ignorar o fato de que ele provável e possivelmente, e talvez com toda a certeza do mundo, acabou de me cantar. — Ou então gosta mesmo de Hal Varian.

— Começo a faculdade no semestre que vem.

— Semestre que vem? — Faço os cálculos das datas e franzo o rosto. — Mas o Enem é amanhã! Você já comprou o livro, antes de fazer a prova?

— Pois é. Pode parecer meio maluco, mas é algo que eu faço: sempre que vou tentar alguma coisa, já começo a pensar em como seria se já tivesse conseguido aquilo, e então ajo de acordo. Eu estava passando na livraria, vi o livro e pensei: por que não? — Ele dá de ombros enquanto tento acompanhar aquele raciocínio peculiar. Nunca ouvi ninguém dizer que fazia aquilo.

— Isso é um pouco arriscado, não é? Quero dizer, vamos supor que você não passe para essa faculdade. Esse livro vai ser tipo um fantasma te atormentando e te dizendo que você não conseguiu.

— Não sou tão pessimista. Tenho três casacos pesados que comprei antes de uma viagem para Nova York que nunca fiz, dois ingressos para o show do Kaiser Chiefs em São Paulo que nunca fui e três livros de direito penal de quando tentei vestibular ano passado e não consegui entrar.

— Isso me parece um pouco... — Tento completar com uma palavra que não seja muito cruel, mas acho que ele pode se ofender.

— Idiota? Imbecil? Desperdício de dinheiro?

— ... É.

— Todo mundo pensa isso, mas não me importo. — Ele sorri e percebo que de fato não está ofendido. Seu sorriso comprime seus olhos rasgados até quase fechá-los, e tenho certeza de que ele é descendente de indígenas, ou de bolivianos, ou dos dois.

— A gente gasta tanto dinheiro com coisas inúteis. Essas são as minhas inutilidades, e quem sabe se mais para a frente não vão servir para alguma coisa, nem que seja para doar para alguém que precise mais do que eu?

— É uma lógica válida — respondo, sorrindo e olhando para a hora no celular. — Mas ainda assim quer dizer que você é o tipo de pessoa que nutre expectativas sobre o que ainda não aconteceu, e talvez isso não seja assim tão bom.

Dou um gole no café e ouço a barista gritar "Gustavo!", o que faz o garoto se levantar e ir até o balcão. Penso que ele não vai voltar, que provavelmente deve ter se ofendido com a minha tentativa de dar uma de psicólogo depois de uma conversa de dois minutos e meio, mas ele volta a se sentar à minha frente, segurando um frappuccino verde.

— Eles vendem frappuccino de couve aqui? — pergunto, intrigado.

— É de chá verde — responde, sorrindo. — Não bebo café.

Um provável descendente de bolivianos que não bebe café. Isso deveria ser um crime, mas me mantenho calado.

— Pois é — continua ele, porque é claro que minha cara não deixa dúvidas de que aquilo é uma surpresa. — Minha mãe quase me deserdou quando falei que não gostava, dizendo que netos de colombianos que não bebem café são tão ofensivos quanto americanos que não comem barbecue e não acreditam na meritocracia. Mas o coração quer o que o coração quer, e o estômago quer o que o estômago quer. E o meu nunca quis café.

— É uma lógica válida — digo novamente, fazendo-o sorrir enquanto olho mais uma vez para a hora.

— Está atrasado para algum compromisso? — ele pergunta, talvez um pouco intrometido. — Ou esperando alguém? Sua namorada, talvez?

Olho para ele com a minha melhor expressão "você-só-pode-estar-de-sacanagem-comigo".

— Tudo bem. Namorado, então — ele responde, sorrindo ao perceber que dizer aquilo não me ofende.

— Cinema — respondo. — Vou assistir à próxima sessão. Sozinho — acrescento, fazendo com que ele dê um meio-sorriso.

— Se eu tivesse tempo, assistiria com você.

— E quem disse que não sou um desses caras que prefere ir ao cinema sozinho?

— O cinema é público, então não haveria nada que você pudesse fazer para me impedir.

Dessa vez sou eu quem sorri. Ele é bastante incisivo.

— Isso não quer dizer que não possamos assistir a algum outro filme, em algum outro dia — ele continua falando, e percebo quando abre a mochila que está em seu colo, pega uma caneta em um estojo e rabisca qualquer coisa em um caderninho. Arranca a folha, dobra o papel e o estende para mim. — Se quiser, me manda uma mensagem. Também coloquei meu e-mail para você me achar no Facebook, se quiser me stalkear.

Pego o papel que está preso entre o indicador e o dedo médio dele, sem saber muito bem como uma pequena parada na Starbucks pode ter resultado naquele número de telefone de um garoto interessante.

Aquilo nunca tinha acontecido antes. É quase como se o Universo estivesse jogando Gustavo para cima de mim — não que eu acredite em acaso, destino ou qualquer baboseira dessas.

— Ah! Boa sorte com o Enem amanhã — digo, sorrindo, antes de me levantar.

— Vindo de um futuro veterano, acho que tenho que agradecer — ele responde, também sorrindo e dando um gole no frappuccino verde.

Quando enfio o papel no bolso e me levanto, penso em como a vida é bizarra com todas essas casualidades que acontecem sem mais nem menos, como se estar no lugar certo e na hora certa fosse o tipo de sorte que não acontece com tanta frequência.

E então a realidade me atinge: por mais que esteja na hora certa e no lugar certo, ainda tenho consultas com minha infectologista, ainda tenho que me preocupar com minha carga viral e com meu CD4, ainda tenho que fazer exames de sangue periódicos e tomar minha medicação diariamente.

Ainda tenho HIV, e o fato de que isso é tão verdadeiro quanto o interesse que aquele garoto demonstrou por mim faz com que eu pense que nada dará certo.

Capítulo 20

VICTOR

Minha mãe ainda não permitiu que os gêmeos usassem a internet, mas ela não está em casa e meu pai está tomando conta de tudo, o que faz com que, obviamente, eles estejam vidrados na televisão e no computador, berrando "EXPLODE, SEU DESGRAÇADO!" e "ENFIA BALA NELES, MALDITO!". Por sorte, estou no meu quarto e os gritos dos meus irmãos são abafados pelos meus fones de ouvido que tocam o disco mais recente do Filipe Catto em loop desde o começo da noite.

Encaro o notebook e tento formular o esqueleto do que poderá vir a ser o roteiro para o curta-metragem da Oficina de Vídeo. Não precisamos filmar nada, mas as instruções deixam claro que o roteiro tem que ser financeiramente viável para a produção independente e não ter mais de oito páginas, o que quer dizer que deve ter tempo de duração entre cinco e sete minutos.

Minha primeira ideia foi a de fazer um romance entre dois garotos com todos os recursos de cinema mudo: preto e branco, telas com falas estáticas, expressões exageradas e um final feliz. A princípio, pareceu uma boa narrativa, mas é óbvio que aquilo funcionou como um gatilho para que me lembrasse de Henrique, então descartei a ideia.

Depois pensei em fazer um drama sobre um garoto que é separado da mãe e tenta reencontrá-la, mas achei a ideia batida demais, e não consegui me esquecer de todos os problemas que Henrique tem com sua mãe.

A terceira ideia foi a de fazer uma história sobre uma menina que anda pela cidade e descobre que ninguém conversa com ela ao perceber que seus cabelos são brancos e não negros, a cor padrão de todas as outras pessoas. Não é muito original, mas pelo menos aquilo não me fazia lembrar de Henrique.

Começo a digitar o argumento: como a garota vai ser, como é a cidade em que ela está andando, o que ela está pensando, o que ela vai falar — se é que vai falar alguma coisa —, quantos personagens irão passar por ela, o que eles representam, como fazer tudo parecer fluido e natural, qual será o desfecho e como vou fazer para enfiar tudo isso em no máximo sete páginas de roteiro.

Sinto alguém pegar no meu ombro e olho para trás, tirando os fones de ouvido, assustado. É meu pai, que me olha com uma expressão preocupada, provavelmente porque estou encarando a página do Word há pelo menos dez minutos depois de escrever as primeiras palavras e sequer percebo isso.

— Está tudo bem, filho? — ele pergunta, colocando uma caneca de café ao lado do meu computador. — Toma, você precisa mais do que eu.

— Obrigado — respondo. — Estou pensando.

— Em quê?

No Henrique, quero dizer.

— No trabalho final de uma disciplina.

— Precisa de ajuda? — meu pai sempre se considerou um escritor frustrado, com dois romances policiais escritos e engavetados que nunca viram a luz do dia (e que nem são ruins, aliás) sobre um investigador que desvenda assassinatos em uma cidadezinha do interior de Minas Gerais.

— FILHO DA PUTA! — Caíque xinga com os fones de ouvido, e meu pai berra um "EI, OLHA A BOCA!" mais alto do que o som que abafa as orelhas dele, o que faz com que meu irmão mais novo levante os olhos e murmure um pedido de desculpas.

Meu pai não é exatamente uma figura de autoridade em casa, o que faz com que tudo pareça estar sempre à beira de um colapso quando minha mãe está fora e ele resolve tomar as rédeas da nossa educação. Já me acostumei àquilo, mas é sempre engraçado vê-lo quase em pânico quando tem que lidar com Raí e Caíque. Acho que ele deve ter passado muitas noites acordado, pensando se havia sido uma boa ideia ter filhos depois que eu já estava grande o bastante para ter o mínimo de independência, porque o plano era ter só mais um filho, e não uma dupla incansável e barulhenta como a que ele e minha mãe arrumaram.

— Está tudo bem, pai — respondo, bebendo o café (horrível!) que ele fez.

Ele sorri e me observa por trás das lentes grossas de seus óculos. Sua expressão parece exausta por ter que lidar com todos aqueles gritos ao longo da noite e, ao mesmo tempo, tentar diminuir um pouco o acúmulo de cansaço dos plantões de enfermagem. Ainda assim, fico feliz ao perceber que ele está tentando dedicar qualquer pequena parcela de energia para me ajudar.

— Na verdade... — falo, fazendo-o virar para mim quase que imediatamente. Percebo a empolgação nos olhos dele. — Preciso fazer um roteiro para a aula de Oficina de Vídeo e pensei nessa ficção científica sobre uma garota que é diferente e que, só por isso, é odiada por todos que passam por ela.

Então explico o conceito e ele fica calado, ouvindo tudo e me interrompendo vez ou outra para dar alguma sugestão: Como são os pais dessa menina? Ela vem de uma família onde todos são diferentes ou ela é diferente mesmo entre as pessoas próximas dela? Como é o relacionamento dela com os mais velhos? Etc etc. Quando percebo, já tenho a protagonista praticamente moldada na minha cabeça, e ela é muito mais tridimensional do que as sete páginas de roteiro me permitirão demonstrar.

Depois de alguns minutos de conversa, meu pai corre até a sala para resolver alguma crise entre os gêmeos, que começaram a gritar um com o outro e a quebrar coisas, e continuo encarando a tela de Word já com algumas palavras. E me surpreendo ao pensar em como sou sortudo por ter os pais que tenho.

Levanto meus olhos da tela do computador e consigo ver a ponta dos meus cabelos azuis refletidos no espelho que fica à minha frente, e penso em como a primeira reação do meu pai e da minha mãe ao ver aquilo foi uma gargalhada e uma série de comentários sobre como eu estava parecendo a Tristeza da animação *Divertida mente*. Não houve nenhuma repreensão, nenhuma ameaça de raspar minha cabeça se eu não me adequasse aos padrões que os vizinhos e o resto da família consideravam normais, nem mesmo aquele olhar que significa muito mais do que palavras podem significar. Eles apenas riram, perguntaram se o cabeleireiro também pintava cabelos de verde e continuaram arrumando a mesa do jantar.

Nunca passei por um desses momentos constrangedores de ter "uma grande e séria conversa" na minha família, então não sei dizer o que isso significa no quadro geral das coisas, porque simplesmente tudo por aqui sempre seguiu um curso natural, como uma corrente marítima quente em meio a um oceano frio, que não perde sua temperatura e nem se torna diferente porque as coisas ao seu redor não são iguais a ela. Nunca precisei parar o jantar e dizer "tenho uma coisa para contar para vocês: sou gay", talvez porque sempre aprendi que não deveria esconder quem eu era ou olhar diferente para pessoas que não fossem como eu.

Eu me lembro de perguntar para o meu pai, com apenas oito anos, se havia algum problema em achar um garoto da escola bonito, porque todos os meninos da sala diziam que aquilo era errado e que, como eu era menino, é óbvio que deveria achar garotas bonitas. Eu também as achava bonitas, dizia, mas não era por elas que me interessava. Naquela época, não sabia absolutamente nada da vida, mas lembro que meu pai me disse que eu poderia ver beleza em quem eu bem entendesse. E também percebi que havia alguma coisa dentro dos olhos dele, algo que nunca tinha visto antes e que, na cabeça confusa de um menino, poderia facilmente se passar por decepção. Mas não era nada disso. Aquele olhar era uma demonstração de amor e, acima de tudo, de preocupação. Ele sabia que o mundo não era a cabeça dele e que as pessoas não pensavam como ele. E tenho quase certeza de que ele sabia, bem ali, naquele instante, como eu era diferente, como eu não era o garoto que ele tinha imaginado que eu seria ou que ele desejava que eu fosse. E então aquele olhar se modificou e ele sorriu, e percebi que, para além da preocupação, da decepção ou do medo, ele me via como a pessoa mais bonita do mundo.

É por isso que, sempre que ouço alguém falar sobre seus problemas familiares, sobre suas questões envolvendo sexualidade ou sobre como é difícil se assumir, a minha primeira reação é escutar. Escuto porque não sei o que isso significa, e não quero diminuir a dor e o sofrimento de pessoas que possuem realidades tão diferentes da minha. Ouço porque aprendi desde sempre que o processo de empatia vem quando aprendemos a nos colocar no lugar do outro, principalmente quando o outro é tão diferente de nós.

Percebo, olhando para o reflexo daquela pequena mecha de cabelo azul, o quanto meus pais se esforçam para fazer parte da minha vida, sem invadir o espaço que possuo para tomar minhas próprias decisões. É bizarro pensar que posso de fato contar com eles quando preciso de algum conselho, seja sobre o roteiro para uma disciplina de cinema ou sobre o que preciso fazer para seguir com a minha vida.

— Pai? — chamo quando percebo que a crise na sala já está sob controle.

Ele enfia a cabeça no quarto e pergunta o que quero.

— Será que posso conversar com você?

Ele ergue uma sobrancelha e entra no quarto, deixando a porta entreaberta para o caso de outro round acontecer entre os gêmeos.

— Por que de repente eu senti o ar ficar pesado? — ele pergunta, sentando na minha cama enquanto fecho o notebook. — Você não vai falar que quer largar a faculdade, não é? Pelo amor de Deus, Victor, faltam só três semestres para você acabar isso!

— Não é nada disso!

— Ok. Você não decidiu sair de casa, não é? Porque não tenho um real na poupança para te ajudar a alugar um apartamento.

240

— Não! Caramba, será que você pode me escutar?

— Tudo bem. — Ele entrelaça as mãos sobre o colo, impaciente. — Você não virou hétero, não é?

— Pai!

— Ok, ok. Fala.

— Como você faz para desfazer uma merda que tenha feito e tenha se arrependido, depois de esgotar todas as possibilidades imagináveis?

Ele ouve a minha pergunta, mas não parece assimilá-la, porque fica tempo demais me encarando. Consigo perceber as engrenagens na cabeça dele funcionando, primeiro devagar, depois mais rápido. Quase vejo fumaça saindo pelos seus ouvidos.

— Você está traficando drogas, não é?

— Meu Deus, pai! Eu não uso nada mais pesado do que café extraforte!

— Ok, então você precisa me ajudar e ser um pouco mais específico, porque estou ficando maluco aqui com tantas possibilidades.

— Primeiro, não é nada ilegal — digo, suspirando e revirando os olhos involuntariamente. Depois me lembro de como Sandra sempre me diz que revirar os olhos é um estereótipo e volto a colocá-los no lugar. — É que tem esse garoto...

— Oh, sim. Um garoto — ele murmura, parecendo bastante interessado.

— Isso, um garoto. E eu gosto dele, e tenho certeza de que ele gosta de mim. Mas eu fiz besteira e não sei como consertar, porque agora ele não quer mais olhar na minha cara. — Meu pai ainda parece perturbado, me encarando como se eu estivesse soletrando todas as casas decimais de pi. — Isso é estranho, não é? Tipo, procurar o meu pai para pedir conselhos sobre garotos?

— Talvez não seja exatamente uma prática comum, mas a nossa família nunca se destacou pela normalidade — comenta.

— Posso não ter experiência alguma com meninos, mas tenho experiência com seres humanos, e isso é o bastante. Quero dizer, eu trabalho com gente de todo tipo naquele hospital, e se você soubesse das histórias que ouço... mas enfim, garotos. Nossa, como isso é complicado. Acho que você já pediu desculpas para ele, não é?

— De todas as maneiras diferentes.

— E ele te ouviu?

— Ouviu e disse que me desculpava, mas também disse que não queria mais nada comigo.

— Isso não é desculpar, se ele gosta mesmo de você.

— Eu sei, mas agora não consigo pensar em mais nada que eu possa fazer para tentar me redimir.

— Em uma escala que começa em roubar uma margarina em um supermercado e termina em desviar dinheiro da saúde pública, qual o nível dessa merda que você fez?

— Eu enfiei o dinheiro da saúde pública dentro do pote de margarina, pai — respondo, e ele concorda, fazendo uma expressão de espanto. — Esse foi o nível da merda.

— Ok, não é uma boa notícia.

— Não, não é. Conselhos?

Ele pensa por algum tempo, olhando para a mecha azul do meu cabelo.

— A primeira coisa que pedimos quando um paciente entra na emergência de um hospital é que ele se acalme. A gente diz que vai fazer todo o possível para ajudá-lo a sair dali com o máximo de saúde possível. Isso ajuda um pouco, então acho que é o melhor conselho que eu posso te dar: se acalme. Talvez esse garoto seja só uma decepção e daqui a dois ou três meses você nem mesmo vai se lembrar, ou talvez não. Talvez ele seja uma dessas pessoas inesquecíveis, mas isso só o tempo poderá dizer. Mas acho que, se acha que ele realmente gosta de você como você gosta dele, as coisas irão se encaixar e se acertar, porque é mais ou menos a tendência.

Não sei se aquele é um bom conselho, mas acho que é tudo o que meu pai consegue formular em tão pouco tempo. Sorrio ao perceber que ele parece sem jeito falando sobre garotos com o filho mais velho, mas ainda assim o faz sem nenhum tipo de julgamento. Então o abraço, e ele me abraça de volta.

— E, por favor, não trafique drogas. Nem vire hétero, senão eu vou ficar muito confuso.

— Pode deixar, pai — digo, soltando-o do abraço com um sorriso no rosto.

Ouvimos a campainha tocar mais alta que os gritos dos gêmeos, e meu pai franze o rosto porque não estamos esperando ninguém em uma sexta-feira à noite. Ele sai do quarto e vai ver quem é, enquanto continuo concentrado em formular algum esboço do meu roteiro de Oficina de Vídeo.

Ouço a porta do quarto se escancarar quando Sandra entra como um furacão, o cabelo preso em um coque malfeito com uma caneta Bic, o rosto amassado de quem estava deitada e o pijama das Meninas Superpoderosas com o qual ela nunca sairia de casa a menos que fosse uma situação de emergência — mesmo que ela seja a minha vizinha de frente e que não tenhamos que dar nem vinte passos para estar no quarto um do outro.

Está ofegante, como se tivesse subido dezoito lances de escada em menos de dois minutos. Percebo que seus olhos estão arregalados, a boca contorcida em uma expressão de pavor e o celular ainda está aceso em sua mão.

— Sandra? O que aconteceu?

— Facebook... você viu? — ela pergunta, me encarando como se uma guerra houvesse acabado de estourar e eu tivesse sido recrutado para a linha de frente.

— N-não... — respondo, abrindo imediatamente uma aba e entrando no meu perfil.

— Grupo... de cinema. — Ela estende o telefone para mim e sinto minha espinha gelar quando vejo a foto de Henrique em uma postagem. É uma montagem e, por cima da foto dele, como um carimbo vermelho cor de sangue, está estampada aquela palavra cruel.

AIDÉTICO.

O que uma foto de Henrique está fazendo em uma postagem do grupo de cinema da faculdade?

Percebo que a foto é, na verdade, um compartilhamento de uma das alunas da faculdade, que diz:

"Gente, olha só o absurdo que encontrei na minha timeline! A gente tem que ajudar a denunciar esse perfil!!! Ele não pode expor uma pessoa desse jeito e achar que está tudo bem! O que a gente pode fazer para ajudar esse cara?! Porra, velho, eu tô me sentindo péssima só de ler isso, imagina como o cara dessa foto não está. Isso pode acabar com a vida dele, não é? Isso não é crime? Por favor, se alguém souber como ajudar, só dizer aí nos comentários! Já denunciei esse perfil de merda, se todo mundo denunciar o Facebook deleta isso rápido!!!"

Sinto meu estômago revirar quando leio o texto que está abaixo da foto de Henrique. Uma foto em que ele está sorrindo, fazendo careta com a língua para fora e um olho piscando, enquanto atrás dele o Rio de Janeiro aparece em todo o seu esplendor, em uma selfie tirada do topo do Corcovado.

 Aids MATA!!! postou uma nova foto
5h

Então você acha que conhece as pessoas, não é?????
Acha que sabe quem são e tem certeza de que, por serem pessoas agradáveis e gentis, não são IMUNDAS e APODRECIDAS por dentro? Que não são PROMÍSCUAS e praticam sexo COM O PRIMEIRO QUE VEEM PELA FRENTE?
Isso é um alerta a todos vocês que acham que conhecem as pessoas que estão ao seu redor: VOCÊS NÃO CONHECEM! A AIDS é uma doença que mata todos os dias e ela não tem cura nem cara. O seu melhor amigo, o seu vizinho, o SEU NAMORADO pode ter AIDS e você nunca vai saber. Esse rapaz na foto, por exemplo: quem diria que por trás desse sorriso inocente se esconde UMA DOENÇA IMUNDA? Eu não sabia, mas agora sei e acho que é minha obrigação dizer isso para quem quiser ouvir: ele é um AIDÉTICO!
Tomem cuidado ao encontrá-lo, porque tenho certeza de que ele passa essa DOENÇA MALDITA para todos aqueles que se relacionam com ele.
Se afastem! Se cuidem!
Deus ama todos vocês!

Capítulo 21

HENRIQUE

É o pior pesadelo da minha vida.

Assim que vi a postagem, meu celular tinha 145 mensagens, 35 ligações perdidas e dezoito mensagens de voz. Minha caixa de entrada do Facebook tinha mensagens de oitenta e três pessoas que estavam entre os meus contatos e solicitações de mensagens de duzentas e quinze pessoas que eu não conhecia.

Solicitação de desconhecido (Andrea Gomes):

É POR CAUSA DE PESSOAS COMO VOCÊ QUE ESSE MUNDO ESTÁ PERDIDO JESUS VAI VOLTAR E VAI ACABAR COM TODOS VCS IMUNDOS NOJENTOS PROMÍSCUOS SODOMITAS VIADOS. LEVÍTICO 20:12: QUANDO TAMBÉM UM HOMEM SE DEITAR COM OUTRO HOMEM, COMO COM MULHER, AMBOS FIZEREM ABOMINAÇÃO; CERTAMENTE MORRERÃO; O SEU SANGUE SERÁ SOBRE ELES. ESPERO QUE AGORA VOCÊ ENTENDA O CASTIGO DE DEUS COM ESSA DOENÇA NOJENTA E QUE MORRA RÁPIDO ANTES DE PASSAR ISSO PARA PESSOAS INOCENTES. IMUNDO!

Solicitação de desconhecido (Humberto Fraga):

Oi, Henrique, eu não te conheço e você também não me conhece, mas quero que você tenha forças para passar por esse momento. O que esse perfil fez é crime e você pode denunciá-lo. Eu trabalho como assistente social em uma ONG para soropositivos e entendo todas as questões que envolvem sigilo por conta do preconceito; eu mesmo sou soropositivo, e não converso sobre minha sorologia por questões familiares. Cada um tem o direito de falar ou não sobre sua condição. Se precisar de qualquer coisa, pode me mandar uma mensagem, ficarei feliz em te ajudar. Tenha um bom final de semana!

Solicitação de desconhecido (André da Silva):

kkkkk aidético, vai morrer pq foi trouxa, viadinho otário.

Áudio (Mãe):

Henrique? Que história é essa que está circulando na internet? Você tem Aids? Desde quando você sabe disso e por que nunca contou para mim? Eu sou sua mãe! Não acreditei quando vi, mas não me surpreendo que você tenha acabado com a sua vida a partir do momento que deu as costas para a sua família e resolveu envergonhar a todos nós. Você sabe as consequências dos seus atos? Com que cara você acha que vou sair na rua agora quando essa notícia se espalhar pelo bairro e todos souberem que você não passa de um promíscuo?

Mensagem de texto (Ian Gonçalves):

Henrique, o que aconteceu? Vi a postagem e sei que aquilo é um monte de mentira! Como é que você está? Por favor, me dá um alô quando der. Se eu puder ajudar em qualquer coisa, é só me dizer.

Mensagem de texto (Denise Machado):

Henrique, vamos ter plantão da agência hoje e, mesmo que você não esteja escalado, quero que venha aqui para que possamos conversar. Te espero às 13h. Denise.

Solicitação de desconhecido (Aids MATA!!!):

EU DISSE QUE VOCÊ IA SE ARREPENDER.

Carlos. Eu não acredito que ele teve a coragem de me expor dessa maneira. Como alguém pode ser tão egoísta? Como se não bastasse, estou imerso num vórtice nada saudável de mensagens de desconhecidos, mesmo sabendo que nenhuma delas faria diferença na minha vida. A cada mensagem positiva, sinto que o mundo talvez não seja um lugar tão ruim assim, mas como bom ser humano que sou, é nas mensagens de ódio que me concentro. Cada uma delas penetra na minha pele como um fio incandescente que se alastra por baixo da minha carne e me queima lentamente, e não há nenhuma forma de apagá-lo ou fazê-lo parar.

De uma hora para outra, todo o meu mundo está de cabeça para baixo: os compartilhamentos seguem se multiplicando como cabeças de hidra, e mais pessoas veem o meu rosto e tiram conclusões precipitadas. Alguns me chamam de "carimbador", um desses caras que passam HIV propositalmente para outras pessoas; outros dizem que me falta Deus no coração; outras que aquilo é castigo divino por ser gay, porque obviamente é isso o que aconteceria, era apenas questão de tempo. Tanto, tanto ódio gratuito por alguém com quem essas pessoas sequer trocaram uma palavra na vida. Me assusta como tanto ódio pode se acumular e explodir através da tela de um computador.

— Para com isso! — Eric arranca o celular da minha mão e bloqueia a tela assim que me vê com os olhos fixos e os dedos nervosos rolando pelas mensagens que continuam chegando. — Isso não está te fazendo bem.

— A Denise me chamou na empresa — respondo. — Ela vai me demitir.

— Ela não pode fazer isso. Se ela te demitir, vai cometer um crime.

— Ela vai me demitir — repito. — E nunca vou conseguir um emprego de novo. E não posso nem voltar para a casa dos meus pais porque, aparentemente, de acordo com a minha mãe, sou um promíscuo que a envergonha.

— As coisas vão melhorar, Henrique — Eric comenta. O velho jargão que todo gay já assumido fala para aqueles que acabaram de sair do armário, e é exatamente assim que me sinto: como se tivesse saído da merda do armário mais uma vez. — Você sabe que sempre piora antes de melhorar.

Dou um suspiro cansado, esfregando o rosto com as palmas das mãos, tentando raciocinar.

— Eu só queria que parasse de piorar de uma vez por todas.

— O que você vai fazer a respeito do Carlos? — Eric pergunta, porque aquela é uma questão inevitável. Não quero pensar naquele desgraçado agora, mas ele é o culpado de todo esse festival bizarro de ódio.

— Não sei — respondo, porque é a verdade. Nunca estive tão confuso em toda a minha vida. Sei que posso processá-lo, juntar todas as evidências e testemunhas e abrir um caso com a ajuda de uma das ONGs que me mandou mensagens — além de Humberto Fraga, outras três entraram em contato comigo, além de cinco ativistas pró-HIV que trabalham com acolhimento —, mas toda essa questão processual é o menor dos meus problemas. Uma ação na justiça pode se arrastar por anos, e Carlos pode simplesmente desaparecer de novo, porque é especialista nisso. E mesmo que eu ferre com a vida dele, nada vai apagar o que estou lendo agora, esse jorrar de julgamentos que continua se acumulando na minha caixa de entrada. Nada vai fazer com que essa minha percepção de que a sociedade está fodida seja amenizada. — Será que a gente pode não falar desse desgraçado?

Se fosse em qualquer outra situação, Eric insistiria para conversarmos sobre Carlos, mas alguma coisa na minha expressão — desespero, medo, cansaço, irritação — o faz mudar de ideia e ele apenas concorda com um aceno de cabeça.

Olho para o relógio e vejo que é quase meio-dia.

— Tenho que me arrumar e ir na agência — respondo, me levantando do sofá. Depois vou até Eric e estendo minha mão. — Preciso do meu telefone.

— Quer que eu vá com você? — pergunta.

— Não. Preciso ficar sozinho. — Estendo a mão e ele olha, duvidoso.

— Só te devolvo se você jurar que não vai mais ficar lendo esses comentários imbecis.

— Pode deixar.

Ele me devolve o telefone e o levo até o banheiro, colocando uma música do Twisted Sister para tocar enquanto tranco a porta. Ligo o chuveiro e me sento no vaso sanitário, ainda com minhas roupas, e continuo lendo os comentários.

É impossível parar.

+

A agência de publicidade onde trabalho fica no Catete, o que significa que posso ir de ônibus ou metrô. Como é sábado e o fluxo de pessoas não é tão grande quanto nos dias úteis, opto pela segunda alternativa, descendo as escadas e me refugiando no subterrâneo, os fones enfiados nos ouvidos e o rosto encarando o chão. De alguma forma bizarra, tenho medo de que aquela postagem se materialize e saia do ódio propagado pelos fios de fibra óptica da internet e se manifeste na vida real. E se alguém me reconhecer? E se alguém me abordar, me agredir, me xingar? Parece que tenho um alvo estampado nas costas, que sou um desses "procurados" de filmes faroeste com uma recompensa abaixo do nome. HENRIQUE ANDRADE: ACUSADO DE TRANSAR SEM PROTEÇÃO E CONTRAIR HIV. RECOMPENSA: 10 MIL DÓLARES

EM BARRAS DE OURO — QUE VALEM MAIS DO QUE DINHEIRO.

Quando compro meu bilhete do metrô, percebo a movimentação um pouco mais intensa do que o normal e me lembro que o Enem está acontecendo naquele fim de semana. Ignoro os pais que voltam das escolas comentando sobre o calor ou sobre o nervosismo dos filhos e me sento em um canto do vagão gélido, querendo que aquela viagem chegue logo ao fim.

Salto do metrô e subo as escadas, andando até o prédio que fica na esquina da rua do Catete com a Corrêa Dutra. Ignoro o calor modorrento e a falta de uma corrente de ar daquela tarde, assim como os camelôs vendendo suas bugigangas e homens gritando *água, refrigerante, cerveja* como se vendessem tíquetes promocionais em direção ao paraíso.

Entro no elevador do prédio e começo a suar. É inevitável convencer a mim mesmo que devo me manter calmo. Meu coração está acelerado, as palmas das mãos estão úmidas de suor e minha testa está brilhando. Meu corpo está quente, aquele elevador está abafado e tenho certeza que vou sair daquele lugar sem a mínima ideia de como farei para me sustentar depois que o auxílio-desemprego acabar.

Quando abro a porta da agência, todos olham para mim. Todos sabem, mas logo se voltam para as telas de seus computadores. Murmuram entre si e trocam olhares, e percebo que o clima de repente fica pesado. Quero chorar. Quero dar o fora dali e desaparecer para sempre. Não quero encarar Denise e ouvir o que ela tem a me dizer. Ela vai me mandar embora e não tem nada que eu possa fazer sobre isso. Vai encontrar uma desculpa, vai me pressionar para não denunciá-la, vai fazer qualquer coisa para manter a empresa dela limpa e longe de escândalos.

— Henrique... está tudo bem? — Quem fala comigo é Alessandra, a recepcionista. Tenho certeza que ela sabe. Todos já sabem, eles trabalham em uma agência de publicidade, passam o dia inteiro conectados, é claro que já viram a postagem!

— Não — respondo, seco, o que faz com que ela pareça um pouco assustada, porque geralmente sou bem-humorado, ou quando estou com pouca paciência, minimamente educado. — A Denise está na sala dela?

— Sim — responde, pegando o telefone e ligando para a sala da chefe. *Ela sabe todos sabem todos estão me olhando me encarando me julgando me evitando.* — Denise? É o Henrique.

A recepcionista faz um aceno com a cabeça, desliga o telefone e diz que posso entrar.

A agência está com apenas oito funcionários dos quinze que geralmente lotam a sala sem divisórias e repleta de computadores. Jonas está jogando uma daquelas bolas massageadoras antiestresse para cima enquanto espera o computador renderizar um vídeo; Lívia parece concentrada desenhando alguma coisa na mesa digitalizadora, olhando para a tela como se qualquer erro não pudesse ser desfeito; e ao fundo, vejo Denise por trás da porta de vidro de sua sala. Ela digita furiosamente nas teclas de seu computador, concentrada.

Enquanto passo pelas mesas em direção à sala da chefe, sinto olhares de esguelha (*eles sabem eles se retraem eles viram eles me julgam*), mas todos acenam e sorriem quando passo, como se nada tivesse acontecido.

— O que você está fazendo aqui, Henrique? — Jonas pergunta, coçando a cabeça.

Dou de ombros.

— A Denise quer conversar comigo — respondo, sem diminuir o passo, olhando na direção da minha chefe do outro lado da porta de vidro. Ela levanta o olhar e me encara, e acena para que eu entre.

Respiro fundo, sabendo que uma conversa em um sábado à tarde não pode ser boa coisa.

Ela vai me demitir.

— Henrique! — Denise é uma mulher de trinta e poucos anos, com os dois braços cobertos por tatuagens coloridas e um cabelo afro com as pontas roxas. Seus óculos de aros vermelhos contrastam com o batom cor-de-rosa, e uma foto em sua escrivaninha a mostra abraçando seu filho de 5 anos de idade. — Desculpe te mandar uma mensagem tão em cima da hora, ainda bem que você viu! Venha aqui, por favor.

Franzo a testa, dando a volta na mesa dela e querendo saber quais são as suas verdadeiras intenções. É agora que ela vai me mostrar a publicação feita na noite passada e, com uma voz pesarosa, dizer que não pode ter esse tipo de gente na sua empresa.

Quando olho para a tela do computador, não é a postagem que vejo. É a última foto que tratei para a campanha de uma marca de cosméticos.

— Está vendo isso daqui? — ela pergunta, apontando para os lábios de duas mulheres que estão lado a lado, sorrindo. — Mandei para o cliente e é claro que ele pediu um milhão de modificações, mas a principal delas foi a tonalidade dos batons, porque parece que eles vão vender umas duzentas escalas de vermelho e é claro que não descreveram nada disso no contrato da campanha. Eu até pediria para o Jonas alterar a cor dos batons, mas você é o melhor que nós temos para que tudo fique o mais natural possível. E o Jonas está atolado com os vídeos da campanha de Natal daquele cliente chato que pede tudo em cima da hora e faz alterações até o último minuto possível. — Ela respira pela primeira vez, como se só agora lembrasse que oxigênio é uma necessidade aos seus pulmões, e sorri, me olhando como se não me pagasse um bom salário para fazer aquilo. — Será que você pode consertar isso até três da tarde, por favorzinho?

Olho para o relógio e vejo que são uma e quinze. Se eu começar imediatamente, dá tempo.

— C-claro — respondo. — Mas o que você queria conversar comigo?

Será que ela não viu que minha vida foi exposta para toda a internet ver?

— Sobre isso, ué — responde, dando de ombros. — Por que você acha que eu faria você vir à agência em um sábado se não fosse para falar sobre trabalho?

Penso em desconversar. Em dar um sorriso amarelo e dizer que tudo bem, vou ali para o meu computador resolver as tonalidades desses batons de uma vez por todas, mas mudo de ideia. Se Denise ainda não viu a postagem, é questão de tempo até que veja. Se ninguém da agência viu e todos os olhares e murmúrios forem apenas impressão, é questão de tempo até que se tornem realidade e as coisas comecem a se complicar.

— Pensei que fosse falar sobre a postagem que fizeram sobre mim na internet ontem de noite — digo, colocando tudo em pratos limpos. — Eu tenho HIV, o que não é a mesma coisa de ter Aids, e também não saio por aí passando o vírus. Eu faço o tratamento, uso camisinha e estou indetectável.

Sorrio sem graça e, quando a observo, ela não faz cara de quem não tem ideia do que estou falando. Denise ajeita os óculos em seu rosto, erguendo os ombros em uma inspiração profunda.

E então percebo que ela viu a postagem. Todos na agência viram a postagem.

— A sua vida pessoal não tem nada a ver com o seu trabalho, Henrique — diz. — Enquanto você cumprir as suas obrigações e continuar sendo o ótimo funcionário que sempre foi, eu não tenho nada para dizer a você sobre isso. Mas, se você tiver algum problema dentro da empresa, por favor não deixe de me informar — salienta. — Não criei essa agência para propagar preconceitos nem para discriminar pessoas. A gente já passa por muita discriminação lá fora — ela olha brevemente para a foto com seu filho, e sei que está falando de tudo o que passou quando decidiu adotá-lo, mesmo sendo solteira. — Você está num ambiente seguro.

Sinto como se uma descarga elétrica deixasse de correr pelo meu corpo e meus músculos relaxam. Sim, todos sabem, todos viram as postagens, todos estão cientes de que sou soropositivo, mas Denise está preparada para se certificar de que nada me atinja. Não posso entrar na cabeça de cada um dos meus colegas de trabalho para saber o que pensam. Não conheço os preconceitos deles, não sei a forma como enxergam a vida ou as diferenças, mas, naquele instante, me sinto acolhido, como se as coisas ruins lá fora não pudessem me atingir aqui dentro. Meu celular continua vibrando com as notificações, com as solicitações de mensagens de desconhecidos e com as mensagens de texto, mas não penso nelas agora. Ao invés disso, puxo o aparelho do bolso, pressiono o botão de desligar e vou até a minha mesa, onde tenho que tratar uma imagem e despachá-la para o cliente em menos de duas horas.

+

Engulo um sanduíche sem gosto do McDonald's e volto para casa quase às quatro da tarde. Depois de tratar as imagens, Denise me mandou verificar mais uma dezena de pequenos trabalhos que estavam acumulados, e não neguei nenhum deles porque, enquanto estivesse mergulhado naquilo, significava que não precisava pensar no mundo real.

Mas a realidade tem essa mania de aparecer da pior forma possível, e foi exatamente isso o que aconteceu quando dobrei a esquina em direção ao meu apartamento.

Eric está virado para o muro, e percebo que aos seus pés está um balde com água e sabão, e ele esfrega o concreto com um escovão. Ele olha para trás e me vê, e sinto que sua expressão muda de determinada para triste em instantes, porque ele estava ali em uma tentativa de me proteger e fazer com que eu não visse as palavras que alguém tinha pichado no muro com tinta vermelha.

ALDÉTICO   VIADINHO

SUJO   IMUNDO

DEPRAVADO   DOENTE

Eric não está sozinho. Percebo que, ao seu lado, dois outros garotos ajudam com esfregões. Vejo os cabelos curtos e a barba espessa de Ian, acumulando suor, e o corpo esguio e a mecha azul de Victor. Eles também se viram assim que percebem que Eric parou de esfregar a parede; os três me encaram enquanto a água cheia de bolhas de sabão escorre pela parede em tons avermelhados, pingando em seus sapatos silenciosamente.

Ando até o trio com um nó na garganta. Sinto muitas coisas ao mesmo tempo: tristeza por saber que alguém foi capaz de fazer uma coisa horrível como aquela; cansaço por saber que talvez isso seja apenas o começo; tontura, porque o calor está insuportável; mas, acima de tudo, sinto um aperto bom no peito por saber que tenho pessoas que me cercam e estão dispostas a me proteger.

— Desculpa, Henrique, eu não queria que...

Antes que Eric consiga terminar de falar, pego o esfregão das mãos dele e o mergulho no balde com água e, com movimentos firmes, mas constantes, começo a esfregar uma das palavras. Victor e Ian não falam nada, apenas continuam esfregando enquanto me olham, e sorriem. E eu sorrio de volta.

— Obrigado — é tudo o que consigo dizer antes de voltar ao silêncio e continuar o trabalho que eles começaram.

Capítulo 22

IAN

Cada uma das palavras pichadas no muro de Henrique parece direcionada a mim.

Sinto um gosto ruim no fundo da garganta quando finalmente terminamos de limpar tudo. Quando vi o que haviam postado sobre Henrique, entrei imediatamente em contato com Victor. Ele me falou que Eric tinha ligado e contado que alguém havia pichado o muro do prédio em que ele e Henrique moravam, e que estava indo apagar tudo antes que Henrique pudesse ver. Sem nem pensar duas vezes, me ofereci para ir também, e Victor me deu o endereço, dizendo que estaria lá em menos de dez minutos.

Ainda há uma sombra pálida e rosada das palavras no concreto, que só irão embora se alguém comprar uma lata de tinta e passar sobre o muro. Aquelas palavras, que continuam ali mesmo depois dos esfregões repletos de sabão, são como um lembrete de que, mesmo que tentemos apagar o que não queremos ver, sempre haverá alguma coisa para nos recordar de que o medo e o preconceito ainda estão ali.

— Obrigado, gente — Henrique murmura, secando o suor da testa e jogando o esfregão dentro do balde. Seu olhar está distante, seus olhos, com as pálpebras pesadas, e seus ombros, caídos, como se de repente tivesse envelhecido dez anos em meia hora. Ele olha de esguelha para Victor, que sorri meio sem graça e permanece calado, encarando-o como se quisesse dizer alguma coisa, mas não tivesse coragem para fazê-lo. — Querem subir e beber alguma coisa?

— Não tem problema? — Victor pergunta, e percebo que suas palavras tímidas significam mais do que um simples "será que não vamos invadir o seu espaço?".

Henrique sorri.

— Não.

Subimos em direção ao apartamento e Eric coloca gelo e chá em copos, oferecendo-os para cada um de nós. Estamos em um silêncio incômodo, desses em que todos querem falar, mas não se atrevem a dizer nada. Quero perguntar como Henrique está, o que está pensando, o que vai fazer depois de tudo que está acontecendo e quem poderia ter feito aquele tipo de coisa com ele, mas as palavras ficam presas na minha garganta.

Como se lesse meus pensamentos, Henrique fala:

— Está tudo bem, gente. Obrigado por ajudarem com o muro, mas vocês devem estar cansados. Podem ir embora.

— Não está nada bem. — Quem fala é Eric, e seu tom de voz deixa claro que está à beira de explodir. — A gente precisa fazer alguma coisa, Henrique. Ele tem que pagar por isso.

— Ele? — pergunto. — Então vocês sabem quem fez isso?

Henrique senta na poltrona e dá um gole no seu copo de chá, exausto.

— Foi o meu ex.

Então conta, em breves detalhes, toda a conversa que teve com Carlos e a ameaça que ele fez antes de sair do apartamento.

Victor o encara com uma expressão de raiva incontrolável no rosto.

— Aquele filho da puta — fala assim que Henrique termina.

— Por que ele fez isso?

— Porque eu não o quis de volta. E ele deve achar que assim ninguém mais vai me querer.

— Você sabe que isso não é verdade, Henrique — Victor fala assim que percebe o tom de voz pesaroso do outro.

— Eu só estou tão... cansado de tudo isso. — Henrique vira para Victor e o encara, e sinto que talvez aquele não seja o melhor momento para que eu ou Eric estejamos ali, naquela sala, vendo os dois olhando um para o outro.

Quero me levantar e ir embora, mas permaneço imóvel, sem saber o que fazer. Os olhos de Henrique estão novamente vermelhos, mas não há lágrimas ali. Há apenas um cansaço que parece acompanhá-lo há anos, e que, finalmente, se manifesta. Ele abaixa a cabeça e dá um suspiro.

— Você quer ficar sozinho? — Victor pergunta.

— Não — responde Henrique imediatamente, tentando esboçar qualquer coisa parecida com um sorriso.

Victor se levanta e vai até a poltrona onde Henrique está sentado. Com um movimento de mãos, faz com que Henrique descanse a cabeça em um de seus ombros, afagando os cabelos ruivos dele com as pontas dos dedos.

Henrique não chora, mas fecha os olhos e se deixa ser acariciado. Enquanto estão em silêncio, pego o meu telefone e checo o Facebook.

— Apagaram a postagem — comento, vendo que o conteúdo dos compartilhamentos feitos ao longo do dia já não está mais disponível. — E o perfil que fez a publicação também não existe mais.

— Isso não quer dizer nada — comenta Eric. — A gente ainda pode conseguir processar esse babaca e fazê-lo pagar pelo que fez.

— A gente não vai fazer nada. — Ouço a voz de Henrique e o som não passa de um murmúrio. Ele ainda está de olhos fechados, aninhado cada vez mais sobre o corpo de Victor, a expressão um pouco mais relaxada. — Deixa isso para lá.

— Deixar para lá? Meu querido, eu sou de Escorpião com ascendente em Áries. Eu nunca vou deixar um negócio desses para lá! — Eric rebate, levantando da outra poltrona e recolhendo os copos com resquícios de chá.

— E você acha que um processo vai dar em alguma coisa? — Henrique parece incrédulo. — Tudo o que vai acontecer é um desgaste emocional ainda maior, e ele provavelmente vai sumir do mapa de novo. Ele é especialista nisso.

— Tudo bem, você não quer processar esse babaca, isso é um direito seu. Mas o meu direito é acabar com a raça dele, e é isso o que vou fazer.

É impossível não esboçar um sorriso com o jeito exagerado de Eric, que consegue falar com empolgação e bom humor até mesmo em situações de merda como essa. Acho que ele sabe o poder que tem, porque o clima se torna imediatamente mais leve. Eric começa a andar pela casa recolhendo a própria bagunça e o sigo com o olhar enquanto Henrique permanece de olhos fechados, descansando daquele dia intenso.

— É o seguinte — Eric diz, dando um tapa na perna de Henrique e fazendo-o abrir os olhos. — Você sabe onde esse menino mora, não sabe?

— Se ele voltou para a casa dos pais, é claro que sei — Henrique responde. — Por quê?

Eric senta no chão com as pernas cruzadas e começa a contar o que quer fazer. Suas palavras são sucintas e diretas, mas já consigo imaginar que aquilo pode ser incrível. Ou terrivelmente estúpido.

— Não — Henrique fala. — Não, não, não, não, Eric, nada disso. Você não vai envolver suas amigas nos meus problemas. Não quero mais ter que lidar com isso.

— Mas é uma ótima ideia! — interfiro, apoiando Eric.

Sei que não deveria me meter, mas não posso evitar de pensar no que eu faria se aquilo acontecesse comigo. Eu não ia suportar que uma pessoa como o Carlos saísse impune.

— A gente não pode deixar os babacas do mundo se saírem como se as coisas que fazem não tivessem consequências, Henrique. E as meninas ficariam felizes em ajudar, você sabe disso — Eric rebate. Quando percebe que Henrique continua fazendo movimentos de negativa com a cabeça, acrescenta: — Essa não é uma discussão, meu querido. Vocês — ele aponta para nós três — têm duas opções: ou podem me ajudar ou continuam em casa. De qualquer forma, isso vai ser feito. Eu só preciso do endereço dele.

— E se eu me recusar? — Henrique pergunta.

— Você vai realmente recusar alguma coisa para uma escorpiana com ascendente em Áries, meu amor?

Aquela é uma ameaça concreta. Henrique dá uma risada curta, o que é um ótimo sinal.

— É claro que não. Quando vamos fazer isso?

Passamos a próxima meia hora discutindo os pormenores do plano de Eric, que ele batiza de Operação Arco-Íris, e Henrique parece cada vez menos triste e mais empolgado. Resolvemos fazer tudo aquilo naquela noite.

— A vingança é um prato que se come quente! — Eric comenta, animado, e começa a ligar para todas as suas amigas drags, fazendo com que cancelem seus planos de festas para se montarem no apartamento dele dali a três horas.

Quero muito continuar com eles, mas olho para o relógio e vejo que são quase seis da tarde, e preciso buscar Vanessa na escola em que está fazendo o Enem. Digo que só vou levá-la até em casa e volto o mais rápido possível, porque nunca iria perder os acontecimentos daquela noite.

Victor, Eric e Henrique continuam acertando os últimos detalhes da Operação Arco-Íris quando me preparo para ir embora. Percebo que ainda há alguma coisa mal resolvida entre Victor e Henrique, e Eric, que talvez seja a pessoa com maior sensibilidade dentro daquele apartamento, também nota e pede para que eu espere um pouco enquanto troca de roupa. Quando Henrique olha para o amigo com uma expressão intrigada, Eric responde que precisa comprar todos os ingredientes necessários para, nas palavras dele, "fazer o arco-íris", e dispensa a ajuda de Victor e Henrique, dizendo que os dois podem ficar em casa e esperar. Acrescenta que Victor não deve se mover e ir embora, porque quanto mais ajuda, melhor, e ainda o obriga a ligar para a melhor amiga dele para ajudá-los imediatamente.

Quando eu e Eric desaparecemos pela porta do apartamento, percebo o sorriso conspiratório no rosto do amigo de Henrique.

— Você acha que eles vão se acertar? — pergunto enquanto descemos as escadas e nos preparamos para nos despedir.

— Tenho certeza que sim — responde, me dando um abraço de despedida na porta de saída do prédio. — Se você não voltar aqui até às oito da noite, juro que faço com você o mesmo que vou fazer com Carlos.

— Meu querido, você precisa de um virginiano para organizar todo esse caos que está prestes a criar — respondo com um sorriso enquanto Eric ergue uma sobrancelha. — O quê? Você acha que é o único que entende de astrologia?

— É por isso que adoro virginianos. Até mais tarde!

+

Quando chego para pegar Vanessa na escola, ela já me espera do lado de fora, sentada em uma mureta ao lado de outros alunos que conversam ou esperam para ir embora. Está com uma expressão cansada, balançando os pés suspensos, as mãos apoiadas dos lados do corpo enquanto ouve algo — provavelmente música clássica — nos fones de ouvido.

Aceno assim que apareço no campo de visão dela e ela me dá um sorriso amarelo, tirando os fones do ouvido e pulando para me dar um abraço apertado que me pega de surpresa, mas o recebo sem nenhuma reclamação.

— E aí, tudo bem? — pergunto. — Como foi a prova?

— Sei lá — responde com aquele tom adolescente que parece querer fazer pouco-caso de uma situação importante. — Só quero descansar para a prova de amanhã.

— Já comeu alguma coisa?

Ela faz que não com a cabeça.

— Vamos comer, então.

Vamos até uma lanchonete repleta de gente e peço dois sanduíches. Vejo que Vanessa está com a minha mochila, já que a sua rasgou da última vez em que ela tentou enfiar todos os livros enormes de biologia e mais sei lá o quê. Ela tem um papel dobrado nas mãos, que passa da esquerda para a direita, e percebo que sua expressão está apreensiva. A princípio, penso que aquele papel é o gabarito com as respostas da prova do dia do Enem, mas quando ela o estende para mim, ergo a sobrancelha.

— Eu encontrei isso na sua mochila, Ian. Desculpa, não queria ter visto. — Ela fala rápido demais, sem olhar para mim, encarando os próprios pés. Vejo que sua perna ainda sobe e desce, apreensiva.

Quando desdobro o papel, que já tem as pontas carcomidas e amassadas, sinto o Universo girar, fora de controle.

É o resultado do meu teste rápido de HIV.

Volto a dobrar o papel e ponho no bolso. Vanessa está à beira das lágrimas.

— Desculpa — ela murmura, ainda sem saber o que fazer, o que dizer, como agir. — Eu não devia ter aberto isso e me metido na sua vida.

Ela não está indignada por eu não ter contado nada para ela, nem me olha de forma diferente. A preocupação dela é *ter invadido a minha vida.*

Estendo a mão sobre a mesa e aperto a dela. A princípio, ela tenta retraí-la, mas a seguro com força.

— Olha para mim, Vanessa — digo, e ela levanta os olhos. Não me preocupa a quantidade de gente naquela lanchonete, os burburinhos de pessoas passando ou os atendentes gritando os números dos pedidos dos sanduíches. Só o que me importa agora é a minha irmã mais nova e o que ela pode estar pensando sobre esse resultado. — Está tudo bem.

Ela morde o lábio inferior, mas estendo a outra mão e agora seguro as duas dela, confirmando exatamente o que acabei de dizer.

Está tudo bem.

Está tudo bem.

Está tudo bem.

— Está tudo bem. De verdade — repito, apertando as mãos dela com mais força e tentando fazer com que fique confortável.

— O papai e a mamãe sabem?

— Não. Não sei se quero que saibam — digo, e ela acena com a cabeça afirmativamente.

— Você contou para alguém?

— Para o Gabriel. E para mais dois amigos que você não conhece.

— E o que eles disseram?

— Que eu seria idiota se pensasse por um segundo que alguma coisa iria mudar entre nós por causa disso. — Solto as mãos dela quando ouço o atendente gritar o número do nosso pedido. Vou até a bancada e pego a bandeja com nossos sanduíches. — Está brava comigo?

— Eu? Por quê?

— Porque não falei nada com você.

— Fico feliz em saber, porque agora posso dizer que você pode contar comigo para o que precisar — responde com naturalidade, pegando uma batata frita e mastigando-a. — E não, não estou brava com você.

Desvio os olhos dos dela por alguns segundos antes de responder.

— Obrigado.

— Você não precisa me agradecer, Ian. — Ela limpa as mãos gordurosas da batata frita e pega as minhas, que estão entrelaçadas sobre a mesa. — Só quero dizer que você pode contar comigo para o que precisar, viu?

Sorrio.

— Caramba — murmuro.

— O quê?

— Aqueles dois criaram uma garota realmente sensacional — digo, sorrindo. — Você vai ser a melhor médica que esse país já viu.

— Se eu passar.

— Você vai passar — respondo, convicto. Não é que eu queira enchê-la de falsas esperanças ou dizer que aquilo é uma forma de compensá-la pela maneira com a qual lida com essa nova informação, mas apenas porque sinto no fundo do meu coração que aquela é a verdade inevitável.

— Ian? — Levanto os olhos quando ouço alguém me chamar.

É o garoto com o qual esbarrei no shopping e que me deu seu número de telefone. Os olhos amendoados dele parecem exaustos, mas ele alarga um sorriso quando me reconhece, apertando-os até que se tornem duas linhas finas em seu rosto. Seus dentes são um pouco amarelados e tortos, mas tão, tão bonitos. Qual é mesmo o nome dele?

— Gustavo! — digo, lembrando o nome repentinamente. Minhas mãos estão brilhantes de gordura do hambúrguer, então estendo meu antebraço para que ele aperte. — Você fez prova aqui também?

— Ei, você estava na minha sala, não é?! — Vanessa pergunta, olhando para ele.

— Na duzentos e treze? Peraí, você é a garota pra quem eu emprestei minha caneta extra, não foi?

— O quê? — pergunto, arregalando os olhos. — Você não tinha canetas extras, Vanessa?

— Na verdade, eu... meio que esqueci o meu estojo em casa, tendo que trocar de mochila e tudo o mais, então eu não tinha caneta nenhuma — responde, sem saber onde enfiar a cara. Depois olha para Gustavo e, com os olhos semicerrados, complementa: — E o Ian não precisava saber disso!

— Meu Deus, desculpe! Ele é o seu namorado?

— Eca! — Vanessa responde, e Gustavo dá uma gargalhada, porque é óbvio que sabe que não somos namorados. — Ele é meu irmão, seu pervertido!

— Ele está te sacaneando, Vanessa — respondo, reprimindo uma risada. Quando foi que a minha vida tinha se tornado essa montanha-russa de conversas sérias seguidas de risadas e pessoas aleatórias, uma depois da outra? — A gente se conheceu há dois dias.

— E ele não me mandou nenhuma mensagem, acredita? — ele pergunta para Vanessa, cruzando os braços. — Fiquei seriamente ofendido.

— Eu estava... ocupado — respondo, e Vanessa ri daquela situação, finalmente entendendo o que está acontecendo.

— Aposto que diz isso para todos — Gustavo diz, soando dramático e divertido ao mesmo tempo.

— Ocupado com Netflix, amigo — Vanessa responde, dando outra mordida em seu hambúrguer.

Dessa vez Gustavo não consegue segurar o riso.

— Ok, é uma batalha que não consigo ganhar. — Ele dá de ombros. — Bom, tenho que ir para casa porque estou faminto, com sono e essa fila não para de aumentar. Foi um prazer te ver de novo, Ian.

— Vou te mandar uma mensagem! — digo quando ele começa a se afastar.

— Só ouço promessas! — responde, e se afasta.

— Uau, o que foi isso? — Vanessa pergunta quando Gustavo desaparece. — Por que você não me disse nada sobre ele?

— Porque não faço a mínima ideia do que acabou de acontecer — respondo, surpreso.

Capítulo 23

VICTOR

Quando Eric e Ian saem do apartamento, a sala é inundada ainda mais pelo silêncio.

Minha mão permanece mergulhada nos cabelos de Henrique, e ele ainda mantém os olhos fechados, se deixando acariciar. Sinto meu coração martelando no peito e tenho certeza que ele consegue escutá-lo por baixo da minha blusa. O calor que emana do corpo dele faz com que o suor escorra pela minha testa, mas não me atrevo a secá-la, e sinto duas gotas escorrerem pelos lados da minha cabeça até atravessarem toda a extensão do meu rosto e pingarem no meu ombro.

O silêncio entre nós é pacífico. É como estar em uma daquelas situações em que dizer qualquer coisa pode estragar um momento mágico, mas ainda assim sinto que devo falar alguma coisa. Devo ser eu a pessoa a fazer com que esse tal anjo que atravessa a sala vá embora voando pela janela. Minha mãe é quem sempre me disse isso: sempre que o silêncio toma conta de um ambiente, a culpa é de um anjo que passa por nós e toma todas as atenções para si.

— Eu tenho que pedir desculpas — murmuro baixinho, tirando a mão dos cabelos de Henrique e secando o suor da minha testa.

Respiro fundo, sentindo o coração fora de ritmo, e ele abre os olhos.

E é isso. Os sons da realidade finalmente se enfiam nesse momento bom entre nós, e as palavras destroem a paz criada pelo anjo que voa pela janela, espantado pelos ruídos produzidos pela minha boca.

Henrique se arrasta e se vira de frente para mim, apoiando as costas nas almofadas jogadas perto do braço esquerdo do sofá. Eu me viro e o encaro, e nós ficamos nos observando como se fôssemos dois seres humanos que acabam de descobrir que não estão sozinhos no mundo, extasiados pela existência um do outro.

— Não sei muito bem como fazer com que você acredite em mim, Henrique, mas essa é a verdade: eu sinto muito. Sinto muito por tudo o que disse e pelas palavras que usei, porque elas foram cruéis e não eram verdadeiras. — Percebo que meus olhos se enchem de lágrimas, minhas narinas dilatam e as palmas das minhas mãos suam ainda mais. — Meu Deus, eu gosto tanto de você, e queria tanto que o que existe entre a gente pudesse dar certo! E sei que coloquei tudo a perder quando disse aquelas coisas, mas agora percebo como elas foram injustas. Não consigo pensar no que você deve estar passando com tudo isso, mas quero que saiba que estou aqui para o que você precisar. Mesmo que a gente não dê certo e nada mais aconteça entre nós dois, eu preciso que você saiba que não quero desaparecer da sua vida, que quero poder te ajudar sempre que puder, porque você é bom demais para encarar esse mundo imbecil sozinho.

Desvio o olhar e encaro o chão, porque não sei mais o que falar e já estou começando a soar repetitivo, a gaguejar e a sentir minha cabeça girando.

Então sinto as pontas frias dos dedos dele no meu queixo quando ele faz com que eu erga o rosto e o olhe nos olhos.

— Eu também tenho que me desculpar por ter sido tão cabeça-dura — diz, e meu corpo parece relaxar imediatamente. Seco as lágrimas que caem dos meus olhos e sorrio, em um misto de alívio e alegria. — Eu também disse coisas cruéis e me fechei dentro da minha concha de autopreservação, porque é assim que lido com a vida. Talvez eu tenha essa ideia de que as coisas devam sempre estar sob o meu controle, mas não é assim que funciona. Somos resultado de uma série de sentimentos diferentes nesse mundo cheio de preconceitos e gente má, e sei que fui imbecil quando achei que você ia ser mais uma decepção, porque talvez eu já estivesse querendo me decepcionar e só precisava de uma desculpa para dizer que eu era muito melhor do que todas as outras pessoas desse mundo. Mas você me fez enxergar que também existe beleza no meio de todo esse caos, Victor, e por isso serei eternamente grato.

Seus olhos passeiam por todo o meu rosto, encarando minha mecha de cabelo azul,

e as minhas sobrancelhas,

e as marcas das minhas espinhas,

e os fios de barba que rareiam pelas minhas bochechas,

e os meus olhos,

e o meu nariz,

e os meus lábios.

Sorrio e ele sorri, e vejo que o rosto dele se aproxima do meu, e sinto o calor do corpo dele cada vez mais intenso, como uma estrela que acaba de explodir e passa a ter o seu lugar de direito no Universo.

Quando nossos lábios se encostam, não é um beijo feroz, mas sim o tipo de beijo que parece selar um acordo. Ainda assim, meu coração está fora de ritmo, meu corpo está eletrificado e os cabelos da minha nuca estão arrepiados.

Ele afasta a cabeça depois de alguns segundos e me abraça, e dessa vez sou eu quem enterro meu rosto no ombro dele. Agora sou eu quem está sendo protegido por ele.

— Você é muito importante para mim — murmuro com a boca ainda sufocada pelo tecido da camisa dele. — Obrigado por existir na minha vida.

— Você é a pessoa mais fascinante que já conheci — responde, me soltando do abraço e sorrindo. — Obrigado por existir na minha vida.

Agora é ele quem sorri e sou eu quem avança em direção a sua boca. E dessa vez o beijo é feroz, é uma necessidade física, como se os lábios dele fossem responsáveis por me fazer respirar.

Ele deita o corpo sobre o sofá e, quando percebo, estou em cima dele, beijando-o com uma necessidade carnal, um beijo longo, cinematográfico, que quer sugar dele todas as coisas boas que tem para oferecer, que quer retribuir com tudo aquilo que pode doar. Nós nos conectamos com os lábios, com os dedos entrelaçados, com o calor dos nossos corpos e com a respiração ritmada no mesmo tom, que entrecorta o silêncio de mil anjos que passam por aquela sala, testemunhas do nosso ato de amor.

— Você tem camisinha? — sussurro no ouvido dele, e Henrique se arrasta pelo sofá, estendendo a mão e abrindo a gaveta da cômoda.

Ele pega três camisinhas e sorri.

E o resto é sinfonia.

+

Sandra chega antes de Eric ou Ian, e não sabe muito bem como reagir quando nos vê sozinhos no apartamento, os cabelos molhados com o banho recém-tomado, minhas bochechas brancas rosadas por conta do calor. Eu a chamei assim que decidimos que Carlos não poderia se safar dessa sem consequências.

— Vocês se acertaram? — pergunta, olhando de mim para Henrique. — Vocês se acertaram!

Então ela nos abraça e Henrique fica um pouco sem jeito, mas não há nada que possa fazer a esse respeito. Ela nos enche de beijos e só depois parece perceber que está ali por alguma razão, e então olha para Henrique:

— Meu Deus, como sou insensível! Está tudo bem com você, Henrique?

— Agora está — responde, sorrindo.

— Foi meio por isso que a gente te chamou aqui — complemento, e Sandra ergue uma sobrancelha. — Quanto mais ajuda, melhor.

Então conto em linhas gerais o que pretendemos fazer mais tarde.

— Vocês são gênios do mal. Adorei — comenta Sandra.

— A culpa é toda do Eric. Ele teve a ideia — acrescento.

— A gente vai mesmo fazer isso? — Henrique ainda parece inseguro com a coisa toda, e apesar de entender, eu não deixo que ele desista.

— Hoje à noite — respondo, e, como se o destino confirmasse a pergunta de Sandra, a porta do apartamento se escancara e Eric e mais três garotos carregados de roupas, maquiagens e uma série de ofensas saudáveis entram no apartamento como um furacão.

Todos nos abraçam e beijam, oferecendo solidariedade a Henrique, perguntando se está tudo bem com ele, como está lidando com toda essa situação e se precisa de alguma coisa. Por tudo o que Henrique me contou, nenhum dos amigos de Eric sabia sobre o HIV, mas ninguém parece tratá-lo de forma diferente ou se importar com aquilo.

Logo, a mesa está repleta de roupas e o som de todos conversando uns com outros e se transformando em suas personas femininas toma conta da sala. Sandra observa estupefata quando os garotos passam cola nas sobrancelhas e fazem maquiagens com a destreza de profissionais, e se arrisca a pedir que algum deles a maquie para a noite de hoje. Todos começam a brigar para decidir quem vai maquiá-la, e Sandra se sente a pessoa mais importante daquela casa.

Ian chega um pouco mais tarde, já com uma roupa velha, uma mochila com uma segunda muda de roupas e um cheiro maravilhoso de perfume importado. Ele arranca olhares das meninas por conta de seus braços expostos em uma camisa sem mangas e suas coxas apertadas dentro de uma bermuda jeans que parece não ser usada há alguns anos. Ele sorri com os comentários, mas não dá muita atenção, se concentrando nos detalhes do que iremos fazer em breve.

— Você sabe que a polícia pode chegar a qualquer momento, não é? — Ian pergunta agachado ao lado de Eric, ajudando-o com os balões, tomando cuidado para que eles não estourem e não sujem toda a sala com o conteúdo que os está enchendo. Delicadamente, Eric e Ian separam os balões dentro de sacolas e, quando terminam, Eric arranja uma toalha para que Ian se lave da sujeira em suas mãos e para que possa se trocar para usar algo mais apresentável do que aquela roupa surrada.

— É só a gente correr — Eric responde depois de lavar as mãos, se sentando em uma cadeira livre em frente ao espelho e começando um processo complexo de maquiagem em um ritmo frenético.

— Com esses saltos? — Sandra olha para os sapatos das meninas, que estão espalhados pelo chão, e não há nenhum com menos de dez centímetros. Nicolle Lopez pega o queixo de Sandra e o ergue, mandando que feche os olhos para continuar fazendo o delineado à la Amy Winehouse.

— A gente treina todo final de semana correndo dos malucos da Lapa, meu amor — Mad Madonna responde, subindo o zíper de uma bota vermelha que chega até a metade de sua coxa, no melhor estilo *Kinky Boots*, e ajeita sua peruca loira para que se torne o mais real possível. — Não pense que alguém pega a gente tão fácil assim.

Sandra pensa em contra-argumentar, mas quando vê Mad Madonna se levantar com tanta facilidade, tem certeza de que ela sabe do que está falando.

— Prontinho! — Nicolle diz, dando um tapinha no ombro de Sandra, que abre os olhos e se encara no espelho.

Ela está com os olhos maiores por conta do lápis de olho e suas pálpebras estão cobertas por uma sombra verde que dá a ela um ar de Hera Venenosa. Sandra encara o próprio reflexo, estupefata.

— Você é boa mesmo nisso! — Sandra puxa o celular e começa a tirar dezenas de selfies. — Alguma dessas com certeza vai ser minha nova foto de perfil!

Eric, agora transformado em Bibi Montenegro — com um maiô violeta, uma peruca afro com as pontas loiras e uma maquiagem que destaca sua pele negra — bate palmas e chama atenção de todos.

— Meninas! Todas prontas?

— Calma, Bibi! — Kara Parker, que está terminando de colar seus cílios postiços azuis, grita em frente ao espelho.

— Vamos logo com isso, cacete! — Bibi responde. Depois olha ao redor, sorri e começa a falar: — Em primeiro lugar, muito obrigada a todas que se dispuseram a vir aqui e cancelar seus compromissos tão em cima da hora para dar uma força ao nosso amigo Henrique. Esse cara é o meu irmãozinho, talvez a pessoa mais importante que eu tenho na vida, e ver o que aconteceu com ele e ficar com o sangue fervendo só me fizeram ter uma certeza ainda maior de que eu o amo desde o dia em que a gente começou essa nossa amizade louca.

Vejo os olhos de Henrique brilhando com aquela declaração repentina.

— Vocês sabem o que isso pede, não é? — Henrique se levanta de repente do sofá e corre até a cozinha. Em menos de um minuto, volta com uma sequência de copos de plástico em uma mão e um garrafão de vinho de cinco litros pela metade.

— Vocês dois têm uma tradição bizarra de brindar momentos importantes com bebidas péssimas — Kara Parker murmura, pegando um dos copos da mão de Henrique. — Vira logo isso, antes que eu me arrependa!

Henrique distribui o vinho vagabundo para todos e Bibi ergue seu copo:

— Um brinde ao Henrique!

— Ao Henrique! — todas respondem em coro, virando o vinho garganta abaixo.

É oficial: agora estamos todos prontos para ir até a casa do ex-namorado do meu namorado.

Capítulo 24

HENRIQUE

Ligamos para a cooperativa de táxis que sempre nos leva para as boates e eles ficam assustados quando pedimos três carros. A atendente pergunta se ouviu direito e, quando respondo que sim, ela só não desliga na minha cara pensando que é um trote porque já sou um cliente regular.

Os veículos chegam em menos de dez minutos, estacionando em fileira na frente do nosso prédio. Já estamos esperando lá embaixo, chamando a atenção de todos os que passam: quatro drag queens com roupas das cores do arco-íris, mais três garotos e uma garota carregados com sacolas cheias de balões pesados amarrados firmemente para não estourarem antes do tempo, além de uma caixa de som grande o suficiente para ocupar o lugar de um passageiro.

Os táxis seguem em comboio até Copacabana, em uma rua tranquila e silenciosa que ainda tem casas que não foram substituídas por prédios subindo até onde a vista não pode mais alcançar. Árvores ornamentam os dois lados da rua e os postes iluminam bem o ambiente. *Ótimo. Quanto mais gente puder nos ver, melhor.*

São quase onze da noite e há pouca movimentação por ali, mas algumas pessoas ainda olham curiosas quando os táxis param naquela rua tranquila e todas aquelas pessoas multicoloridas saltam deles. Pedimos para os motoristas irem embora porque não queremos que eles acabem se dando mal caso alguma coisa dê errado, mas os três, depois de ouvir o que estamos prestes a fazer e o porquê, se recusam a ir embora e dizem que nos esperarão na rua paralela àquela, e que, caso alguma coisa aconteça, é só corrermos que eles vão embora com a gente e depois se acertam com a cooperativa. Todos eles já nos levaram e trouxeram de muitas boates ao longo dos anos, e sabem que não estamos fazendo aquilo em sinal de vandalismo, mas sim de protesto.

Enquanto as pessoas passam e estiram os pescoços para nos olhar, nos organizamos.

— Onde é a casa dele? — Bibi pergunta, olhando ao redor.

Aponto para a esquerda da rua e todos nós atravessamos, encarando o muro imaculado da casa de Carlos, que possui uma cerca eletrificada acima do concreto e nenhuma marca de pichação ou mesmo um rabisco com uma caneta permanente feito por uma criança que saiu da escola. Sandra agacha e começa a desamarrar as sacolas e, como se estivesse manuseando granadas desarmadas, passa os balões cheios de tinta para cada uma das meninas.

— Quem vai ser a primeira? — Sandra pergunta.

Bibi se posiciona e dá um sinal para Victor, que dá o play na caixa de som que possui bateria o bastante para tocar por, ao menos, uma hora, fazendo estrondar os primeiros acordes da guitarra raivosa de "O tempo não para", de Cazuza.

E, quando as luzes das casas ao redor começam a se acender e as cabeças curiosas aparecem nas janelas, Bibi arremessa seu balão sobre o muro da casa de Carlos, que explode em um verde intenso, espalhando-se por todo o concreto.

Todas batem palmas e gritam, chamando ainda mais atenção.

Enquanto Cazuza canta que dispara pelo sol, é forte e é por acaso, Mad Madonna arremessa um balão que explode na cor violeta; quando canta que está cansado de correr na direção contrária, sem pódio de chegada ou beijo de namorada, Kara Parker arremessa um balão que explode na cor laranja; quando canta que ainda estão rolando os dados, porque o tempo não para, Nicolle Lopez arremessa um balão que explode na cor amarela; quando canta que dias sim dias não, ele vai sobrevivendo sem um arranhão, é Ian quem pega um balão e o arremessa, explodindo na cor azul; quando a piscina está cheia de ratos e as ideias não correspondem aos fatos, Victor pega o penúltimo balão e o arremessa, explodindo na cor índigo; e quando, por fim, Cazuza canta que vê o futuro repetir o passado e que vê um museu de grandes novidades, arremesso o último balão, que explode na cor vermelha.

O tempo não para e todos estão gritando pelas janelas, perguntando o que está acontecendo, mandando que paremos de fazer aquilo e que abaixemos o som. Vemos a casa do outro lado do muro acender suas luzes.

— Quer fazer as honras antes que a gente tenha que correr? — Bibi Montenegro pergunta, me estendendo um spray de tinta preta. Pego o spray e o chacoalho, sentindo a tinta se misturar dentro do recipiente.

Nunca apertei um spray de tinta antes, mas é fácil. A tinta preta do jato não se mistura com as tintas que colorem o muro em uma explosão de cores iluminadas pelos postes da rua.

Escrevo as palavras e corremos para tirar uma foto. Peço que Sandra, Victor e Ian não apareçam, porque essa foto será usada na internet e não sei como isso pode afetar a vida deles e, mesmo a contragosto, os três aceitam, e Victor usa todo o seu conhecimento em cinema para nos enquadrar na imagem. Graças ao flash e à câmera que Eric conseguiu emprestados com um dos fotógrafos que cobre as festas da noite carioca, só precisamos de um clique para ter uma fotografia perfeita, que enquadra as quatro drags com cores do arco-íris e eu, com uma camisa branca pintada com o símbolo de luta ao combate a Aids, sorrindo ao lado das frases pichadas acima das tintas:

HIV NÃO MATA.
PRECONCEITO SIM.

+

Henrique Almeida postou uma foto
2h

Então, como vocês podem ver na foto acima, isso aconteceu: eu e algumas amigas decidimos colocar a mão na tinta colorida e resolver um pequeno problema que aconteceu comigo nessa semana. Deixem eu me explicar: talvez vocês tenham visto, talvez não, mas o dono desse muro expôs a minha condição de sorologia positiva na internet sem a minha autorização, o que não só configura crime, como também demonstra o tipo de caráter de quem acha que tem o poder de fazer você "se arrepender" por não atender aos desejos dele. A postagem dele viralizou e recebi milhares de comentários, tanto positivos quanto negativos, de pessoas bem-intencionadas e também das que acham que podem apontar o dedo e julgar os outros sem nem, ao menos, conhecê-los. E a materialização disso foi a pichação do muro da minha casa, com palavras que não são exatamente positivas ou tão coloridas quanto as minhas.

Resolvi retribuir na mesma moeda, e o resultado é essa explosão de cores que todos vocês podem ver.

O que preciso dizer ao dono do muro dessa foto é isso: "estou bem, Carlos". De verdade. Não me arrependi de absolutamente nada, nem de ter falado que não queria mais nada com você desde o dia em que resolveu desaparecer quando descobrimos juntos que eu era soropositivo. Como você já percebeu, todas as nossas ações têm consequências, e quem dera todas pudessem ser tão bonitas quanto a união representada nessa foto ou tão coloridas como as pessoas que me acolhem diariamente e me amam independente de qualquer coisa. A consequência dos seus atos, para mim, foi perceber que tem uma rede de gente que me ama como sou, que não me julga pelas coisas que já passaram e que me ensina, a cada dia que passa, a descobrir como a vida pode ser linda e repleta de cores.

Espero que essas cores te ajudem a entender como os seres humanos são diferentes; como nem todos são cruéis ou estão dispostos a tentar fazer com que você se sinta mal por ser quem você é. Já houve o tempo em que me senti mal, em que tentei culpar os outros e que me questionava, diariamente, sobre o que tinha levado a minha vida a tomar o rumo que tomou. Mas aprendi, Carlos — com o passar dos dias, dos meses e dos anos —, que a minha vida é importante demais para ser desperdiçada com sentimentos negativos, com ideias

que só me colocam para baixo ao invés de me elevarem, com pensamentos que só me atrapalham e não me ajudam. Então decidi, ainda bem lá atrás, depois que você sumiu da minha vida, que não valia a pena sofrer pelas coisas inevitáveis; que, ao invés disso, eu tinha que me focar em ser a melhor versão de mim mesmo. E hoje entendo que você foi fundamental nesse processo.
Por isso, muito obrigado.

 2,2 mil curtidas

 3.658 comentários

1,2 mil compartilhamentos

EPÍLOGO

I A N

(Seis meses depois)

O casamento de Gabriel e Daniela está lindo. A cerimônia foi feita por uma juíza de um metro e meio que tinha uma voz imponente, o que fez todo mundo ficar hipnotizado. É idiota, mas fiquei nervoso por ter sido escolhido para ser padrinho de Gabriel, mas agora o suor que escorre pela minha testa é por conta do vai e vem no salão de festas, onde todos comem e bebem. Estou enfiado em um terno e meus pais parecem duas crianças, tirando fotos com o celular como se o casamento fosse meu. Passo a bandeja com a gravata entre os convidados e angario fundos para a lua de mel, cortando pedaços do tecido e distribuindo-os para todos os contribuintes, virando canecas e mais canecas de chope. Ao fundo, o DJ anima a pista de dança e todas as mulheres já estão com seus chinelos de dedo ou descalças, deixando para trás os saltos e a compostura que tinham durante a recepção no cartório.

Nunca me senti tão feliz por duas pessoas como agora. Gabriel está radiante, e tenho certeza que tomou a melhor decisão impulsiva do mundo quando pediu Daniela em casamento. Ele já tirou o terno, e está só com a camisa social, com as mangas arregaçadas e os botões abertos na metade do tórax, completamente bêbado, dançando ao lado da mulher.

Vanessa também está radiante desde que recebeu a notícia de que passou para medicina. A única coisa que a deixa triste é o fato de que precisa se mudar de cidade, o que faz com que ela acorde todas as madrugadas pulando da cama e anotando em seu caderno algum item que não pode ser esquecido quando fizer as malas. Mamãe e papai estão ao mesmo tempo orgulhosos e com o coração apertado, mas vou permanecer em casa por mais alguns anos e me certificarei de que a transição do ninho vazio não será tão dolorosa para eles.

Desde que Henrique fez a postagem na internet, sua história tomou proporções inimagináveis. Primeiro parou em jornais online locais, e a partir daí foi como uma pedra que cai em águas calmas e cria ondas que se propagam ao longo de um raio muito maior do que o esperado: jornais impressos de mídia tradicional — tanto nacionais, quanto internacionais —, programas de TV, ONGs, escolas, empresas, professores, youtubers, diretores de seriados e de filmes, ativistas LGBT e da questão do HIV: todos pareciam querer um pedaço de Henrique e das suas amigas drag queens, que ficaram conhecidas como As Quatro Fabulosas — elas inclusive fizeram uma série de dez shows pelas boates do Rio de Janeiro antes de, como qualquer grupo pop feminino, começarem a brigar e decidirem se separar. Henrique fez a máxima de Andy Warhol verdadeira e conseguiu seus quinze minutos de fama, mas a poeira abaixou com a mesma velocidade com que subiu, e logo sua vida voltou ao normal.

Pelo que ficamos sabendo, os pais de Carlos ficaram enfurecidos com Henrique e ameaçaram processá-lo, mas quando descobriram que divulgar a sorologia era um crime muito mais grave do que vandalismo — e convenhamos, um belo e colorido vandalismo! —, as ameaças cessaram e tudo ficou por isso mesmo. Mas ouvimos que Carlos havia voltado para a Nova Zelândia, e nunca descobrimos se tinha feito isso por vontade própria ou não.

O que mais aconteceu nesse meio-tempo? Ah, sim, fiquei indetectável! É realmente mais rápido do que eu imaginava, e agora minhas visitas à infectologista acontecem a cada quatro meses, onde apenas nos certificamos de que tudo está bem. Ela está mais preocupada com uma pequena elevação na minha taxa de triglicerídeos do que com meu HIV, o que, para mim, quer dizer que não tenho muito do que reclamar, além do sacrifício de evitar frituras.

— TOMA CINQUENTA REAIS! — Ouço uma voz gritando atrás de mim enquanto me viro com a gravata picotada em mãos.

— OPA!

Gustavo sorri e joga a nota dentro da bandeja, recebendo seu pedaço de gravata.

Vocês não acharam que tinha me esquecido dele, não é? Ainda estamos nos conhecendo, mas as coisas têm andado ótimas entre nós. Ele também passou para Economia e agora sou o veterano dele, o que quer dizer que ele vai à minha casa mensalmente e rapta todos os meus livros do Hal Varian. Meus pais, a princípio, não o queriam em casa, mas o tempo fez o seu trabalho e agora ele está sentado ao meu lado na mesa de festa que Gabriel separou para a minha família, e segura a minha a mão. Ainda não é o cenário ideal, mas se meu pai ou minha mãe se incomodam, pelo menos não fazem nenhuma menção de tornarem a situação desconfortável.

Ainda não contei para eles sobre o HIV, e sei que, quando esse dia chegar, a conversa vai ser difícil. Quero estar preparado para a reação dos dois, mas o que posso dizer é que, hoje, ainda não me sinto pronto. Mesmo que todos ao meu redor formem a melhor rede de proteção e amizade que uma pessoa pode esperar, a opinião dessas duas pessoas ainda é muito importante. E sei, bem no meu íntimo, que o amor deles é maior do que qualquer má notícia.

Desvio os olhos dos meus pais e observo o sorriso de Gustavo, sorrindo de volta para ele.

E, nesse momento, me lembro de quando ficamos sozinhos pela primeira vez. Do silêncio opressor do quarto dele. Dos meus pensamentos girando na minha cabeça. *Ele vai me expulsar quando eu contar, vai dizer que isso nunca vai dar certo entre a gente, vai dizer que não quer, vai mandar eu me afastar, vai me bloquear de todos os contatos e tudo o que a gente construiu vai ser completamente destruído pela presença desse vírus.* Lembro que olhei para as paredes e para os pôsteres pendurados e mantidos como uma lembrança de sua adolescência, com imagens do Paramore, Evanescence, Fall Out Boy e My Chemical Romance; para a bagunça na escrivaninha, com livros de fantasia jogados para todos os lados, nenhum deles lido porque ele dizia que os tinha comprado quando decidiu que gostava de fantasia, mesmo sem ter lido nenhum livro do gênero; papéis rabiscados de composições que acompanhavam livros com teoria da música que nunca foram lidos; um violão encostado atrás da porta e que nunca saiu da capa de couro, de quando ele decidiu que seria músico; um guarda-chuva que mais parecia roubado da Mary Poppins, que ele também nunca usou porque ele é estranho e prefere andar na chuva a se proteger com guarda-chuva.

Lembro que ele avançou sobre mim e me beijou, e que o corpo dele era quente, mas o meu estava hiperventilando.

— Está nervoso? — ele perguntou.

— Estou — respondi.

— Não precisa ficar.

— Tenho que te falar uma coisa. — Então me afastei do beijo, me levantei da cama, sentei na cadeira giratória. — Eu tenho HIV.

Ele piscou uma, duas, três vezes. Processou a informação.

— Eu tenho camisinhas — respondeu Gustavo com uma simplicidade que me assustou. — No plural.

Dessa vez eu pisquei uma, duas, três vezes, processando a informação.

— Você não vai correr? Não vai dizer que não quer nada?

— Eu gosto de você, Ian. E eu tenho camisinhas. No plural.

Então eu sorri e ele sorriu de volta, e isso nunca mais se tornou um problema. Ele só pediu para me acompanhar em uma consulta no centro de tratamento e fez mais perguntas à infectologista do que uma mãe com uma criança recém-nascida que tem febre pela primeira vez faria.

Só conversamos sobre HIV quando eu quero falar sobre o assunto ou quando ele tem alguma dúvida.

E estamos juntos desde então.

E estou feliz desde então.

Não estou sozinho.

Está tudo bem.

ENTREVISTA FEITA COM LUCAS ROCHA PARA O BLOG DA EDITORA RECORD

As vidas de três jovens de 20 e poucos anos se entrelaçam em volta de um assunto que ainda parece ser tabu — o vírus HIV — neste romance de estreia de Lucas Rocha. Em *Você tem a vida inteira*, o autor fala de forma sensível e contemporânea sobre amor e amizade na vida de quem é soropositivo.

A trama começa com Ian, que recebe o resultado positivo do teste de HIV. No centro de tratamento onde fez o exame ele conhece Victor, cujo resultado foi negativo. Victor ainda está irado com Henrique, com quem está saindo, por ele ter contado que era soropositivo apenas depois de transarem — mesmo que o rapaz tenha se precavido e usado camisinha em todos os momentos. Já Henrique está gostando de verdade de Victor e, por isso, tomou a decisão de se abrir sobre o HIV. Ele está habituado aos preconceitos; suas experiências anteriores não foram muito boas, e ele ainda reluta em acreditar que possa amar alguém de novo.

Por meio dessas três perspectivas, Lucas narra os medos, as esperanças e o preconceito sofrido por quem vive com HIV, numa prosa delicada e embalada também por humor, referências pop e personagens secundários cativantes. Aos 26 anos, este bibliotecário natural de São Gonçalo, no Rio de Janeiro, é mais um que, como muitos de sua geração, teve Harry Potter como base na sua formação literária. Nesta entrevista, ele fala sobre representatividade, a importância da disseminação de informação para minimizar os preconceitos, além de dar mais detalhes sobre seu processo de desenvolvimento dos personagens e a pesquisa para escrever *Você tem a vida inteira*.

Apesar de o tratamento ter avançado bastante e os portadores do HIV levarem uma vida absolutamente normal e saudável, há ainda muito preconceito e imensa desinformação sobre o assunto ainda hoje, especialmente entre os jovens. Você concorda? Qual é a importância de falar sobre o assunto, portanto?

Acredito que a falta de informação atinge todas as faixas etárias em um mesmo nível, não só os jovens. Mas acho importante que eles estejam informados sobre o que é verdade e o que é mito dentro de toda a lógica de controle e transmissão do HIV, e escolhi essa faixa etária porque é com quem melhor dialogo e com quem acredito ter maior proximidade. Mas a transmissão de HIV também cresce, por exemplo, entre a população da terceira idade, que é um grupo negligenciado por campanhas de prevenção pelo simples fato de se esquecerem que a terceira idade possui vida sexualmente ativa.

A verdade é que ainda existe um estigma social muito grande com os portadores do vírus HIV, principalmente com os homens gays, as pessoas trans e aqueles que trabalham com sexo, um estigma que remonta às décadas de 1980 e 1990 e ao desconhecimento que as esferas social e de saúde possuíam sobre o que era o vírus

HIV e como controlá-lo. Hoje a medicina evoluiu e atingiu um estágio em que o portador vive uma vida saudável com o uso dos antirretrovirais. Falar sobre HIV é importante para que o avanço social atinja o mesmo nível do clínico; que os portadores possam falar naturalmente sobre sua condição sem que isso seja motivo de afastamento de terceiros ou de preconceitos no que diz respeito ao mercado de trabalho e às relações afetivas.

Uma coisa bem bacana da história de *Você tem a vida inteira* é poder enxergá-la pelo olhar de personagens com perspectivas bem diferentes: um menino que acabou de descobrir que tem o vírus, outro que já convive com ele há tempos e um terceiro que não tem o vírus e que se relaciona com os outros de forma ainda um tanto preconceituosa. Qual foi o seu processo para criar esses personagens? Alguma dessas perspectivas foi mais desafiadora para você?

A ideia inicial do livro seria a de seguir apenas a perspectiva de Ian, personagem que abre o livro. Mas percebi que, para contar a história no espaço de tempo em que eu queria que ela se passasse (um período de cerca de dois meses, fora o epílogo), um personagem não seria o suficiente. Então, quando terminei de escrever o primeiro capítulo, soube que o menino de cabelos azuis, que também espera pelo seu resultado no centro de tratamento, seria importante; e logo depois pensei: e o rapaz com quem ele se relaciona? Como deve estar se sentindo? Foi mais ou menos assim que Victor e Henrique surgiram e, a partir daí, comecei a elaborar e entrelaçar a vida desses três garotos e de seus amigos.

A perspectiva mais desafiadora, para mim, foi a de Victor. Costumo dizer que ele é o personagem que mais amo e mais odeio, porque a jornada de crescimento dele é a maior dos três personagens: ele é quem carrega uma série de preconceitos e quem tem que aprender a ver o outro com mais empatia; ele é quem está mais distante das minhas convicções pessoais de vida, então tive que me afastar e programar meu cérebro para pensar como ele e não como eu. Isso foi um desafio imenso, mas acredito que o resultado tenha valido a pena!

Apesar de conter reflexões sobre um tema sério, o livro é também bem divertido e cheio de referências à cultura pop. Foi uma tentativa de retirar esse estigma de tristeza e doença que infelizmente ainda paira quando se fala de HIV?

Sim, definitivamente. Enquanto levantava narrativas que tivessem o HIV como tema central, encontrei pouquíssimas abordagens que não terminassem ou tivessem, ao longo de sua história, algum personagem que morresse em decorrência de complicações com HIV/Aids, principalmente porque a maior parte das narrativas que encontrei se concentrava em retratar a época da epidemia descontrolada dos anos 1980 e 1990. Apesar de achar fundamental lembrar que praticamente toda uma geração não teve a sorte que temos hoje, eu não queria contar a história sobre o soropositivo que desiste da vida. Estamos em 2018 e essa realidade, sobretudo em narrativas contemporâneas e em um contexto onde o portador possui acesso à medicação, não pode mais ser retratada como a regra. O que quis fazer foi tratar o portador do HIV como uma pessoa com seus medos e suas preocupações, sim, mas também com uma sede de viver que pessoas sem o convívio com o vírus também possuem. Por isso a capa colorida, o título afirmativo e os personagens que transitam entre seus diálogos internos e preocupações com o futuro acerca do vírus e da vida de um modo geral.

A trama tem muita informação prática sobre o assunto: tratamentos, termos médicos etc. Como foi seu processo de pesquisa para escrever o livro?

Essa foi a parte mais delicada: mais do que querer fazer uma história que fosse feliz, eu queria fazer uma história que não passasse nenhuma informação errônea. Ela foi revisada pelo menos umas cinco vezes e, nas cinco, eu alterava alguma informação que havia sido escrita de forma inadequada!

Para os momentos mais técnicos, contei com o auxílio de dois infectologistas de um centro de tratamento que me explicaram como funciona a mutação do vírus, a medicação no organismo e a importância de não interromper o tratamento nem que seja por um dia. Além disso, mergulhei em artigos científicos sobre o tema e conversei com outros portadores do HIV para ter diferentes perspectivas e fazer com que os personagens que convivem com o vírus não soassem unilaterais.

Me parece que há um equilíbrio meio difícil de atingir quando se fala de HIV hoje em dia porque ao mesmo tempo que é ótimo esclarecer que a vida dos portadores do vírus pode ser absolutamente normal, ainda é preciso chamar a atenção para a importância da prevenção. Qual é a melhor forma de atingir esse equilíbrio?

Informação. Acho que não tem nenhum outro artifício que possa ser melhor do que informar ao máximo sobre todos os avanços que a medicina alcançou ao longo dos quase quarenta anos desde que a Aids começou a atingir níveis epidêmicos. Além disso, passar bons exemplos de portadores que convivem com o vírus é essencial para desmistificar a ideia de que o HIV é uma sentença de morte.

Além disso, acho que também é necessário acolher o portador. As campanhas falam muito sobre prevenção — o que é ótimo! —, mas acabam deixando de lado o acolhimento àqueles que descobriram ter o HIV e não sabem muito bem o que fazer a partir daí. Um dos motivos pelos quais eu quis abrir o livro com um personagem descobrindo, logo no primeiro capítulo, a presença do HIV em seu organismo, foi a de mostrar que a jornada, por mais que possa parecer confusa ou assustadora, também pode ser recheada de coisas boas e momentos felizes.

A questão da representatividade tem sido muito mais discutida nos últimos anos em diversos meios, inclusive o literário. Vê muita diferença em relação aos livros que você lia quando era criança, por exemplo? De que maneira você trouxe esse debate para a trama do *Você tem a vida inteira*?

Sim, acho que a representatividade cresce e está trazendo cada vez mais pluralidade às narrativas, e eu não poderia estar mais feliz por presenciar esse momento. Eu me lembro que o primeiro livro que li na vida tinha um protagonista negro, e a cor da pele dele não trazia nenhuma problemática àqueles que o rodeavam; mas me considero sortudo e uma exceção à regra, porque depois desse livro eu não me lembro de ler nada que não fosse o protagonista masculino, caucasiano, cisgênero e heterossexual.

Ainda temos inúmeras vozes em silêncio na comunidade onde estou inserido — da sigla LGBTQIA+, a maior parte das narrativas que vejo são G, e vou ficar muito feliz quando todas as outras letras também tiverem seu espaço de destaque, principalmente na literatura jovem brasileira —, mas é inegável que o mercado está mais receptivo às histórias plurais. Mas acho que, da minha parte como escritor, escrever sobre pessoas diferentes do padrão não é um ato político idealizado ou uma forma de estabelecer um tipo de afirmação ao mundo; é simplesmente construir personagens que reflitam as pessoas ao meu redor.

Como nasceu a ideia para a trama do *Você tem a vida inteira*?

Eu me lembro que, no comecinho de 2016, eu trabalhava revisando artigos científicos de saúde para uma ONG chamada Centro Brasileiro de Estudos de Saúde (Cebes) — ONG que, posteriormente, descobri ter sido fundamental no Movimento da Reforma Sanitária que implementou o Sistema Único de Saúde no Brasil — e, em um dia, recebi um artigo que falava sobre a percepção que uma série de entrevistados sem formação possuía sobre o HIV e a Aids. Lendo os relatos dos depoentes, percebi que ainda havia falta de informações fundamentais (como a de camisinha ser importante para evitar não só a gravidez, mas também as ISTs, por exemplo), o que me fez questionar se o acesso que eu tinha às informações acerca do HIV/Aids era o mesmo que o restante da população ao meu redor possuía. O resto é história, e, quando percebi, já estava rabiscando a vida desses três garotos no papel.

Me conta um pouco sobre sua trajetória como escritor? Como começou, o que já escreveu até hoje? Você tem algum autor que o inspire?

Eu comecei a levar a sério a ideia de escrever quando entrei na faculdade. Antes disso, vivia em grupos de discussão de literatura de fantasia e ficção científica no Orkut, participava de alguns grupos onde uns comentavam os contos dos outros e lia muitos livros de ficção especulativa, além dos clássicos e obras de escritores que estivessem disponíveis nos sebos perto da minha casa (livros eram caríssimos e a biblioteca da minha cidade nunca funcionava!).

O flerte com a literatura jovem veio um pouco mais tarde. Cresci consumindo muitos livros de fantasia e ficção científica, e só mais tarde descobri os livros Jovens Adultos dentro desse nicho e, posteriormente, os livros jovens contemporâneos, que hoje são um dos meus pilares de leitura.

Apesar de ser meu primeiro livro publicado, *Você tem a vida inteira* é meu quarto livro finalizado. Dos outros três, gosto de apenas dois, o terceiro eu finjo que não existe; ele está engavetado porque a trama é boa, mas o andamento da narrativa é péssimo! Ao longo do tempo, fui aprimorando minha forma de contar histórias, mas sei que nenhum livro é igual aos anteriores, e os desafios impostos sempre serão diferentes e cada vez maiores. Como sou meu maior crítico, sei que preciso dar o meu melhor antes de permitir que outras pessoas opinem sobre o meu trabalho e ajudem a aperfeiçoá-lo ainda mais. Escrever um livro pode ser um processo solitário, mas editá-lo e reescrevê-lo certamente é um processo coletivo.

Alguns autores que li à exaustão na minha adolescência foram: Agatha Christie, Stephen King, José Saramago e Gabriel García Márquez. Atualmente leio de tudo um pouco e não posso dizer que exista aquele escritor ou aquela escritora pelo qual sou fissurado, mas os últimos romances que me marcaram profundamente foram *O ódio que você semeia*, da Angie Thomas, e *Dois garotos se beijando*, do David Levithan. Também sou apaixonado pela narrativa do Benjamin Alire Sáenz e do Vitor Martins.

AGRADECIMENTOS

Escrever um livro pode até ser um processo solitário, mas o que vem após o ponto final é uma lista de pessoas incríveis. E elas não faltaram ao longo de todos os meses em que *Você tem a vida inteira* foi lido, relido, revisado, aparado e polido para que chegasse até suas mãos do jeito que está agora.

Este é o momento em que preciso lembrar de cada um que esteve comigo ao longo desta pequena jornada.

Em primeiro lugar, aos meus três pilares: Suely, Rodolfo e Diego (vulgo mãe, pai e irmão). Vocês são a melhor família que uma pessoa poderia querer, e me sinto profundamente sortudo por ter vocês ao meu lado. Obrigado por todo o apoio e por sempre estarem presentes na minha vida. Amo vocês.

Para a minha agente, Gui Liaga, da Agência Página 7, que me deu toda a força necessária para que este livro se tornasse realidade. Sem ela, vocês provavelmente só teriam promessas de uma história que nunca seria finalizada. Obrigado por acrescentar tanto a esta trama e por fazê-la sair da minha gaveta. Você é uma mulher incrível!

Um agradecimento especial à Galera Record e à minha editora, Ana Lima, bem como a toda a equipe responsável por tornar este livro ainda melhor. Sou muito sortudo por publicar minha primeira história em uma casa editorial que admiro tanto e que faz a diferença na vida de tanta gente. Com certeza, foi a melhor escolha que eu poderia ter feito.

Para o meu grupinho de escritores, revisores, agentes e pessoas envolvidas com esse delicioso mundo dos livros: Bárbara Morais, Taissa Reis, Dayse Dantas, Fernanda Nia, Babi Dewet, Felipe Castilho, Valéria Alves, Pam Gonçalves, Vitor Martins e Vitor Castrillo: vocês são o meu suporte diário para desabafos, reclamações e comemorações, e minha vida não seria tão maravilhosa se vocês não fizessem parte dela.

Aos amigos que me inspiram diariamente e que me ajudaram, direta ou indiretamente, ao longo da escrita desta história: Thales Souza, Lucas Figueiredo, Marcelle Almeida, Mariana Saadi e Ariadne Pacheco, por trilharem o mesmo caminho acadêmico que eu e por ouvirem sobre esta história às quintas-feiras; Luiza Nunes, a primeira a ouvir sobre os esboços dessa ideia, em um banco de pedra na Fiocruz, e por ficar empolgada com o que ainda não tinha muita conexão; Jéssyca Santiago e Mariana Moraes, que talvez estejam mais animadas com o lançamento deste livro do que qualquer outra pessoa; Fábio Laranjeira e Jean Amaral, duas pessoas fundamentais que tenho muita sorte de poder chamar de meus amigos; e, por fim, Ana Cristina Rodrigues, uma pessoa a quem agradeço diariamente por ter entrado em minha vida. Não fosse ela, dificilmente seria o escritor que sou hoje – dificilmente seria um escritor, para falar a verdade.

A todos que se dispuseram a conversar comigo e a me ensinar tanto quando estive nos centros de tratamento durante os primeiros esboços deste livro: não só aos médicos infectologistas, que me auxiliaram nas partes mais técnicas deste livro (obrigado, Dra. Ana e Dr. Marcelo!), mas principalmente aos pacientes em tratamento ou às pessoas que esperavam pelos resultados de seus exames na fila de testagem rápida: lembro o nome de alguns, outros são apenas imagens na minha mente, mas saibam que, sem vocês, este livro não seria realidade. Obrigado pela força, pelo sorriso e pela vontade de continuar vivendo de cada um de vocês. Se inspiração pode ter uma forma, quero que seja a expressão que via no rosto de cada um quando me diziam que a vida tem que ser vivida em toda a sua plenitude.

E, por fim, à pessoa mais importante de todo esse processo: você, leitor. Espero que a vida de Ian, Victor e Henrique possa fazer alguma diferença; que você possa ter aprendido algo novo ou que, pelo menos, tenha sorrido e entendido que, por mais difícil que a jornada possa parecer a princípio, em algum momento, ela se torna serena e cheia de momentos incríveis. E nós temos a vida inteira!

Este livro foi composto na tipografia Adobe
Garamond Pro, em corpo 11,5/16, e impresso
em papel off-white no Sistema Cameron da
Divisão Gráfica da Distribuidora Record.